赤ずきんの森の少女たち

白鷺あおい

神戸に住むかりんはお菓子作りが得意な高校生。祖母の遺品の中にあったドイツ語の本を従兄の慧に訳してもらい、一緒に読んでいくことにする。そこに書かれていたのは、19世紀末の寄宿学校を舞台にした少女たちの物語だった。赤ずきん伝説の残るドレスデン郊外の森、学校で囁《ささや》かれる幽霊狼《おおかみ》の噂。校内に隠された予言の書と宝物の言い伝え。読み進むうちに、二人は物語と現実を結ぶ奇妙な糸に気づく。そして浮かんできたひそかな悪意……。『ぬばたまおろち、しらたまおろち』の著者がグリム童話をもとに描いた神戸とドイツの不思議な絆の物語。

登場人物

神戸・現代

熊丸《くままる》かりん……お菓子作りが得意な高校生

栗原慧《くりはらけい》……かりんの従兄。東京の大学生

熊丸恵美子《えみこ》……かりんと慧の祖母。故人

熊丸カネ……恵美子の育ての親。故人

ドイツ・物語のなか

シャルロッテ（ロッテ）・グリューンベルク……主人公の少女

ベルタ・ダールマン……ロッテのルームメイト。しっかり者

ギゼラ……同ルームメイト。ちょっぴり意地悪

クララ……同ルームメイト。ギゼラの姉

ドロテーア（ドルトヒェン）・フランケンタール……同ルームメイト。変人？

アマーリエ（マーレ）・フォン・エーバーライン……同ルームメイト。男爵令嬢

リースヒェン……同ルームメイト。母親は日本人

リゼッテ……ロッテの級友

アネッテ・ベーゼラー……ヘンシェル女学校の校長
ミュラー……ダンスの教師
シュミット……ドイツ文学の教師
ゼバスティアン・ヘンシェル……ベーゼラー校長の叔父
ゾフィー・フォン・コンツェ……ボヘミアの伯爵令嬢
シュテファン・ケルステン……ロッテの叔父。軍医
ヘルマン・ウーラント……憲兵隊の中尉
クラウス・フォン・ヒルデブラント……アマーリエの婚約者。歩兵連隊少尉
アントン・ダールマン……ベルタの兄。画学生
ヒュープナー……ベルタとアントンの後見人。医師
ロシュコフ……
イワノフ……ならず者
ひらひら狼《おおかみ》……皮だけの狼
クルト……〈森の王〉
ルンペルシュティルツヒェン……モルゲンシュテルン男爵に仕えた謎の画家

赤ずきんの森の少女たち

白鷺あおい

創元推理文庫

MÄDCHEN IM ROTKÄPPCHENWALD

by

Aoi Shirasagi

2023

目次

赤ずきんの森の少女たち

かりんと慧が見た現代ドイツの地図

プロローグ　三月

お経が始まって三分もしないうちに、慧《けい》ちゃんはすすり泣きを始めた。焼香が終わってご住職の講話になっても、白いハンカチを目に押しあてている。先代のお孫さんで、半年前このお寺を継いだばかりだというご住職は、慧ちゃんが自分の話に感動したと思ったのだろう、一緒になって目をうるうるさせていた。

お寺さんを出て、北野《きたの》の料亭に場所を移す。ビールの栓が次々抜かれ、お父さんや伯父さんたちはほっとしたようにネクタイをゆるめた。あたしと慧ちゃんは並んで末席に座った。慧ちゃんはまだ鼻をぐずぐずいわせている。お造りが運ばれてきたところであたしは口を開いた。

「慧ちゃん、ええかげん泣くんやめたら」

あまりきつく聞こえないよう言ったつもりだったのに、慧ちゃんは銀縁眼鏡の奥から恨めしげな目であたしを見た。

「だって、かりんちゃん、お祖母ちゃんの法事やねんで」

そんな切なげな目で見られたら、ぐらりとする人もいるだろう。それもその目がたった今絵の具のチューブから絞りだしたような明るい青色をしているとあっては。だけどこちらは生まれたときからの付き合いで耐性がある。お醤油にちょっぴりわさびを溶くと、あたしは慧ちゃんの目を見返した。

「それはようわかってる。そやけどね、もう十三回忌やで。四十九日でも一周忌でも三回忌でもなくて十三回忌。お祖母ちゃんだってとうの昔に極楽行ってるわ」

「そうかなあ」

「そうや」と力いっぱい断言する。極楽がほんまにあるのかと訊かれたら困るが、慧ちゃんもそこは突っこんでこなかった。

「まあまあ、ここで泣いてあげるのも供養の一つや」

慧ちゃんの向かいの席で、赤ちゃんをあやしながら千尋《ちひろ》姉さんが言った。千尋姉さんは、あたしからいっても慧ちゃんからいっても従姉になる。

「慧ちゃんはお祖母ちゃんのこと大好きやったもんな。かりんちゃんはお祖母ちゃんのこと覚えてる?」

「実はあんまり覚えてない」と正直に告白するあたし。「だいたいいっつも台所にいるか縁側で編み物してた……よね? 端っこにポンポンのついたマフラーまだ持ってるよ」

「ああ」慧ちゃんはにっこりした。「オレンジ色に白い縞が入ったやつやろ。あの毛糸は僕がお祖母ちゃんと一緒に選んだんや。僕も色違いの持ってる」

ここらへんで自己紹介をしておこう。あたしは熊丸《くままる》かりん。名前のとおり、ぬいぐるみの熊さんみたいにぽよぽよしてて可愛いと高校の友達は言ってくれる(熊丸だからって、まるまるしてるわけじゃないからね。それを言うとぽよぽよも微妙なんだけど）。お祖母ちゃんが亡くなったとき、あたしは四つで従兄の栗原《くりはら》慧ちゃんは七つだった。三つの年の差は、こういうとき意外に大きい。

慧ちゃんはハンカチを丁寧《ていねい》にたたむと、手つかずだったお造りにとりかかった。あたしも慧ちゃんの隣でせっせと箸《はし》を動かす。鯛《たい》もハマチも甘エビもおいしい。本当はここで白い御飯が欲しいところだ。

「慧ちゃんとかりんちゃん、明日ハイキングに行くんやて？」

千尋姉さんに訊かれ、慧ちゃんはうなずいた。

「久しぶりやから滝のあたり歩いてみよう思《おも》て」

「で、慧ちゃん一人やと心配やから、あたしもついていくねん。ついでに北野の浄水場もまわってくる」

千尋姉さんはそばの座布団を引き寄せ、赤ちゃんをそっと寝かせた。

「わたしも長いこと行ってへんわ。そろそろ桜の花が咲いてるやろうね」

お造りの次はサイコロステーキ、その次は野菜の炊き合わせだった。からになったお皿がさげられると、入れかわりに天麩羅《てんぷら》が運ばれてきた。なんて大きなエビ天！　そりゃあ衣も立派だけど、中身のエビも普段あたしの口に入るものよりはるかに大きい。やっぱりこういうときには白い御飯が……って、それはまあいいか。

揚げ立てのエビ天を食べる幸せを存分に味わってから、添えられたシシトウにかぶりつく。

セーフ。ちょっとぴりっとしたけど、飛びあがるほどではなかった。

本家の忠志《ただし》伯父さん——千尋姉さんのお父さんがやってきた。

「かりんちゃんは四月から高二やったなあ。ほんなら慧ちゃんは二回生か。就職のときは神戸に帰ってくるんやろ」

「はあ、まあ」と慧ちゃんは言葉を濁《にご》した。慧ちゃんは東京の大学に行っている。できればこのまま院に進みたいんだと、前にちらりと口にしたことがあった。

「慧ちゃん勉強しとるのなんやったっけ」

「日本文学です」

「ドイツ語もできたよなあ」

「ええ、第二外国語でとってますから、日常会話程度なら」

「ほんなら読むほうもできるよなあ。ちょっと慧ちゃんに見てもらいたいもんがあるんや」

立ちあがった忠志伯父さんは、古びた本を手に戻ってきた。表紙には灰色の服を着た女の子が三人描かれている。

「これは？」

本を受け取った慧ちゃんは、ドイツ語のタイトルを指でなぞり、伯父さんの顔を見た。キューピー人形に似た伯父さんはにこにこと言う。

「祖母ちゃんの遺品の中にあったんや。よっぽど大事な本やったんやろうな、紙にくるんで柳《やなぎ》行李《こうり》の中にしまっとった」

慧ちゃんに本を見せるのは、猫の前で鰹節《かつおぶし》を振ってみせるようなものだ。ほら、もううっとりした表情に変わっている。

「子ども向けの本みたいですね。このくらいなら僕でも読めるかな。伯父さん、これ、しばらく借りててもいいですか」

「慧ちゃんにあげるわ。祖母ちゃんの形見分けや」

「慧ちゃんもらったって。お父さんここんとこ断捨離《だんしゃり》にはまってんねん」

向こうの席から千尋姉さんが言い、忠志伯父さんは「まあそういうことや」と笑って席に戻った。

「あたしにも見せて」

慧ちゃんの膝に置かれた本をのぞきこむ。ドイツ語のほうはわからないが、ところどころに挿絵があった。表紙に描かれたのと同じ女の子三人組が、編み物をしたり森の中を歩いたりしている。お箸を持ったままお行儀悪くページをめくっていた慧ちゃんは、ひとりごとのように言った。

「ドイツの児童文学なんて、ケストナーとプロイスラーとエンデしか知らんかったけど、女性作家もおったんやな。昔の学校を舞台にした物語みたいや」

「ギムナジウム？」

「じゃなくて、女子だけの寄宿学校。あれ、もしかしてこの本……」

表紙を見直した慧ちゃんは、そこでうっと声をあげた。明るい青い目に涙が浮かぶ。

「そんなに感動的な本なん？」

慧ちゃんはコップをつかみ、お水を一気に半分ほど飲みほした。

「シシトウ……」

どうやらめちゃめちゃ辛いのに当たったたらしい。


翌朝八時、あたしはうちから徒歩五分のところにある慧ちゃんの実家の呼び鈴を押した。

「おはようございまーす、慧ちゃーん、起きとう？　迎えにきたよぉ」

「ああ、おはよう、かりんちゃん」

眠そうな顔の慧ちゃんが現れる。頭には帽子、背中にはリュックと、一応山歩きにふさわしい格好をしていた。後ろからピンクの割烹着《かっぽうぎ》を着た淑子《よしこ》伯母ちゃんも出てくる。

「ほな、かりんちゃん、頼んだね」

「伯母ちゃんまかせて。慧ちゃんおべんと持った？　水筒持った？　お財布とタオルと携帯持った？」

「うーあー」

今のはイエスということだろう。行ってきますと淑子伯母ちゃんに手を振って門を出た。朝起きたときは薄曇りだったけど、歩いているうちにいいお天気になってくる。JRで三ノ宮《さんのみや》駅まで出て、ついでだからと慧ちゃんのリクエストで生田《いくた》神社にお詣《まい》りした。町中に突然現れる朱塗りの鳥居《とりい》は、いつ見ても迫力満点だ。朱色と緑、金と黒のコントラストが鮮やかな拝殿の前で手を合わせる。境内の桜は三分咲きだった。

生田神社を出て、北野坂をゆるゆるあがる。緑と白に塗られたスターバックスの前では、朝から観光客が写真を撮っていた。もとアメリカ人のお屋敷だったのをここに移築したものだ。スタバの前を過ぎて、右へ折れ、次は北野通へ。このあたりから異人館が増えてくる。ゆるいのぼり坂が水平となり、くだりになりかけたあたりに、「北野浄水構場」の石碑があった。隣には黒い酒樽のようなものが置かれている。昔の導水管の一部だ。

ここから石段をのぼって北野遊歩道に入る。ほんのちょっとあがっただけなのに、下の道に立つ七階建てのビルよりもう高くなった。足もとをのぞくとかなりの急斜面。海側の斜面いっぱいに、まるく刈りこまれたツツジの木がお行儀よく並んでいる。

昔はこの斜面の上に浄水場があった。明治三十三年に造られたというのだから、ずいぶん昔のことだよね。今は浄水場はなくなって、配水場になっている。もちろん一般人は入れない。通りすがりに柵の中をのぞくだけだ。

遊歩道を歩いていくと桜の木があった。ここらへんの桜はまだ二分咲きかな。太い枝をくぐって足をとめ、神戸の街を見わたす。立ち並んだビル、ビル、ビルの彼方に灰青色の海が見えた。対岸はぼんやりかすんでいて、雲の塊と溶け合っている。

小型犬を連れたおばあさんが通りすぎ、あたりは静かになった。あたしと慧ちゃんはしばらく無言で日を浴びながら立っていた。気持ちのいい風が海のほうから吹いてくる。ここはうちの身内にとって特別な場所。あたしたちのお祖母ちゃんは、たぶんこのあたりで熊丸の曾《ひい》お祖母ちゃんと出会ったのだ。

曾お祖母ちゃんといちいち言うのは長いし、そのときはまだそんな年ではなかったわけだから、ここではカネさんと名前で呼ぶことにしよう。その日カネさんは、一人で浄水場の山にのぼったのだった。

わが家の言い伝えではそうなっているけれど、今は全然山という感じはしない。ちょっとした高台程度だ。でも、昔はツツジも桜もなくていろいろな木が生い茂ってたんだろうし、後ろの山の一部と考えたら、やっぱり山と呼んでいいのかなと思う。

昼なのに薄暗い中を這うようにしてのぼり、少し平らになった場所にたどりついたところで、カネさんはぼうっとしていたという。あちこちに火傷《やけど》を負っていたはずだが、疲れも痛みも感じないまま、ただうずくまって神戸の街を見おろしていた。

何時間たったのかわからない。背後に何かの気配を感じて身をひねると、大きな木の根もとに犬が寝そべっていた。カネさんの視線をとらえた犬は一声ウォウと吠える。犬のそばにはうつぶせに倒れた人影。いつからいたのだろう。髪が長い。女の子だ。

「笑子《えみこ》？」

笑子ではない、笑子は半年前肺炎で死んだのだと自分に言い聞かせながら、カネさんは四つん這いで近づいていった。灰色とも茶色ともつかぬ色をした犬は、後ずさって茂みに身を隠す。

「あんた、大丈夫？」

声をかけると、子どもは顔を持ちあげた。

西洋人の女の子だった。肩にこぼれた髪の毛は黒いが、明らかにあちらの顔立ちをしている。年のころは六つか七つ。笑子と同じくらいか。女学校で習った英語で話しかけようとしたが、とっさのことで言葉が出てこない。女の子はぽかんとした顔でカネさんを見ている。ドイツ人か、と閃《ひらめ》いた。今神戸にいる西洋人は、たいがいドイツ人のはずだ。記憶の中からドイツ語の単語を引っ張りだす。

「ファーター？　ムッター？」

お父さんやお母さんはどうしたのという意味をこめて問いかけてみると、青い目の女の子は小さくかぶりを振った。どうやら通じたらしい。身につけているのは灰色のワンピース。靴は片方しか履いていないが、見たところ大きな怪我はないようだ。木にすがって身を起こそうとした女の子は、斜面の下に目を転じ、喉の奥でひっと声をあげた。

「よく見とき。あれが神戸や」

女の子は極限まで目を見開き、膝をついた。カネさんと女の子は、何分間かそのままじっとしていた。

やがてカネさんは腰を伸ばして立ちあがった。なすべきことはたくさんある。青い瞳がカネさんの動きを追った。カネさんは女の子の前に手を差しだした。

「うちと一緒に来る？」

山をくだるカネさんは、女の子の手をしっかり握っていた。それは昭和二十年六月五日の午後のこと。黒煙がようよう薄らいできた空に、真っ赤なガラスでこしらえたような平べったい太陽が浮かんでいたという。赤っぽい光は、わずか半日で焼け野原となった神戸の街を包みこんでいた。

北野遊歩道をあとにし、新神戸駅の下をくぐって、今度は布引《ぬのびき》の滝を目指す。春休みだけあって、同じ方向へ歩いていく登山客はけっこういた。少しばかり線が細いとはいえ、イケメンの部類に入る従兄と連れ立って歩くのは、乙女の自尊心をくすぐられるシチュエーションといえなくもないのだけれど……。

「慧ちゃん、そっちちゃうで」赤レンガの小さな橋を渡って右手に進もうとした慧ちゃんの腕をつかみ、ぐいと引き戻す。「前々から思っとったんやけど、慧ちゃん方向音痴の気があるよね」

「そんなことない。ちょっと考えごとしてただけや」

と慧ちゃんは反論する。そうかなあ、怪しいなあ。慧ちゃんを無事に家に連れて帰るのが、今日のあたしの任務なのだった。

左手に進み、川沿いの道をたどっていくと、あたりは一気に山奥の雰囲気になってきた。水音がしたと思ったら、いきなり細い滝が川の上に姿を現す。高さ十九メートルの雌滝《めんたき》だ。新神戸駅の下をくぐってからまだ数分。前に県外から転校してきた子を案内したとき、「新幹線の駅から歩いていけるところに滝があるなんて」と驚いていたっけ。滝といっても完全に自然のままではなく、滝壺のへりには石を積んだ堤が築かれている。

　そこから右手の石段をのぼり、少し細くなった道をたどる。日陰を歩いているのに、背中がだんだん汗ばんできた。ところどころに大昔の和歌を書いた歌碑がある。慧ちゃんはそのたびに足をとめ、嬉しそうに写真に収めていた。また水音がした。鼓《つづみ》ヶ滝《だき》だ。滝の本体は見えないが、木と木の間に目を凝らすと、水しぶきが散っているのがわかった。

　鼓ヶ滝からはしばらく平坦な道が続く。坂道になったので、足もとを見ながら一歩一歩のぼっていくと、「着いたで」と慧ちゃんの声がした。あれ、もう？　と顔をあげたら、目の前に絶壁がそそりたっていた。白っぽい岩の表面を伝うようにして、左手上方から勢いよく水が落ちてくる。これぞ雄滝《おんたき》、高さは四十三メートル。そこまで太くはないけれど、空から落ちてきている、という感じが強くして、あたしはしばらくぼうっと見あげていた。

　川の上にかかった橋には登山客が十人ばかりいて、お茶を飲んだり写真を撮ったりしている。あたしたちも邪魔にならないところで雄滝をバックに写真を撮った。滝壺から下に流れていく小さめの滝は夫婦滝《めおとだき》だ。二つの流れが合わさって一つになるから夫婦滝。布引の滝というのは、ここまでの四つの滝をひとまとめにした呼び名なのだった。

　慧ちゃんがくしゃみをした。滝壺を囲む絶壁から小さなこだまが返ってくる。滝壺の上には青い空が広がっていた。

　ここからはまたのぼり道だ。けっこう急なところもあったが、茶店の脇を過ぎて五分も歩くと見晴らし展望台に着いた。山の中を歩いてきたから降りそそぐ日射しが嬉しい。ここに立つと、北野遊歩道から見たのよりはるか遠くまで見わたせる。空襲で焼かれ、阪神・淡路大震災で大きな被害を受け、それでもそのたびによみがえった街。街の向こうに広がる海は大阪湾、対岸の陸地は大阪のどこかだ。泳いで渡れそうなくらいすぐ近くに見える。

ここで一休みして水筒のお茶を飲み、元気づけにあたしが焼いてきたクッキーを出す。一口かじった慧ちゃんは嬉しそうに目を細めた。

「お祖母ちゃんの味やな。クリスマスの前によう焼いてくれたあれやろ」

「うん。お祖母ちゃんはうさちゃんの形にしてたよね」

「耳から食べるかしっぽから食べるかいっつも悩んだわ」

「そう？　あたしは別に悩まんかったけど」

一枚取って口に放りこむ。うん、いい出来。スパイスたっぷり、蜂蜜《はちみつ》たっぷり、焼きかげんもちょうどいい。

「お祖母ちゃんのことあんまり覚えてないって昨日は言ったけど、お祖母ちゃんの作ってくれたもののことは覚えてる。春になるとよく苺《いちご》のババロア作ってくれたよね。秋には栗のケーキ。冬には林檎《りんご》のケーキ」

「林檎のケーキか、懐かしいなあ。お祖母ちゃんちに行くと、林檎炊くあまぁい香りがようしとったよな」

「レモンクリームをはさんだケーキもあったよね。あとクグロフとか」

「すべてお菓子の記憶か」

「キャベツとソーセージ炊いたんとか、ポテトサラダもちゃんと覚えてるで」

「すべて食べ物の記憶か。お祖母ちゃんとどっか行ったときのことは？」

「お出かけねえ、あんまり記憶にない」

「お祖母ちゃんがもう心臓悪くしてたころになるんかな」

「えーと、そうや、若草園のバザーに行ったことは覚えてる」

「若草園か」慧ちゃんは帽子を取って、前髪をかきあげた。「僕も何べんか連れていってもろた。今やから言うけどな、あそこの先生たちの黒服、カラスの親玉みたいで怖かったわ」

若草園は教会がやっている児童福祉施設だ。お祖母ちゃんは信者ではなかったけれど、長いことボランティアに通っていた。あの日、お祖母ちゃんと手をつないで門を入ると、近くにいた子たちがわっと走ってきた。あたしより大きな子もいれば小さな子もいた。みんな口々に「熊丸のおばあちゃん」「熊丸のおばあちゃん」と言っている。

怖くなってお祖母ちゃんの後ろに隠れようとしたら、よちよち歩きの子が転んだ。お祖母ちゃんはすぐ駆け寄ってその女の子が立ちあがるのを助け、膝を払ってあげた。「抱っこ」と手を伸ばした女の子をお祖母ちゃんはよっこらしょと抱きあげる。それを見て、あたしのお祖母ちゃんなのに、と少しばかりむっとしたのを覚えている。

六月の空襲のあと、カネさんは岡山の親戚を頼って落ちのびた。

「なんじゃあ、その子は？」

「青い目の餓鬼《がき》に食わすもんやこないわ」

「なんでそんな子どもを連れてきた？　捨ててこい」

冷たい言葉を浴びせられるたび、カネさんの胸には闘志が湧いてきた。

（この子はうちが守る。笑子のかわりに観音さまが授けてくださった子や）

寝起きするのは納屋の隅。ほかの人がいなくなると、カネさんは英語とドイツ語の単語を並べて女の子に話しかけた。最初は黙りこくっていた女の子も、何日かたつうち、小さな声で返事をするようになった。

――生まれたのはドイツ。お父さんはドイツ人、お母さんもドイツ人。

――お父さんは、戦争に行った。お母さんは、死んだ。

――お兄さんと一緒だったけど、はぐれてしまった。

ドイツ人の名前は呼びにくかったので、カネさんは子どもを恵美子《えみこ》と名づけた。そして終戦。カネさんは恵美子とともに神戸に戻ってくる。子どもはすでに、片言の日本語をしゃべりはじめていた。

お弁当を食べるにはまだ早い。もう少し足を伸ばして、布引貯水池まで行くことにした。水筒をしまって再び川沿いの道をたどる。空の上にころんとした球体が見えた。布引ハーブ園のロープウェイだ。赤と黒に塗られていて、めちゃめちゃ可愛い。のぼりとくだりがちょうどすれ違うところだった。

どこかでウグイスの声がした。暖かくなったばかりなのに、ちゃんとホーホケキョになっているから偉い。歩きながら慧ちゃんは妙な歌を口ずさんでいる。

「ウズラの卵、卵はまだら、まだらの卵、卵はウズラ」

「何それお経？」

「チーズケーキの歌や。作詞作曲栗原慧。幼稚園のときに作ったんや。すごいやろ」

あたしはノーコメント。慧ちゃんはめげずにもう一度頭から繰り返す。

「ウズラの卵、卵はまだら、まだらの卵、卵はウズラ。かりんちゃん、お祖母ちゃんの作ってくれたウズラ卵のチーズケーキは覚えてる？」

「ウズラ卵の？　どんなやつ？」

「二層になったやつや。上が黄色、下が白に分かれとった」

「あったような気がしないでもないけど、でもなんでウズラの卵？」

「珍しいやろ。ウズラの卵、卵はまだら、まだらの卵、卵はウズラ。あのチーズケーキ、もっかい食べたいなあ」

日陰になった細い道をたどり、すれ違った人と「こんにちは」と挨拶を交わす。道が少し広くなったとき、慧ちゃんはあたしを振り返って「あのなあ」と言った。

「昨日のあの本なあ、僕前に見たことあったわ」

リュックを背中に揺すりあげ、慧ちゃんの隣に並ぶ。「あのドイツ語の本？」

「お祖母ちゃんがあれ買うたとき、僕も一緒やったんや。幼稚園の年長のときかな。買い物に出たとき、お祖母ちゃんが本屋に連れていってくれたんや。恐竜の図鑑に決めてお祖母ちゃんのとこに持っていったら、お祖母ちゃんは外国の絵本を見てるとこやった」

「へえ、そんなん本屋にあるんや」

「大きいとこやったらけっこう普通に置いとるで。その本を棚に戻したとき、お祖母ちゃんは固まった」

「固まった？」慧ちゃんの言う意味がわからない。

「ほんまに固まったんや。隣にあった本をそうっと取りあげて、終わりのほう見て、こう、ぎゅうっと抱きしめてな。どっかで見たことある気がしてたんやけど、昨日寝る前になってひょっこり思いだした。あのときの本や。表紙の女の子の絵に見覚えがある」

「思い出の本やったんかな。子どものとき好きやったとか？」

とりあえず思いついたことを口にしたら、慧ちゃんもうなずいた。

「たぶんそんなとこやろうな」

「お祖母ちゃん、ドイツ語読めたんやね」

ふっと疑問を覚えてあたしは言った。お祖母ちゃんがカネさんに引き取られたのは、今の計算だと小学校一年か二年のときだ。

「カネさんとこに来る前に、読み書きくらいは習ってたやろう。子どもの本なら読めたんちゃうかなあ」

カネさんと出会う前のお祖母ちゃんがどんな生活をしていたか、あたしは知らない。誰かに訊かれても、「そんな昔のこと、もう忘れましたわ」と静かに微笑《ほほえ》むだけだったという。考えてみると、お祖母ちゃんの本名が何だったのかさえあたしたちは知らないのだ（戸籍では熊丸カネの養女恵美子になってたけど、ドイツ名があったはずだよね）。そのお祖母ちゃんが好きだった本……。お祖母ちゃんの過去をほじくり返したいわけじゃないけど、なんか気になる。

「あたしも読みたいなあ」

思わず口にしたら、軽やかな返事が返ってきた。

「あとで貸したげる」

「あたし、ドイツ語読めへんねんけど」

「ええ機会や、勉強してみ」

「それより慧ちゃん訳してよ。大学生は暇なんやろ」

「高校生が思《おも》てるほど暇やないで。バイトもあるしゼミの発表の準備もある」

「デートの相手はおらへんよね」

「うっ、そ、それは」

慧ちゃんは黙りこんだ。言いすぎたかなと思って横顔をうかがうと、眉間に皺《しわ》を寄せ、口の中で何かぶつぶつ言っている。足もとをすっと何かの影がよぎった。顔をあげ、まるっこいロープウェイが空へのぼっていくのを見送る。手を振ろうかな、どうしようかな。あたしが手を振ったら中の人も振り返してくれるかな。

「うん、できるかも」小さな橋を渡ったところで慧ちゃんは言い、とたんに石につまずいてこけそうになった。

「慧ちゃん、大丈夫？」

「平気平気。かりんちゃん、さっきの話、やってみるわ。そのかわり、かりんちゃんにも宿題を出す」

「宿題？」テストの次に嫌な単語だ。

「かりんちゃん、お菓子作り得意やろ。ウズラ卵のチーズケーキを再現してほしいねん」

「えーっ！」

今度はあたしが歩き歩き考えた。お祖母ちゃんのレシピは千尋姉さん経由であたしのところにもきてるけど、ウズラ卵を使ったケーキはなかったと思う。普通のチーズケーキはあったから、それをアレンジすればどうにかなるだろうか。

左手前方にレトロな石積みの堤が見えてきた。ミニサイズのダムだ。それを見ながら最後の急な坂道をあがると、きれいな青緑の池が現れる。布引貯水池。ここも北野の浄水場と同じく明治三十三年に造られた。神戸の水道の歴史はここから始まったのだ。

慧ちゃんと並んで、光の降りそそぐ池を見つめる。鶏卵《けいらん》一個に対してウズラ卵なら三個くらいかな。黄色と白の二層になっていたということは、レアチーズの上に黄色いムースかクリームを重ねていたのだろう。レモンパイの中身をチーズケーキにのせたようなものが浮かんできた。

「うん、たぶんできると思うわ、ウズラ卵のチーズケーキ」

「よっしゃ、決まりや。かりんちゃんはお祖母ちゃんのケーキを再現し、僕はお祖母ちゃんの愛読書を訳す。どのみち人名がややこしそうやから、メモ取り取り読むつもりやったし」

「うわっ、出てくるの全部ドイツ人？」今さらながら気がついた。「あっちの名前って、やたら長いのがあるよね。どうしよう、覚えられへんかも」

「安心しぃ、主人公の名前は短い。ロッテや。ロッテゆう女の子がドレスデンの駅に着いたとこから始まっとる」

第一章　丘の上の女学校

1

ドレスデン中央駅に着いたのは日曜日の午後三時だった。駅のホームに目を走らせる。迎えの姿はない。乗る汽車を間違えたかしらと急に不安になった。

ううん、そんなことない。シュトゥットガルトからここまで来るのに二日かかったけれど、今日のお昼までは教会婦人会の人たちと一緒だったし、最後の乗りかえのときもおばさまたちが駅員さんに確認してくれた。となると叔父さんのほうに何かあったの？　辻馬車がうまくつかまらなかった？　急な病人が出て動けなくなった？　それとも戦争が起きて叔父さんにも出陣命令がくだった？

想像力が暴走しかけたのを自分でも意識したとき、小さな口髭を生やした青年（三十にはもう少し間があるから、ぎりぎり青年に入れてあげましょう）が人混みの中を早足でやってくるのが見えた。明るい茶色の髪は短く刈ってあって、背はすらりと高い。

「シュテファン叔父さん！」

鳶《とび》色のお下げを後ろに払い、鞄《かばん》を両手で持ってわたしは駆けだした。叔父さんに飛びつき、爪先立ちして頬にキスをする。

「来たな」それだけ言うと、叔父さんはわたしの旅行鞄をつかんだ。「こっちだ。キルシュバウム行きの汽車がすぐ出る」

花で飾った帽子を押さえ、大股で歩くシュテファン叔父さんを追いかける。郊外に向かう汽車は混んでいたが、どうにか並んで座ることができた。叔父さんのほうに身を傾け、ささやき声で言ってみる。

「すぐ学校へ行くなんてつまんないわ。叔父さんのところで一泊できるかと思ったのに」

ドレスデンに来たのは初めてだ。見物したいところはたくさんある。ツヴィンガー宮殿でしょ、絵画館でしょ、歌劇場でしょ。アウグスト強王の金ピカの像はどうでもいいけれど、宮廷教会や丸屋根で有名な聖母教会は見ておきたいし、名物のお菓子だって味見したい。ここドレスデンは、お父さん《ファーティ》の生まれ育った街なんですもの。だのに叔父さんの返事は素っ気なかった。

「駄目だ。おまえを泊める場所はない。さっさと学校へ行ってくれ」

窓の外には高い塔がいくつも見えた。子どものころのお父さんは、あの下の街路を走りまわっていたのかしら。街を抜けると繰り返されるのは森と畑と小さな集落。春の気配を探して、汽車の窓に顔を寄せる。

シュテファン叔父さんは背筋をぴんと伸ばして難しそうな雑誌を読んでいた。医学雑誌かと思ったけど、そっとのぞきこむとZeitmaschine《ツァイト・マシーネ》という言葉が見える。Zeit《ツァイト》（時）とMa《マ》-schine《シーネ》（機械）がなんでくっついて一語になっているのかしら。

「叔父さん、何読んでらっしゃるの？」

「時間旅行を扱った小説さ。なかなか面白い」

叔父さんの肩にもたれるようにして、わたしも誌面に目を走らせた。英国の小説を翻訳したもののようだ。叔父さんったら真面目な顔して、この手の綺譚に目がないのよね。実をいうとわたしもだけど。運がよければ、叔父さんが読み終わったあと、わたしのところへまわってくることもある。

汽車に揺られること三十分、キルシュバウムの駅に着いた。駅前にいた辻馬車をつかまえ、向かい合わせに座る。馬車が動きだしたとたん、シュテファン叔父さんは腕組みをして口を開いた。

「さて、シャルロッテ」

叔父さんにシャルロッテと呼ばれるとつい身がまえてしまう。次に来るのはだいたいお小言だ。

「聖アンナ女学院からほっぽりだされるとは、おまえいったい何をやらかしたんだ？　院長先生の手紙には、おまえのような反抗的な生徒を正しい道に立ち返らすのは不可能だとあったぞ」

さあ来た。わたしは背筋を伸ばし、お父さん譲りの緑の目で叔父さんの灰色の目を見つめ返した。

「わたし、誓って悪いことなんかしてないわ。そりゃあね、若干学校の規則に抵触することはあったかもしれないけれど……」

「前置きはいいから、何をしたのか言ってみろ」

「一つめはコルセットね」

わざと短く言うと、叔父さんは頭を振って顔をしかめた。

「コルセットだと?」

「コルセット不要論が載った小冊子をまわし読みしていたのが見つかったの。叔父さんも前におっしゃってたでしょ。医学的見地からいうと、あんなふうに体を締めつけるものはよくないって」

うう、と叔父さんは喉の奥でうなりをあげた。

「わかった。ならそれに関してはいいとしよう。一つめと言ったな。二つめがあるのか?」

「次はラテン語ね。寄宿舎でラテン語の勉強会をしていて怒られたの」

「ラテン語なんか実生活では何の役にも立たんぞ」

「大学へ行くためには必要だわ」

「おまえ、大学に行くつもりか?」

叔父さんが唖然とした顔になる。少なくとも怒ってはいないわ、と判断して、わたしは言葉を継いだ。

「ええ、できれば行きたいと思ってる。わかってるわ、女の行ける大学はないっていうんでしょ。ドイツの中ならそうね。だけどスイスの大学は何年も前から女子学生を受け入れてるわ。チューリヒ大学とか」

叔父さんの灰色の目が探るようにわたしを見た。

「おまえ、まさか、カール義兄さんのあとを継いで医者になりたいなんぞと言いだすんじゃあるまいな」

「いいえ、それは考えてないわ」

わたしの両親があいついで亡くなったのは、一年前の冬のことだ。お父さんは黒い森《シュヴァルツヴァルト》にある田舎町の医者だった。お父さんの死後、家はたたまれ、わたしはシュトゥットガルトの寄宿学校に入り、わずかな形見の品は箱詰めにされてシュテファン叔父さんの下宿に送られた。

「お医者さんの道は叔父さんが継いでくれたじゃない。わたしがしゃしゃりでるまでもないわ」

「ならいったい何を勉強したいんだ？」

「文学や歴史よ。わたしが詩が好きなことは叔父さんもご存じでしょう？」

シュテファン叔父さんはほうと息をついた。

「うむ……まあ、なんだ、将来のことは、そのうちあらためて話し合うことにしよう。さて、ロッテ、話を戻すが、学校で問題になったのは、コルセット不要論とラテン語勉強会の二つだけなんだな」

「ええと、実はもう一つあるの。これは完全に院長先生の誤解なんだけど」

風向きはだいぶよくなってきたが、ここで油断するわけにはいかない。わたしは殊勝な顔をつくって目を伏せた。

「あのね、リネン室の櫃《ひつ》の中に、どうしてだか知らないけど大きな蛙《かえる》がいたの。去年の秋からずっともぐりこんでいたんじゃないかしら。小さい子たちが見つけてきゃあきゃあ言ってたから、わたしがつまんで捨てにいったんだけど、外に出る前に運悪く院長先生と鉢合わせして……」

蛙が急に目を覚まして院長先生の頭に飛び移ったのは、断じてわたしのせいではない。叔父さんの頰が引きつるように動いた。笑いをこらえているのだ。

「院長先生の手紙に、蛙を投げつける危険人物とあったのはそういうわけか。それは確かに運が悪かったな」

馬車は軽快にキルシュバウムの町を走り抜けていった。桜《キルシュバウム》の木の名にふさわしく、桜の木があちこちに植えられている。あと一週間もすれば白い花が咲きだすだろう。曲がり角で馬車が速度を落としたとき、木彫りの人形でいっぱいの飾り窓が目に入った。赤ずきんもいれば、狼《おおかみ》、熊、兎《うさぎ》など、森の動物たちもいる。日曜日だからお店は閉まっているが、機会を見つけてそのうちのぞいてみよう。

町を抜けると道はゆるやかなのぼりになった。丘のところどころに見える石積みは、昔の建物の一部だろうか。小高い丘の中腹には、灰色の石でできた建物がそびえていた。あれがきっと学校ね。学校の背後に広がるのは暗さとほの明るさが入り交じった春の森。

「シュテファン叔父さん」窓の外を見ている横顔にそっと呼びかける。

「ん?」

「ごめんなさい」

大きな手が伸びてきて、わたしの頭を軽く叩いた。

「新しい学校ではおとなしくしていてくれよ、おちびさん。さあ、俺はもう読んだから持っていけ」

色刷りの雑誌を鞄にしまいこんだとき、ガタンと揺れて馬車がとまった。ヘンシェル女学校に着いたのだ。

2

門まで出迎えにきてくれた小太りの女の先生はミュラーと名乗った。

「あなたがシャルロッテ・グリューンベルクさん？」

「はい、先生。初めまして」

スカートをつまみ、軽く膝を曲げて挨拶する。ミュラー先生はかなりのご年配だった。髪はほとんど白髪で、わずかに金髪の名残が見える。顎《あご》は三重になっていて、しゃべるとたぷたぷ揺れた。

「案外小柄だこと。制服がぶかぶかじゃなきゃいいけど。ケルステンさん、ご苦労さま。では確かに、シャルロッテさんはお引き受けしましたよ。ウーラントさんには最近お会いになりまして？　またこちらに寄ってくださるようお伝えくださいね」

（ウーラントさんて？）

わたしが目だけで尋ねると、シュテファン叔父さんは身をかがめて答えた。

「憲兵隊の中尉殿だ。この学校を紹介してくれた。ではミュラー先生、この子をよろしくお願いします。ロッテ、いい子にしてろよ、また会いにくるから」

わたしの頬にキスして、叔父さんは再び馬車に乗りこんだ。坂道をくだっていく馬車を見送ってミュラー先生が言う。

「軍医さんていったかしら。お若いのにしっかりした方みたいね。荷物はそれだけ？　じゃあ校長先生にご挨拶にいきましょう」

灰色の校舎に入ると、玄関ホールの奥にある階段がまず目に飛びこんできた。広々としたホールは、大きな花瓶や風景画、静物画などで飾られている。左手の壁でゆったり時を刻むのは、人が隠れられそうな背の高い振り子時計だ。ホールを突っ切って正面の階段をのぼる。濃い緑の絨毯が敷かれた階段は、七段のぼったところで左右に分かれ、二階へ続いていた。ミュラー先生のあとについて右側の階段に足をかける（慧注　ドイツ式に数えると、ほんまは地上階、一階、二階となるんやけど、ややこしいから日本式で訳しとく）。

「ミュラーです。グリューンベルクさんをお連れしました」

「お入りなさい」

校長室は二階にあがってすぐのところにあった。大きな机の向こう側には灰色の髪の女性が座っている。ミュラー先生よりはお若いが、それでも五十の坂は越えているだろう。窓から斜めに入ってくる光が、落ちくぼんだ目と角張った顎の線を浮かびあがらせる。一目見て、わたしは岩を連想した。

「シャルロッテ・グリューンベルクさんですね」

「はい」ここでも膝を曲げ、丁寧《ていねい》に礼をする。

「わたくしは校長のベーゼラーです。ようこそ、ヘンシェル女学校へ。規則を守って、しっかり勉強するように。模範生になってくれることを期待していますよ」

ラテン語もしっかり勉強できるならいいけど、と反射的にわたしは思った。右手の壁には肖像画が二枚かかっている。一人は白髪の、もう一人は金髪のおじいさんだ。おおかた創立者か昔の校長先生だろう。

校長室を出て、今度は寄宿舎に向かう。二階建ての寄宿舎は校舎の裏手の少し高くなった場所にあった。校舎ほどどっしりした建物ではないが、住み心地はよさそうだ。

「あら、ベルタ、ベルタ」ちょうど階段をおりてきた生徒に、ミュラー先生は呼びかけた。

「前に話した新しい子よ、あなたと同室の。お部屋に案内してくれる?」

「はい、ミュラー先生、喜んで」

ベルタと呼ばれた黒髪の生徒はまるい頬にえくぼを浮かべた。わたしより少し年上のようだ。ここの制服なのだろう、飾り気のない灰色の服を着ている。

「こっちよ、いらっしゃい。あなたどこから来たの?」

「シュトゥットガルトよ。この間まではシュトゥットガルトの学校にいたの。生まれは黒い森《シュヴァルツヴァルト》よ」

「ずいぶん遠くから来たのね。どうしてこの学校に?」

「ええっと、わたしの叔父がドレスデンにいてね、近くにいたほうがいいだろうって、わたしを呼び寄せてくれたの」嘘ではない。前の学校をやめた理由を省略しただけだ。

「自己紹介がまだだったわね。わたしはベルタ・ダールマンよ。よろしくね」

「ロッテ・グリューンベルクです。初めまして。いろいろ教えてくださいね」

階段の途中で握手を交わす。ベルタの瞳は矢車菊のような深い青をしていた。

わたしが入る大部屋は、二階の長い廊下の突きあたりにあった。簡素な寝台が七つ並んでいて、壁には作りつけの戸棚がある。戸口にいちばん近い寝台をベルタは指さした。

「あなたの寝台はあそこ。晩御飯の前に制服に着がえたほうがいいわ。戸棚に入ってる」

手袋と帽子を取ってベルタが教えてくれた戸棚を開けると、灰色の制服が吊られていた。寝台の上に荷物を置き、着ていた服を脱いでさっと着がえる。スカート丈はふくらはぎが半分見える長さだ。もう少し長いほうが大人っぽくていいのにね。あとちょっぴりでも袖がふくらんでいたらいいのに。

新入りが来たと聞きつけたのだろう、お下げ髪の生徒たちが次々に顔をのぞかせた。さあ、頑張って顔と名前を覚えなくちゃ。鼻の頭にそばかすのある子はリゼッテ。同じ蜂蜜《はちみつ》色の髪をしたクララとギゼラは姉妹で、わたしと同室だった。華奢《きやしや》なクララがお姉さんで、がっちりしたギゼラのほうが妹だという。

「これなあに? 見せて見せて」ギゼラはわたしの荷物の中から、叔父さんのくれた雑誌を引っ張りだした。『週刊ドレスデン特別増刊号』? 挿絵がもうちょっと多ければいいのに」

「小説の御本?」

「どきどきするようなお話が載っていて?」

手から手へ雑誌がまわされる。寄宿舎の中では新聞や雑誌はいつだって貴重品だ。

「見て見て、ここ、ドレスデン人形のことが出てる」リゼッテがおっとりした口調で読みあげた。「そして、彼等の顔形をもっと近くから見てみると、ドレスデン焼の人形のような美しさの中にひそむいくつかの特徴に気がついた——ですって」

わたしはリゼッテの手もとをのぞきこんだ。叔父さんが読んでいた「ツァイト・マシーネ」の一節だ。ドレスデン焼の人形に喩《たと》えられているのは、時間旅行に行った先で出会った小柄で美しい人々だった。

「うちにはねえ、とってもきれいなドレスデン人形があるの」

リゼッテが言うと、ギゼラが即座に言い返した。

「それがどうしたの。うちにはマイセンの人形があるわよ」

「うちのはねえ、薔薇《ばら》色のドレスを着ているの」

「そんなのたいしたことないわよ。うちのは子犬を連れてパラソルを持ってるわ」

そうそう、磁器で有名なマイセンの町はドレスデンの近くにあるんだったわ。マイセン人形はマイセン窯《がま》で焼かれたもの。ドレスデン人形はそれ以外の工房で作られたもの。マイセン人形にはとんでもない値段がついているけれど、ドレスデン人形はぴんからきりまである。リゼッテとギゼラの言い合いを聞いていてわたしに理解できたのはそのくらいだった。

「ツァイト・マシーネ……」雑誌の目次を見てベルタがつぶやく。

「時間旅行をした人の話ですって」

わたしが言うと、ベルタの肩がぎくっと動いた。

「時間旅行？　どなたか過去……へ行った人がいるの？」

「わたしもまだちゃんと読んでないんだけれど、過去じゃなくて未来へ行った人の話みたい」

「そう……勉強に関係ない御本は、先生に見つからないよう隠しておくほうがいいと思うわ」

「ベルタ、ベルタ！　誰か来たの？」

小さな女の子が駆けこんできてベルタのスカートをつかんだ。ベルタは女の子の肩に両手をおき、わたしのほうを向かせた。

「ロッテ、この子はリースヒェンよ。うちの部屋でいちばん小さな子なの。ほら、リースヒェン、挨拶なさい」

「こんにちは」

恥ずかしそうにリースヒェンは言った。年は六つか七つといったところか。肌はビスクドールのような色合いだ。黒い巻き毛が肩にこぼれかかるのを見て、かすかな違和感を覚えたが、それが何なのかはわからなかった。わたしは澄んだ青い瞳をのぞきこんだ。

「こんにちは、リースヒェン。わたしはロッテよ。よろしくね」

「どうしたの？　大変な騒ぎだこと」

冷ややかな声がして、開けっぱなしの扉から大柄な金髪の生徒が入ってきた。肌は青白く、きつい眼差しをしている。夜空のような暗い青をしたその目の上には、濃い直線の金の眉。

「新しい子よ」

ベルタの言葉に、「そう」とだけ彼女は答えた。後ろからもう一人の生徒が入ってくる。こちらは見事な赤毛だ。赤毛の生徒はわたしに目をとめると、まっすぐ近づいてきて握手の手を差しだした。

「新入りだね。ようこそ、地獄の一丁目へ」

「ドルトヒェン！」

ベルタが悲鳴をあげる。赤毛の生徒は黒い瞳をきらめかせ、男の子みたいにひょいと肩をすくめた。

「ほかにいい呼び方があるってのかい？　ドロテーア・フランケンタールだ、よろしく。ドルトヒェンと呼んでくれてかまわない」

しゃべり方も男の子のようだった。わたしはドルトヒェンの手を握り返す。

「ロッテ・グリューンベルクよ。よろしくね」

ドルトヒェンは金髪の生徒のほうに軽く手を振った。

「こちらはマーレだ。正式の名前はアマーリエ・ルドヴィカ・ヴィルヘルミーネ・ルイーゼ・フォン・エーバーライン」

「カタリーナが抜けていてよ」そう言ってアマーリエはかすかに頭を動かした。会釈《えしゃく》のつもりらしい。

階下でベルの音がした。ベルタは素早くそこにいる全員を見まわす。

「だらしない格好の人はいないわね。では食堂へ行きましょう。ロッテ、こっちよ」

一階の食堂に入り、ベルタとリースヒェンにはさまれて固い木のベンチに腰をおろす。ざっと見まわすと、生徒は七、八十人いただろうか。一段高くなった奥の席には先生たちが座っている。皿の上のものを見て、わたしはベルタにささやきかけた。

「これが夕食？　これで全部？」

「黙って」

とベルタがくちびるの動きで言う。わたしはめまいがしそうになるのをこらえながら、白い布のかかったテーブルの上に目を走らせた。バターを極限まで薄くのばした黒パン。まるごと茹《ゆ》でたジャガイモ。ザウアークラウトにチーズが一切れ。寄宿舎の食事だからそれほど期待していたわけではないが、それでも前の学校と比べると哀れなものだった。

校長先生のあとについて食前の祈りを唱え、それからやっと食事が始まった。

「これでみんな明日の朝までもつの？」

わたしのささやきにテーブルのみなが反応した。座席は部屋ごとに決まっているらしく、クララとギゼラ、アマーリエとドルトヒェンもそばに固まって座っている。リゼッテは二つ向こうのテーブルだ。

「もつわけないじゃない。あたしたち、いつだって飢え死に寸前よ」

憤然とギゼラが言うと、クララのほうはしーっとくちびるの前に指を立て、困ったような微《び》笑《しょう》を浮かべた。

「お昼には腸詰めとか塩漬けの豚とか、もうちょっとましなものが出るから。塩漬け鰊《にしん》の日も

「鰊でもないよりまし」ぶっきらぼうに言うのはドルトヒェンだ。

ぼそぼそした黒パンは、嚙めば嚙むほど酸味が出てくる。せっせと口を動かしながら、わたしは先生たちの席をうかがった。校長先生もミュラー先生もいるが、驚いた！　みんな生徒と同じものを食べている。わたしがそれを指摘すると、ベルタはうなずいた。

「そうなのよね。だからあまり文句を言えないの。貧しい人たちのことを考えて今日の食事に感謝しましょうと言われたら、はいと言うしかないじゃない」

「先生たちはこれで足りるでしょ。半分ひからびているんだもの」ギゼラはぷんぷんしながら言う。

リースヒェンは自分の皿のものを食べながら、時折ちらりちらりとわたしのほうをうかがっている。アマーリエはテーブルの会話に加わらず、背筋を伸ばしたまま黙々と黒パンをちぎっては口に運んでいた。

3

今年の復活祭は終わったとはいえ、四月初めの朝の空気はまだひんやりしている。暗いうちに起きだしたわたしたちは、熱いお粥《かゆ》と黒パンをお腹に入れ、整列して校舎に向かった。

「さあ、勉強勉強」

制服の裾を蹴りあげるようにして短い坂道をくだる。ほんというと、昨夜時間割をもらったときは、ため息が出そうになった。フランス語に英語、ドイツ文学と歴史と地理、それに数学と自然科学が少々。ここまではまあいいのだが、そのほかの時間はすべて音楽とダンス、お裁縫と手芸と水彩画に充てられている。ラテン語はなし、ギリシャ語ももちろんなし。あと数年で二十世紀になるというのに、前の学校もこの学校も女生徒に勉強させないようにしているとしか思えない。体操の時間がないのも時代遅れだ。まあでも、あまり文句を言っては罰が当たるだろう。十五歳にもなれば、普通は家で家事手伝いをしていないといけないのだ。学校という場にいられるだけでもありがたいと思わなくては。

長時間汽車に乗って疲れていたのに、昨夜はなかなか寝つけなかった。それでも夢を見たから、少しは眠れたのだろう。夢の中でわたしは森を歩いていた。学校の裏の森だわとなぜだかわかる。黒い小鳥が木の枝でさえずった。

「お帰り、ロッテ、お帰り、ロッテ」

わたしは小鳥を見あげて言った。

「どうしてお帰りって言うの？　わたしはここに来たばかりよ」

小鳥は答えず飛び去った。お伽噺《ときばなし》の登場人物になったみたいにずんずん歩いていくと、今度は枝の上に赤い栗鼠《りす》が顔をのぞかせた。

「お帰り、ロッテ、お帰り、ロッテ」

わたしは栗鼠を見あげて言った。

「どうしてお帰りって言うの？　わたしはここに来たばかりよ」

栗鼠は答えず、枝を走って消え去った。さらにずんずん歩いていくと、森の中に小さな空き地があって、その真ん中にナラの巨木が立っていた（慧注　原文はEiche《アイヒエ》の木で、ナラやカシの意味やけど、ドイツやからたぶんヨーロッパナラや。英語やとオークの木。葉っぱは柏餅の葉によう似てる）。木の下には白い大きな雌狼《めすおおかみ》が座っている。

「お帰り、ロッテ、お帰り、ロッテ」

わたしは白い狼を見つめた。不思議と恐怖は湧いてこない。

「どうしてお帰りって言うの？　わたしはここに来たばかりよ」

狼は金色の目をきらめかせ、ふさふさしたしっぽをゆっくり振った。大きな口が開き、鋭い牙がのぞく。残念なことに、そこで目が覚めてしまった。あの狼はわたしを食べようとしていたのかしら。それともわたしに何か言おうとしてたの？

ベルタに連れられて専攻科——本科の課程を終えたのち、さらに勉強したいという生徒のために設けられた特別コースね——の教室に向かう。最初の授業はフランス語だった。先生はマドモワゼル・ユベールというきれいなブルネットの女性だ。次の幾何は少しばかり簡単な気がしたが、まずは焦らず受けておくことにする。

ドイツ文学の先生は、シュミットという痩せぎすのおばあちゃんだった。色褪せた金髪を小さなまげにしていて、分厚い眼鏡の奥から意地悪そうに生徒を眺めまわす。

「さてみなさん、宿題はちゃんとしてきましたか？」

当てられた生徒は立ちあがって、ゲーテの「菫《すみれ》」という詩を一節ずつ暗誦した。「菫」が終わると、今度は「五月の歌」に入る。ベルタはよどみなく言ってのけたが、次のクララはかなり危うかった。クララがなんとか言い終えたあと、リゼッテがわたしの隣で立ちあがった。

「わが胸にわく
よろこび
おお」

そこでとまってしまい、頬が真っ赤になる。わたしはリゼッテを見あげ、「大地よ」と口を動かした。

「大地よ……」

「太陽よ」とさらに助け船を出すと、リゼッテは「太陽よ」と繰り返したが、そのあとが続かない。シュミット先生が咳払いした。

「リゼッテさんは、明日までにこの詩の書き取りを十回してくること、いいですね。シャルロッテさん、人に教える余裕があるのなら、自分で暗誦してみますか？　今のところを最初からお言いなさい」

教室中の視線がわたしに集中した。ああ、失敗。初日からあまり目立つ真似をするんじゃなかった。顔が赤くなるのを覚えたが、なるたけ平気な振りをして立ちあがる。

「わが胸にわく

よろこび

おお　大地よ　太陽よ

おお　幸福よ　愉悦よ」

「続けなさい」

一節終わったところで先生の顔をうかがう。シュミット先生は眉根を寄せ、ぴしりと言った。

「恋よ　恋よ

片岡の

朝雲の

あかねさすうるわしさ」

「五月の歌」は暗記しているから、考えないでもするする言える。

「ふん、いい子ぶっちゃって」

後ろで誰かがつぶやいた気がしたが聞き流し、とうとう最後まで暗誦すると、シュミット先生は顔をしかめて言った。

「シュトゥットガルトから来たのでしたね。あちらの訛りが出ないように気をつけなさい。では次回までの宿題です。シャルロッテさんは『湖上』を、ほかのみなさんは『海の静寂《しじま》』を覚えていらっしゃい」

わたしはにやりとしたくなるのをこらえた。「湖上」は「海の静寂」よりずっと長いけれど、お生憎さま、わたしは完璧に覚えている。

なんでわたしがそんなに詩を暗記してるかって？　実はわたし、自分でも詩を書いているの。投稿した詩が雑誌に載ったこともあるのよ。シュテファン叔父さんに見せたらびっくりしていたわ。たいして褒められはしなかったけれど、やめろとも言われなかった。だから今もせっせと書いてるし、頑張って投稿している。

詩を書いて、雑誌に発表して、そのお金で自立するのがわたしの目標。なりたいではなく、な、る、の。大学へ行くのはそのためのステップね。でも、このことはまだ誰にも言ったことはない。口にしたら笑われるに決まってるもの。

そのあとの講義はつつがなく進んだ。授業が終わったとき、シュミット先生はわたしを呼び寄せてこう言った。

「シャルロッテさん、お母さまのお名前は何とおっしゃるのですか？」

「アウグステ・グリューンベルクです」

「娘時代のお名前は？」

「ケルステンです」

「お祖母さまのお名前は？」

「マルガレーテ・ケルステン、旧姓プファイファーです」

シュミット先生は眼鏡の奥からじろりとわたしを見た。

「もうお一方のお祖母さまのお名前は？」

「父方の祖母はシャルロッテ・グリューンベルクと申します。旧姓ヴィルトです」

シュミット先生の表情がわずかに動いた。

「午後の授業が終わったらわたくしのところへいらっしゃい。見せたいものがあります」

昼食は寄宿舎に戻っていただく（ちゃんと腸詰めが出た！）。そのあとは午後の授業が始まるまで、校庭を散歩してもいいことになっていた。早速外へ飛びだそうとしたら、蜂蜜《はちみつ》色の髪の姉妹、クララとギゼラに声をかけられた。

「いらっしゃい、校舎を案内してあげるわ」

「昔のご城主の肖像画があるのよ。うちの校舎はもともと貴族の別荘だったの」

校舎の三階にのぼり、玄関ホールの真上にある楕円形の教室に入る。ここは舞踏室だとクララが教えてくれた。天井も壁も白く塗られていて、床は三色の木片を組み合わせた寄木細工になっている。踏むのがもったいないほどだ。

奥の壁にかかっているのがもとご城主の肖像画だった。軽く足を広げて立ち、わたしたちを見おろしてる。髪は灰色（昔流行った鬘《かつら》？）でお髭はなし。年はよくわからないが、堂々たる壮年といっておけば当たらずといえども遠からずと見た。鷲鼻と長く垂れた耳たぶがやたらに目立つ顔で、尊大な雰囲気を漂わせているが、くちびるの左端を持ちあげた笑い方には妙に愛嬌がある。両手の小指には何種類もの石を連ねた指輪をはめ、左肩には、うわあ趣味悪い、狼の頭のついた毛皮を羽織っていた。

「百何十年か前のモルゲンシュテルン男爵よ」とクララが言った。「この館を建てたのはこの人のお祖父さん。本物の絵は今の男爵さまのところにあるから、これは複製なんだけど。男爵が肩に引っかけているのはあの狼の毛皮よ」

「あの狼って？」

ギゼラがにやっとした。

「赤ずきんちゃんとお祖母さんを呑みこんだ狼に決まってるじゃない」

「え？　え？」

「なんだ、ロッテ、知らないの？　赤ずきんの話はね、ここキルシュバウムの森が舞台なのよ。誰でも知ってるもんだと思ってた」

そんなの初耳。というか、同じことを主張している町や村は、ドイツ国内だけでも何箇所かあったと思うけど。わたしはじっくり狼の毛皮を眺めた。灰色と茶色の混ざり合ったごく平凡な色の毛皮だ。白い狼だったら気になるけど、今朝の夢とは別に関係ないみたい。二つの目はガラスでもはめこんであるのか、黄緑色に薄気味悪く光っている。ギゼラがわたしの耳もとでささやいた。

「男爵家がこの別荘を売り払ったとき、この狼の毛皮はどこかに消えちゃったの。でもなくなったわけじゃなかったのよ。月がきれいな夜になるとね、この皮は――あたしたちはひらひら狼って呼んでるんだけど、赤ずきんを捜して学校の中をさまよい歩くの。運悪く出会ったら丸呑みにされるわよ」

あら楽しい。それを教えてくれるためにわざわざここまで連れてきてくれたのね。皮だけの狼だからひらひら狼、ひねりはないがよくわかる呼び方だ。狼の顔の横には小さな円窓があって、頬の削げた厳しい顔つきの男の人がこちらをうかがっていた。もつれた金の髪、額には斜めに走る赤黒い傷痕、手には絵筆を握っている。ということは画家の自画像だろう。男爵の肖像画を描く自分が、背後の鏡（窓じゃなくて鏡ね、きっと）に映りこんだ図というわけだ。

昼休みの残りを過ごそうと外に出たら、どこか上のほうからピアノの音が聞こえてきた。ショパンのワルツだ。音楽室の場所を探して今出てきたばかりの校舎を見あげると、三階の右端の出窓から鮮やかな赤い頭がのぞいた。手を振って呼びかける。

「ドルトヒェーン、そこ音楽室？　誰が弾いてるの？」

「マーレだ」軽く手を挙げてドルトヒェン。

「とってもお上手ね」

「ありがとう。マーレに言っとくよ」

ギゼラがわたしの手を引っ張った。「やめなさいよ、あの子たちと仲良くするのは」

「どうして？　同じ部屋のお友達じゃない」

「ドルトヒェンは変人だし、アマーリエは男爵令嬢だからってお高くとまってるの。あなたまでお仲間に見られるわよ」

校庭の池を一周しながら、ギゼラは音楽の先生がアマーリエを特別扱いしていると不平をこぼした。

「アマーリエは自由に音楽室のピアノを弾いていいことになってるの。ずるいったらないわ。寄宿舎にもピアノはあるけど、古いし練習はいつも順番待ちなんだもの」

池の中にはイルカの像が二頭いて、向かい合わせに水を吐きだしていた。イルカたちは仲良しこよしに見えるけど、人間関係はいろいろ複雑なようだ。

4

午後の授業がすべて終わるとシュミット先生の部屋を訪ねた。ラテン語のラの字もまだ口にしていないのに、早速何か注意されるのかと緊張して入っていったら、シュミット先生は古びた写生帳をめくっているところだった。

「来ましたね。ごらんなさい」

何枚かめくってわたしの前に差しだす。見た瞬間、わたしはぽかんと口を開けそうになった。端の茶色くなった写生帳に淡彩で描かれていたのは、十二、三歳のわたしだった。髪はほどいて肩に垂らし、手に持った菫《すみれ》の花を見つめている。

「あの、これは……」

「シャルロッテ・ヴィルトさんの肖像です」淡々とシュミット先生は言った。「描いたのはわたくしです。ではどうやら、あなたが小さなロッテさんのお孫さんというのは間違いないようですね」

「祖母をご存じでいらしたのですか？」

やっとまともに舌が動くようになった。シュミット先生は微笑《びしょう》の影らしきものを頬に閃《ひらめ》かせる。

「彼女はここの生徒だったのですよ。わたくしの一つ下でした。寄宿舎でも同じ部屋で、実の姉妹のように仲良くしたものですよ」

シュミット先生は立ちあがって、向かいの部屋の扉を叩いた。

「ミュラー先生、ちょっといらしてください。シャルロッテさんのお祖母さまがあの小さなロッテさんだとご存じでした？」

やってきたミュラー先生も、古い写生帳を見て驚いたり喜んだり。

「なんですぐ思いださなかったのかしら。一目でわかってよさそうなものだったのにねえ」

「見覚えがある気がしたので、これを引っ張りだしてみましたの。目もとのあたりなんかそっくりですわね。ロッテさん、お帰りなさいとつい言いそうになりましたよ」

今朝方の夢を思いだして、あっと思う。わたしって夢見の才でもあるの？　まさかね。単なる偶然に決まってるわ。ミュラー先生は遠くを見る眼差しになった。

「思いだすわ、あの結婚式！　みんなで行きましたねえ」

「素晴らしくきれいな花嫁さんでしたわね。わたくし、カール坊やが生まれたときもお祝いを贈ったんですよ。でもそのあと……あれは次のお子さんのときでしたわね」

シュミット先生の声に悲しみがにじむ。ロッテお祖母さまは二人目の赤ちゃんを産むとき亡くなったのだとお父さんに聞いたことがあった。

「カール坊やは今何してらっしゃるの？」

わたしはこぶしを握り、くちびるが震えそうになるのをこらえた。

「カールはわたしの父です。医者をしておりましたけれど、二年前みまかりました」

ミュラー先生が長い息を吐きだし、シュミット先生はハンカチをもみしぼった。しばしの沈黙ののち、シュミット先生は小さく頭を振った。

「ロッテさんは本当に可愛い子でしたよ。あなたと同じ明るい緑の目をしていて、髪も同じ鳶《とび》色で……ミュラー先生、あのピクニックの日のこと、覚えてらっしゃいます？」

「もちろんですとも。ロッテさんが赤ずきんになった日のことでしょう」

「裏の森へみんなでピクニックに行ったとき、余興《よきょう》で赤ずきんを選んだのですよ」シュミット先生はわたしのほうを向いて言った。「くじを引きあてたのはロッテさんでした。フランス人のマダムがベルベットの赤いずきんを用意してくれてましてね、ロッテさんに大層よく似合っていましたよ。みんなで赤ずきんごっこをしたり、ダンスをしたり……小さなロッテさんは今のリースヒェンよりちょっと大きいくらいだったかしら」

「そうそう、狼《おおかみ》役を決めてかくれんぼもしましたね」ミュラー先生も懐かしそうに言う。

「あのかくれんぼのあとでしたわ、ロッテさんが迷子になったのは。みんなで捜したけれど見つからなくて、そのうちわたくしもほかの子たちとはぐれてしまいましてね、怖くなって引き返そうとしたとき、遠くからロッテさんの声がしたように思ったんですよ。それで勇気を出して森の奥に分け入ったら、薄暗い木の下を必死で走ってくるロッテさんとぶつかって……」

「無法者の岩場まで行ってきたというのだから驚きました。森の奥にね、岩がたくさん転がっているところがあるんですよ。けっこう遠いのに、よく行って帰ってきたものです」

「ミュラー先生、わたくし、あの日のことがどうも腑に落ちないんですの。霧が出て道に迷ったとロッテさんは言いましたでしょう。あんなにいいお天気でしたのに」

「わたしもあらと思いましたけれどね、たぶん岩場のほうにだけ出たんでしょう」

「あのあと気になることを言ってましたよね。泉のそばで男の人に声をかけられたとか、狼に会ったとか」

「ああ、あれね。ただの木樵《きこり》か猟師だったんでしょう。狼はきっと見間違いですよ。出る出ると思うから、出たような気がしただけで。それよりシュミット先生、覚えてます？」

先生二人はわたしのことなどそっちのけでピクニックの思い出話を始めた。赤いジャムをはさんだケーキ、木から木へ走っていった栗鼠《りす》、つまずいて足を挫《くじ》いた誰かさん。お祖母さまが子どものころというのなら、少なくとも五十年前の出来事だろうに、ミュラー先生もシュミット先生も、昨日あったことのようにいきいきと語り続けたのだった。

寄宿舎に駆け戻って自習室に入り、宿題と明日の予習を片づけたら、もう夕食の時間だ。夕食の献立は見事なまでに昨日と同じだった。そのあとは談話室に集まっておしゃべりを楽しんだ。刺繡《ししゅう》や編み物をする人もいれば、片隅で勉強を教え合っている仲良しさんもいる。わたしも編み物を持って、女の子たちの輪に加わった。

「何編んでるの？」クララがわたしの手もとをのぞきこんだ。

「靴下よ。わたしの叔父さんに編んであげようと思って」

「ふうーん、優しいのね」

とまどったふうに言ったクララは、叔父さんと聞いてよぼよぼのお年寄りを想像したに違いないわ。失礼しちゃう。棒針の先を動かしながら、昼休みに聞きそびれたことを尋ねてみた。

「ねえ、ここの男爵はどうして赤ずきんちゃんを呑みこんだ狼の皮なんか持っていたの？」

「ご先祖さまから受けついだのよ」とリゼッテ。

「ご先祖さまはどうして持っていたの？」

「何よ、ロッテ、赤ずきんのお話覚えてないの？　最後のところどうなってた？」

ギゼラの小馬鹿にしたような物言いにかちんときたわたしは、頭の中でグリムの本のページを繰った。お祖母さんは葡萄《ぶどう》酒とお菓子を食べて元気を取り戻し、赤ずきんはこれからはお母さんの言いつけを破らないようにしようと反省し、猟師さんは……。

「猟師さんは狼の皮を剝いで、うちへ持って帰ったんだったわ」

わたしが言うと、「そのとおり」とギゼラは顎《あご》をあげた。

「猟師は狼の毛皮を剝いで持って帰ったの。敷物にぴったりと思ったんじゃないの」

「それより毛皮の外套じゃないかしら。わたしだったら外套にして、余ったら襟巻とマフにするわ」

夢見るようにリゼッテが言えば、ギゼラは頰をふくらませる。

「狐じゃないのよ、狼の毛皮の外套なんてあるわけないでしょ。ともかくグリムの本にちゃんと書いてあるとおり、猟師は毛皮をうちに持って帰ったの。そして赤ずきんが大きくなると婚約した」

「ええっ？　けっこう年が離れてたんじゃない？」

「十や十五なら離れてるうちに入らないわよ。とにかくこのあたりじゃそういうことになってるの」

うーん、まあ赤ずきんが幸せだったのなら、どうこう言う気はないけれど。

「じゃあ、それでめでたしめでたし？」

「残念ながらそうじゃないの。そのころここの森には無法者の一団が住みついていて、追い剝ぎや強盗で荒稼ぎしていたの。殿さまの伯爵は、頭領の首に賞金をかけました」

ギゼラとリゼッテがかわるがわる語ったことをまとめるとこうだった。賞金にひかれ、腕自慢の男たちが何人も森に入っていったが、誰一人帰ってこなかった。そこへ現れたのがクルトと名乗る若者。クルトはわざと無法者に捕まり、頭領に一騎討ちを挑む。そうして見事討ち取ったのだが、殿さまは約束の賞金を出ししぶった。怒ったクルトは森にとって返し、今度は自分が無法者の頭領となる。勇猛かつ残忍なクルトは、いつしか〈森の王〉と呼ばれるようになった。

ある日クルトは森のはずれで赤ずきんを見かけ、一目で恋に落ちた。結婚式の場に乗りこんできたクルトは猟師を殺害すると、狼の皮を奪い、赤ずきんをさらって森へ逃げこむ。赤ずきんの母親は、狩りで近くに来ていた殿さまに助けを求めた。かねてから〈森の王〉とその仲間をいまいましく思っていた殿さまは兵を動かし、岩場に追いつめて彼らを退治。赤ずきんは無事助けだされ、狼の皮は殿さまに献上された。

「森の奥に無法者の岩場ってところがあると聞いたんだけど」先生たちの話を思いだして言ってみる。

「そうよ、そこが戦いのあった場所。実はね」とギゼラは声を落とした。「クルトはただの人間ではなかったの。内緒だけどロッテには教えてあげる。クルトはね、人狼《じんろう》だったの」

「人狼？」いきなり予想外の言葉が出てきた。

「そう、人狼。手下もみんな人狼だったの。無法者の岩場に行ったら、今でも人狼の幽霊が出てくるんですってよ」

クララが軽く妹をにらんだ。

「もう、ギゼラったら、あんまりロッテを脅かすもんじゃないわよ。人狼なんか本当にいるわけないでしょ」

窓辺にアマーリエと並んで座っていたドルトヒェンが、ちらちらわたしたちのほうを見ている。話に加わりたいのかしら。

「アマーリエ、ドルトヒェン、あなたたちもこっちに来て座らない？」

声をかけると、赤毛のドルトヒェンだけやってきた。

「赤ずきんの話が聞こえてきてね。君たちは気づいていないようだから、ちょっと指摘しておこう。クルトが人狼だったのなら、猟師のほうはどうなのかな」

え？　とわたしたちは顔を見合わせる。

「狼の毛皮は毛並みが粗いから外套や敷物には向かない。貴族なら剝製《はくせい》にして屋敷の中に飾るかもしれないが、猟師の小屋にそんなものは不要だ。では彼は何のために毛皮を剝いでわざわざ持って帰ったんだ？」

「ちょっと、おかしなこと言わないでよ。猟師は赤ずきんを助けた正義の味方なんだから」

ギゼラににらまれてもドルトヒェンは涼しい顔。

「話の邪魔をしてしまったかな。では失敬」

アマーリエの隣の席に戻ったドルトヒェンをわたしはこっそりうかがった。猟師さんも人狼だった。狼の皮をかぶって、狼に変身した……。確かにそうとも解釈できるわ。

クララがわたしの腕に手をおいた。

「ドルトヒェンの言うことは気にしないで。赤ずきんの話はまだ終わりじゃないのよ。戦いのあと殿さまは赤ずきんを側室に取り立てたの。赤ずきんの産んだ子どもは、やがて男爵の位を得て、モルゲンシュテルン男爵となりました」

「あら、じゃああの肖像画に描かれていたのは……」

「赤ずきんの子孫よ」

赤ずきんがいくら愛らしくても、子孫はああなるわけね。クララはにこにこと続ける。

「男爵家のお宝の話も教えてあげなくちゃね。うちの学校には、宝石と同じくらい価値のあるものが隠されているのよ」

「宝石と同じくらいってことは、宝石じゃないのね」

「ヒントをあげるわ。ドレスデンの近くの町で作られてるもの」

「もしかしてマイセン?」

「大正解。マイセンの磁器、紋章入りのテーブルウェア」

「なんでそんなものが隠されているの? テーブルウェアなんて、使わなきゃ意味がないじゃない」

編み針だの刺繡針だのを動かしながら、みな口々に語る。戦が起こったとき、略奪を恐れて隠し、それっきりになったという説。男爵が愛人のために作らせたが、奥方に見つかりそうになってとりあえずこの別荘に隠し、取りだす前に死んでしまったという説。皿を盗んだ疑いをかけられた召使いが、怒って本当に盗み、人知れず隠したという説。

「言っとくけどこの学校には抜け道も隠し部屋もないわよ」ギゼラは人差し指を振った。「これまでに何人もの人が探したけど見つからなかった」

それは残念。でも見落としが絶対にないとはいえないわよね。そのうちわたしも探してみようかしら。ここでギゼラはわざとらしく声をひそめた。

「この学校に隠されているものはもう一つあるの。月光文書という予言の書よ」

「予言の書ですって?」

そちらのほうが面白そう。わたしが身を乗りだすと、リゼッテがくすくす笑った。

「そんなご大層なものじゃないのよ。ルンペルシュティルツヒェンが酔っ払って予言をしたのを書きとめたものなの。酔っ払いのたわごとなんか書き残しても仕方ないのにね」

「ルンペルシュティルツヒェン?」それってグリムのお伽噺《とぎばなし》に出てくる小人の名前でしょう。

「そう、ルンペルシュティルツヒェン。男爵の絵を描いた画家の名前よ。本名じゃなくてただの綽名《あだな》なんだけどね」

八時半になると先生が顔をのぞかせた。

「おしゃべりはそこまで。そろそろ就寝の支度をなさい」

部屋に戻って寝る準備をしていると、ドイツ文学の教科書が見当たらないのに気がついた。寝台のまわりを捜し、戸棚を調べてみたが見つからない。自習室に忘れたのかと思って取りにいこうとしたら、部屋に戻ってきたドルトヒェンとぶつかりそうになった。

「あら、ごめんなさい」

「こちらこそ」きびきびと言ったドルトヒェンは、わたしの足もとから白い紙片を拾いあげた。

「落ちてたよ。君のじゃないのか?」

5

お礼を言って受け取り、次の瞬間、「あらっ」と言っていた。ノートの端をちぎったらしき紙には、ぐねぐねした文字が書き連ねてある。

おまえの教科書は預かった。校舎の玄関ホールに隠してある。
さっさと取りにいくんだな。真夜中までに来なかったら燃やしてしまうぞ。
追伸　校舎の裏口の鍵は開いている。

筆跡をごまかすために、わざと下手な字で書いたのだろうか。署名はない。通俗小説に出てくる誘拐犯が書きそうな手紙だ。その場合は、教科書でなく「おまえの子どもは預かった」となるんだろうけれど。

「どうしたの?」ベルタがわたしの手もとをのぞきこんで、きゃっと叫んだ。「誰かの悪戯《いたずら》ね。ほっとけばいいわ。明日の朝にしなさいよ」

「そうしたいところだけれど、燃やしてしまうぞというのは、どこまで本気なのかしら」

同室の子たちがわたしたちのそばに寄ってきた。ギゼラがわたしの肩をぽんと叩く。

「どうする？　行くの？」

「行っちゃ駄目！　ひらひら狼《おおかみ》が出るよ」

甲高い声でリースヒェンが叫んだ。わたしはまわりの顔に目を走らせる。心配そうなベルタとクララ、わずかに眉をひそめたアマーリエ、怯えた顔のリースヒェン。ギゼラがどことなくはしゃいだ様子に見えるのは気のせいだろうか。

「行く必要はない」ドルトヒェンは赤毛の頭を揺すって言い切った。「この手紙には矛盾がある。燃やすという脅しを実行するには教科書が手もとにないといけないが、だとしたら玄関ホールに隠してあるというのは嘘になる」

「玄関ホールにあるというのが本当なら、燃やせるわけがない。それもそうね。まさか校舎ごと燃やすつもりはないだろうから」アマーリエはなめらかな口調で怖いことを言う。

「校舎にひそんで、ロッテが来るかどうか待ってるのかも……」

クララが言いかけたが、ドルトヒェンは軽く一蹴《いっしゅう》した。

「来るかどうかわからないロッテを一晩中待っているのかい？　そんなことはない」

「先生が来るわ！　寝台に入って！」

ベルタに言われ、みな寝巻に着がえて寝台に飛びこんだ。軽い足音とともに現れたのはマドモワゼル・ユベール。点呼を取り、ランプを消すと、「おやすみなさい《ボンニュイ》」と言って出ていく。マドモワゼルの足音が遠ざかるのを待ってわたしは起きあがり、枕もとの制服に手を伸ばした。

「当分のぞきにこないわね。だったらひとっぱしり行ってくるわ」

「ならば自習室の窓から出たまえ。あそこなら先生に見つかることはない。裏口の場所はわかるかい？」

ドルトヒェンは蠟燭《ろうそく》をつけて、石盤に簡単な見取り図を描いてくれた。真ん中より少し右寄りの場所に、いわれてみれば扉があったような気がする。

「わたしも一緒に行くわ」震える声で言ってくれたのはベルタだ。

「ありがとう。でも一人で大丈夫」一人のほうが素早く動けるし、先生に見つかる危険も少ない。

「だけど……」

「見つからなかったらすぐ戻ってくるわ」

「じゃあ自習室まででも」

ベルタと二人、こっそり階段をおりる。自習室には難なく入れた。ベルタは端っこの窓を開け、外の様子をうかがう。

「誰もいないと思うわ。気をつけてね。戻るまでここで待ってるわ」

わたしは地面に飛びおり、ベルタに手を振って駆けだした。灰色の制服は夜闇にまぎれるのに都合がいい。まさかそのためにこの色にしたわけじゃないわよね。心の奥には怒りがくすぶっている。教科書といえども本だ。本を燃やすという脅しが気に入らない。

各自の戸棚には鍵がついているが、夕食に行く前、急いでいてうっかりかけ忘れたかもしれない。部屋のほうには鍵などないから、誰でも入ってきて教科書を持ちだすことができる。だけどほかの部屋の人がしたとはかぎらない。さっきの六人の中に犯人がいてもおかしくないのだ。あるいは六人全員が犯人でも。

足には自信がある。誰にも見つからずに坂道を駆けおりて左に折れ、校舎の裏口に到着した。そっとノブをまわすと扉は簡単に開いた。人の気配はない。暗い校舎に侵入し、表側にある玄関ホールを目指す。廊下に出たらあとは簡単だった。まっすぐたどっていくと、大階段の横手から天井の高いホールに出ることができた。くぐもったような物音がして、思わず身を硬くしたが、大きな振り子時計の音だとわかって力を抜く。

そこでわたしは、蠟燭も何も持ってこなかったことに気づいた。ああ、失敗！　かといって、今から引き返すのも面倒だ。月が出ていればいいのに、こんなときにかぎって夜空には薄く雲がかかっている。

正面階段の前に立って、しばし考えをめぐらす。手探りで捜すしかないかと心を決めたとき、ホールの中に何かの気配を感じた。反射的に姿勢を低くし、身がまえる。先生なら灯りを掲げて誰何《すいか》すればいいだけだ。先生でないとしたら幽霊？　そこで思いあたった。きっと誰かが幽霊だかひらひら狼だかの振りをしているのね。人を夜の校舎に呼びだして脅かそうという魂胆《こんたん》なんだわ。

「こらっ！」

三歩で飛びつき、そこにあるはずの腕をつかもうとしたが、手は空を切り、わたしはバランスを崩してこけそうになった。背後の暗闇から抑えた声がした。

「疾風《はやて》、疾風、どこにいるの？　鼠《ねずみ》なんかほっといて出てらっしゃい」

くるぶしのあたりでふんふんという声がして、何かが青く光った。思わずぎゃっと叫んで足を引っこめる。

「どなた？　どなたかそこにいらっしゃるの？」

ホールの中に灯りが入ってきた。燭台《しょくだい》を掲げて立つのは黒っぽい髪の女の人だ。光の輪の端にわたしを認めたのだろう、足音をほとんど立てることなく近づいてくる。わたしの足もとにいたのは、茶色い毛のダックスフントだった。なあんだ、脅かしてくれちゃって。ほんの一瞬だけどひらひら狼かと思ってしまったじゃない。

「こんばんは」

穏やかな声で呼びかけられ、観念してわたしも一歩前に出た。

「こんばんは」

女性にしては背が高い。年のころは二十代後半だろうか。どこかへ出かけていたのか、夜会服の上にマントを羽織った姿で、髪はきれいに結いあげてあった。見覚えはないけれど、先生の一人に違いない。胸もとには鈍く光る金のロケットをさげている。

ダックスフントは短い脚で彼女の足もとに駆け寄ったかと思うと、まわれ右してわたしに牙を剝いた。

「ごめんなさいね、普段はもう少しお行儀がいいのだけれど、鼠を見つけて興奮していて」白い手がダックスフントの頭を軽く叩く。「こんな時間にここで何をしてらっしゃるの？　今は寝ている時間じゃなくて？」

顔を見られたのだから逃げ隠れしても無駄だ。正直に言ったほうがいいだろうと心を決めた。

「あ、あの……教科書を捜しにきたんです……」

すらりとした女性は目をみはった。

「教科書を？　教室に行くのならご一緒しましょうか」

「いえ……このホールにある……らしいんで」

彼女は小首をかしげたが、すぐにこう言った。

「誰かに意地悪されて隠されたのね、そうでしょう」

「おっしゃるとおりです、先生」

「安心して、わたくしは先生ではないの。このホールにあるのは間違いないのね」

「はい、たぶん」

女性は燭台を高く掲げた。揺らめく炎がホールを照らしだす。葡萄《ぶどう》とオレンジ、百合の花などを描いた静物画。川と小舟を描いた風景画。花の入っていない大きな花瓶が三つ。教科書を隠すとしたらどこだろう。

そのとき閃《ひらめ》いた。背の高い振り子時計に歩み寄り、扉に手をかける。後ろから差しかけられた燭台の光で、時計の側面に薔薇《ローゼ》の花と鼠《ラッテ》が浮き彫りになっているのが見えた。薔薇《ばら》の花はともかくわざわざ鼠を彫るなんて変わった趣味だこと。

時計の中を手で探ると、教科書は振り子の後ろに突っこまれていた。――いちばん小さな子山羊《やぎ》が隠れていた場所。

「ありがとうございます。見つかりました」

「もう一冊下にあってよ」

急いで引っ張りだし、わたしは息をのんだ。シュテファン叔父さんにもらった「週刊ドレスデン特別増刊号」だ。手触りがなんだかおかしい。めくってみると中のページが三分の一近く破り取られている。

「ひどい……こんなことをする人がいるなんて」

「あなたの御本?」

「はい……」

時計の中を捜してみたが、ちぎられた箇所は見当たらなかった。ホールの中に散らばってい
る様子もない。

「遅くなるからそろそろお帰りなさい。寄宿舎にいらっしゃるのでしょう。お送りしましょうか?」

「いえ、けっこうです。失礼いたします」

もう一度お礼を言って裏口に向かう。先生ではないと言っていたけれど、あの人はいったい誰なのかしら。暗い校舎を出ると、今になって心臓がばくばくしてきた。

第二章　お昼寝熊さんとひらひら狼《おおかみ》

1

女学校の中を噂が駆けめぐる速さは驚くべきものがある。翌朝わたしは、何人もの生徒に親しげに声をかけられた。

「一人で行ったんですって？　勇気があるのね」

「あっという間に帰ってきたんでしょう。すごいわ」

新しく入った生徒の持ち物を隠すのは、よくある悪戯《いたずら》なのだとベルタは教えてくれた。

「普通は寄宿舎の中に隠すんだけど、今回はどうしたのかしら。子どもっぽい人が多くてごめんなさいね」

犯人はギゼラではないかとわたしはにらんでいたが、はっきりした証拠があるわけではない。破られた雑誌のことは、結局誰にも言わなかった。昨夜窓から入る前に服の下に隠したから、ベルタにも気づかれていないはずだ。騒いでもいいことはない。先生の耳に入れば没収されるだけだもの。とにかく十分注意すること、と自分に言い聞かせる。この次何か仕掛けられたら、そのときは遠慮なく反撃しよう。

午前中の授業が終わると、みないそいそと寄宿舎に戻る。お昼には一日でいちばんまともな食事が出る。席に着いて先生方が揃うのを待っていると、ギゼラがクララの脇腹を肘でつついた。

「見て見て、あそこ、あの方が出てきたわよ」

つられて目をやり、危うく大声を出しそうになった。昨夜の女性が先生方に交じって着席し、マドモワゼル・ユベールと何やら笑顔で会話している。

「あの方どなた?」

ここは尋ねても不自然ではあるまい。答えてくれたのはベルタだ。

「校長先生のお客さまよ。ゾフィー・フォン・コンツェ嬢とおっしゃるの。ボヘミアの伯爵令嬢で、お父さまは外交官だそうよ。冬にかかった気管支炎が治らなくて、転地療養のためにいらしたんですって」

コンツェ嬢が泊まっているのは先生方が暮らす寄宿舎の別館で、ダックスフントとお付きの老女も一緒だという。

「昨日も一昨日も見かけなかったけど……」

「ドレスデンにオペラを観にいってたんですって」とクララ。

「いいわよね、好きに出入りできる人は。いつも素敵な服を着ているし」

ギゼラが心底羨ましそうに言った。コンツェ嬢の今日のドレスは淡い紫。袖は大きくふくらんでいて、胸もとには昨夜見た金のロケットが揺れていた。

昼休みが終わると、わたしたちのクラスは三階の白い舞踏室に集合した。ダンスを教えてくれるのは、あのお年を召されたミュラー先生だ。卵に手足がついたような体型にもかかわらず、優雅にワルツのステップを踏んでみせる。

「さあ、みなさんもやってみましょう」

助手のボイマー先生が弾くピアノに合わせ、モルゲンシュテルン男爵の肖像に見おろされながら、まずは一人で、それから女の子同士組んで練習する。みなが一斉にターンすると、広がった制服の裾があちこちでぶつかった。

「わたしは常々疑問を抱いているのだが、この練習は逆効果ではないだろうか」アマーリエと踊りながらドルトヒェンが言っている。「噂では、ギムナジウムでも同様の練習をしているという。ギムナジウムで女性パートを踊りなれた者と、女学校で男性パートを踊りなれた者が組んで踊ることがあったら、はなはだまずいと思わないか?」

アマーリエの返事は聞こえなかったが、その光景を想像してわたしは内心にやりとした。ミュラー先生はアマーリエを呼び、模範演技をしてみせた。ワルツ、ポルカ、ポロネーズ。貴族の姫君アマーリエは、幼少時から叩きこまれているのだろう、どんな踊りもそつなくこなす。先生のリードに身をゆだね、ものうげな表情で寄木細工の床を滑っていった。

窓の外を見ていたギゼラが、隣のクララの袖を引っ張った。

「見て見て、お客さんよ」

ちょうどピアノが途切れたところで、ギゼラの声はよく響いた。

「ギゼラさん、外ばかり気にするのはおやめなさい」

そうたしなめたミュラー先生だが、ご自身も窓辺にやってきた。ここの窓からは正門がよく見える。門の前にとまった辻馬車からよっこらしょという感じで降りてきたのは、茶色い服の殿方だった。「ヘンシェルさまだわ」という声が、さざなみのように舞踏室に広がった。

「ヘンシェルさまって？」

誰にともなくわたしが問いかけると、小声でクララが教えてくれた。

「校長先生の叔父さまよ。ライプツィヒにお住まいなんだけど、ときどき遊びにみえられるの」

夕食の席で、もう少し近くからヘンシェルさまを眺めることができた。校長先生の隣の席に案内されてきたのは、恰幅のいい——端的にいえばお腹が出ている——殿方だ。おつむは灰色、口髭も灰色、お顔はしもぶくれで、左右の頬に木の実を詰めこんだ栗鼠《りす》に酷似している。叔父さまといっても、校長先生とそれほど年が離れているようではなかった。せいぜい六十くらいか。ミュラー先生が立ちあがって言った。

「みなさん、本日はわが校に素晴らしいお客さまをお迎えすることができました。校長先生の叔父さま、ゼバスティアン・ヘンシェルさまです。ご挨拶なさい」

「いらっしゃいませ、ヘンシェルさま」

わたしたちはお行儀よく声を揃えて言う。ヘンシェルさまは軽く右手を挙げた。

「みなさん、ありがとう。こんな愛らしい娘さんたちに迎えていただけるとは、望外の喜びです。春になるとこの地が恋しくなります。また半月ばかりお邪魔させてもらいますよ」

お年のわりに声は朗々としていた。ギゼラがわたしの耳にささやく。

「ただ遊びにきたようなこと言ってるでしょ。あの方本当はね、マイセンのテーブルウェアを探しにきたのよ。毎年やってきては校内を探しまわってるの」

「わたしは月光文書を探してるって聞いたわ」と言ったのはクララだ。

「似たようなもんでしょ。どうせ見つかりっこないんだから」

クララは軽くギゼラをにらみ、わたしのほうを向いた。

「月光文書はね、ナポレオンの出現をずっと前から言いあててたんですって。文書の最後はドレスデンの滅亡だっていうのよ」

「世界の終わりじゃなくてドレスデンの滅亡?」

世界の終わりというよりなんだか生々しい。ギゼラが横から口を出す。

「紙切れ二、三枚なら、どこに隠されていても不思議はないでしょ。あたしの考えでは」

「ギゼラ、ロッテにあれこれ吹きこむもんじゃなくてよ」

ベルタに注意され、ギゼラは肩をすくめた。

「はいはい。大昔の予言書なんか、あたしどうでもいいの。来年流行るドレスのことが出てないかと思っただけ」

初めての学校はなんのかんのいっても気疲れする。おしゃべり厳禁の自習室で勉強できる時間はかえってありがたい。宿題と予習を終え、昨夜の雑誌をこっそり調べてみた。H・G・ウェルズという人の小説「ツァイト・マシーネ」がまるまるなくなっている。こんなことしなくても、読みたいと言ってくれたら貸してあげたのに。

もやもやした気分のまま、夕食のあとは編み物籠をさげて談話室に向かった。一昔前、向学心に燃える女性たちは、編み物をしながら本を読んだという。わたしもやってみたことがあるが、けっこう難しかった。本に集中していると、うっかり一日飛ばしたときに気づくのが遅れて悲惨なことになる。編み針を動かしながらするのは軽いおしゃべりくらいのほうがいい。家族の話、故郷の話、日曜日の予定、先生たちの噂話……手を動かしながら、みなせっせと口も動かしていたのだけれど、平和なはずの談話室に、突如甲高い声が響きわたった。

「返してよ、ギゼラ！」

手を高く差しあげたギゼラの前で、リースヒェンがぴょんぴょん跳びはねている。ギゼラの手には赤い小箱が握られていた。

「またこのおかしな人形で遊んでるの？　いいかげん卒業したら？」

「返してよ、わたしのよ！」

編み物を手にわたしは立ちあがったが、わたしが駆け寄るより早くベルタが進みでた。

「ギゼラ」

静かな声だった。小さい子をいじめるのはおやめなさいとか、そういう台詞は一切なし。ただ深い青の瞳でじっとギゼラを見つめる。ギゼラはだらんと手をおろした。

「ちょっとからかっただけじゃない。ほら」

小箱をリースヒェンの手に押しこんでギゼラは談話室を出ていった。

「ふん、なにさ、お情けでこの学校においてもらってるくせに」

扉が閉まる前に聞こえよがしの声。部屋の中は一瞬静まり返る。今のはベルタのこと？　リースヒェンのこと？

「ごめんなさい……」

おろおろ声で言うクララにベルタは微笑《ほほえ》みかけ、リースヒェンの肩に手をおいた。

「ねえ、リースヒェン、それロッテに見せてあげたらどうかしら」

黒髪の二人が寄り添ったさまは、まるで姉妹のようだった。ベルタの声は普段どおり落ち着いている。談話室にまたおしゃべりが戻り、リースヒェンはわたしの隣に走ってきた。

「なあに、これ。リースヒェンの宝物？」

小さな手の上にのっていたのは単なる木箱ではなく、手のこんだ細工物だった。赤く塗られた四角い箱の上に、木彫りの茶色い熊が顔をこちらに向け、体の左側を下にして寝ころんでいる。顔はまるく、お腹もまるく、手足は短くて愛らしい。右の手には細かく彫られた蜂の巣が握られている。

「ロッテ、ここ引っ張ってみて」

箱の横（ちょうど熊さんの頭の下あたりね）から飛びだした棒にリースヒェンが手を触れた。まわりの女の子たちから忍び笑いがもれる。何かあるなと思いつつ、わたしは棒を引っ張った。

とたんにきゃっと声が出た。熊の首がするする伸びて、まるっこい頭が上に持ちあがったのだ。片足が台の上を滑って直角に開き、一拍遅れて蜂の巣を持つ手がゆっくり足のほうへ振れる。頭の動きとともに左右の目が飛びだし、またまたぎょっとした。黒目を先端につけたま、白目の部分がマッチ棒のように出てきたんだもの、不気味ったらないわ。

「びっくりした？　びっくりした？」

リースヒェンが嬉しそうに訊くので、わたしは細っこい体に腕をまわした。

「びっくりしたわ。こんな驚いたことってない」

リースヒェンが横棒を箱の中に押しこむと、熊の首は縮んで頭はちゃんと肩の上に戻った。カタンという音とともに手足も最初の位置に戻る。目玉を頭の中に入れ、もう一度棒を引っ張ると、手足の動きとともに再びするする首が伸びていく。今度は心の準備ができていたが、それでも蛇が出てきたようでぎょっとした。

「お昼寝熊さん」

リースヒェンはにこにこと言う。ベルタが笑みを含んだ声で説明してくれた。

「このあたりでよく作られているからくり人形なの。百年以上前からあるのよ」

「わかった、あれね。来るときキルシュバウムの町で木彫りの人形を見たわ。あれってからくり人形だったのね」

「すごいでしょう」

「でもちょっと気持ち悪いわよね」

みんなが口々に言う中、リースヒェンは「お父さんに買ってもらったの」と大事そうに熊の頭を撫でる。ベルタは愛しげに目を細め、リースヒェンを見守っていた。

2

——小さなわたしは森の中を歩いている。黒い森《シュヴァルツヴァルト》と違って広葉樹の多い森だ。冷たい霧が森の中を流れてゆき、細かな水滴は服に、髪にまとわりつく。

どうしてこんなところを歩いていたんだっけ。お祖母さんの家にお菓子と葡萄酒《ぶどう》を届けにいく……わけじゃない。花を摘んでいるうちに迷ってしまったのだ。

ときどき足をとめ、呼んでみる。

「ファーティ、ムッティ、ファーティ、ムッティ」

白い霧の中から黒いシルエットが浮かびあがった。木だとわかっていても、巨人がうずくまっているようで恐ろしい。

「ファーティ、ムッティ、シュテファン叔父さん」

小川を飛び越え、なおも歩く。だんだん体が冷えてきたので、赤いケープ——いつから着ていたのだろう。わたしのではない——をしっかり身にまといつけ、ずきんを目深におろした。

霧が少し晴れ、気がつくとわたしはごつごつした岩の転がる原っぱにいた。先生たちが言っていた無法者の岩場というのはここかと思う。岩場のはずれには木が五、六本固まって生えていて、その下に小さな泉があった。喉の渇きを覚え、大きく張りだした枝の下に膝をつき、手で水をすくって飲もうとしたら、後ろから木のお椀が差しだされた。

「袖が濡れるぞ。これを使うといい」涼やかな若者の声が言う。

「ありがとう」

小さなわたしは答え、お椀に泉の水を満たす。口をつけるとほのかに樹脂の香りがした。

「可愛い子、どこから来たんだい?」

「あっち」

自分の来たほうをいいかげんに指さすと、いきなりずきんの上から頭を撫でられた。そのまま抱きあげられ、膝にのせられる。

「名前は? 小さなお嬢さん」

「ロッテ」

「ロッテ。いい名前だ。赤いずきんがよく似合っているね。ほんの一瞬だけど、彼女が帰ってきたのかと思ったよ」

「彼女って?」

「赤ずきんさ」

「本物の赤ずきん? お兄ちゃん、本物の赤ずきんちゃんを知ってるの?」

「ああ。よく知っていたとも。わたしは彼女をお嫁さんにするつもりだった。だが彼女は……」

言葉が途切れ、頭の上で低いすすり泣きのような音がした。死んだ、という言葉がかすかに聞き取れた。

「赤ずきんちゃん、死んじゃったの？」

「ああ」

「かわいそう」

赤ずきんも、このお兄さんも。若者はそっとわたしの体を揺らす。

「同情してくれるのかい？　優しい子だね。小さな赤ずきんさん、彼女のかわりに君がわたしのお嫁さんになってくれるかな」

「考えておくわ」とおしゃまな口調で言うわたし。

「約束だよ。大きくなったらわたしのお嫁さんになるんだよ。腹がへってないか？　木苺《きいちご》をお食べ」

差しだされた手のひらには、赤く熟れた木苺が山盛りになっている。しばらく見つめたあと、わたしはおそるおそる手を伸ばし、一粒つまみあげた。

「ありがとう、いただきます」口にふくんだ木苺は素晴らしく甘かった。「お兄ちゃんのお名前は？」

「クルト。〈森の王〉と呼んでくれてもいい」

「森の王さま……」

「赤ずきん、小さな赤ずきん、今度こそ放さないよ」

若者の手を見てびくっとした。木苺を持っていないほうの手は、いつの間にか鋭い爪のある狼《おおかみ》の前脚に変化している。

「約束だよ。君は森の女王になって、わたしと一緒に暮らすんだ」

「ナイン！」

叫んだ次の瞬間、自分の声で目が覚めた。大急ぎで夢の内容を思い返す。お祖母さまが森で迷子になった話と無法者クルトが人狼《じんろう》だったという話をつなげて、頭の中で勝手にお話を創っていたに違いないわ。今日の夢には人狼、この前の夢には白い狼。なんだかこのところ狼に縁のある夢ばかり。

かなり大きな声を出したと思ったのに、誰も起きだした気配はなくてほっとする。部屋の中には淡い月影が射しこんでいた。夜明けにはまだ間がある。寝返りをうってもう一度眠りに沈みこもうとしたとき、一つおいた向こうの寝台がからっぽなのに気がついた。白い布団が半分はねのけられている。リースヒェンの寝台だ。二、三分待ってみたが、戻ってくる様子はない。わたしは音を立てないよう寝台から滑りおりた。床が冷たい。素足を靴に突っこんで窓辺に寄ると、小柄な白い影がゆらゆら坂をくだっていくのが見えた。どうもリースヒェンのような気がする。こんな夜中にどこへ行くつもりなのだろう。先生に見つかる前に連れ戻さなくては。

一階におりると玄関の扉が半開きになっていた。ここから出ていったのはもう間違いない。寄宿舎を出て短い坂を駆けくだったが、その間に白い人影は姿を消していた。右？　左？　右へ行けば菩提樹《ぼだいじゅ》の並木道で、左へ行けばすぐ校舎だ。扉が閉まるような音がしたので反射的に駆けだし、この前使った裏口から夜の校舎に滑りこんだ。

廊下で耳を澄ましたら、どこか上のほうで足音が反響していた。裏階段をあがって二階の廊下をたどる。前方に見える白い姿はきっとリースヒェンだ。呼びかけようとしたとたん、姿が見えなくなってぎょっとしたが、角を曲がっただけだと気がついて足を速めた。あどけない声が「おいで、おいで」と言っている。いったい誰に話しかけているのかしら。

足音を忍ばせ、角からそっとのぞいてみると、寝巻姿のリースヒェンが床に膝をついていた。そうして何をしているかというと——犬の頭を撫でている！　どこから入ってきたのだろう、ずいぶんと大きな犬だ。月の光だけではよくわからないが、毛の色はくすんだ灰色のようだった。だらんと寝そべったまま、せっせとしっぽを振っている。

そこで灰色の犬は動きをとめ、リースヒェンの背後に立つわたしを見た。しゃっくりのような音が出て、わたしは口を押さえた。冷たくきらめく蒼い目、とがった耳、鋭い精悍《せいかん》な顔つき。頬から胸もとにかけての毛が薄闇にほの白く浮きあがる。犬ではない、狼だ。

灰色の狼とわたしはしばしにらみあった。狼の口が開き、白い牙がのぞく。喉の奥から低いうなりがもれる。とっさに靴を脱ぎ、光る目めがけて放り投げた。狼は頭を低くし、靴は廊下の先へ転がっていった。失敗した、投げるんじゃなかった。もう片方の靴を脱いで手に持つ。武器として使えるのはこれだけだ。

わたしの焦りを見抜いたのか、狼はにーっと笑って立ちあがろうとしたが、不意に人間のようにまばたきした。わたしを見あげ、一声吠えると尻餅をつく。吠え声が「ヴィルト嬢？」と聞こえたのは気のせいよね。わたしは急いで手を伸ばし、リースヒェンを引き寄せた。

立ちあがった狼はまわれ右して駆けだした。胴体のあたりがひらひらしたのを見て、今度はわたしが尻餅をつきそうになる。リースヒェンを抱きかかえたまま、わたしはしばらく動けなかった。ひらひら狼が戻ってこないと確信できてから、靴を拾いにいって履き直す。リースヒェンはおとなしく突っ立ったまま、体を左右に揺すっていた。

「リースヒェン、怪我はない？」

そっと呼びかけ、肩に手をおくと、リースヒェンはわたしを見あげた。青い瞳にはなんだか薄い膜がかかっているようだ。

「リースヒェン、帰りましょう」

「神戸に帰るの？」

「コーベ？　ううん、寄宿舎に帰るのよ」

「神戸行きのお船、いつ出るの？　急がないとお船が出ちゃう」

それだけ言って、静かに体を揺すっている。目はいつの間にか閉じられていた。

「お船には待っていてもらいましょう。今日のところはお部屋に帰りましょうね」

手を引いて体の向きを変えさせると、リースヒェンは案外素直に従った。あたりを警戒しながら裏階段をおり、寄宿舎に戻る。部屋に滑りこんでリースヒェンを寝台に入れ、ほうっと息をついたら、隣の寝台でベルタが身を起こした。

「ロッテ？　リースヒェンを連れ戻してくれたの？」

「ええ。寝ぼけて出歩いてたみたい」詳しいことは言わず、それだけ答える。

「助かったわ。わたし、まったく気づかなかった。今夜はもう大丈夫だと思うわ」

その言い方の何かが引っかかった。「もしかして……こんなことよくあるの？」

「ときどきよ。だけど一晩のうちに二回出歩くことはないから」

リースヒェンは穏やかな寝息を立てている。布団の下に手を入れてやって、わたしも自分の寝台にもぐりこんだ。


翌朝リースヒェンはけろりとしていた。夜中に出歩いたことなど何も覚えていないらしい。わたしのほうはあのあと熟睡できなかった。朝の光の中でよくよく考えると、ひらひら狼を見たのは夢の中の出来事のような気がしてくる。

お昼の時間になったときはほっとした。食堂に入るとき、ベルタがわたしの耳にささやいた。

「ロッテ、あとでお庭を散歩しないこと？」

今日の献立は大麦のスープに塩漬け豚とジャガイモを炒めたもの。食事をすませて校庭に出ると、ベルタはわたしを菩提樹の並木道へいざなった。

「昨日の晩はびっくりしたでしょう。ロッテが気づいてくれて本当に助かったわ。普段はわたしやクララが気をつけているんだけれど」

そのあとどう続ければいいか迷っているようなので、なんでもないふうに言ってみる。

「ただ寝ぼけてたわけじゃないのよね。もしかしてリースヒェン、夢遊病じゃないの？」

「ええ、そうなの」ほっとしたようにベルタは言った。「先生方にも言ってるんだけど、小さい子にはよくあることだから、あまり気にしないほうがいいって……」

「お医者さまに診てもらったほうがいいんじゃないの？」

「一度診てもらったわ。ひどくなるようなら眠り薬を出してもいいとおっしゃってた」

「眠り薬ねえ」小さな子にそういうものを飲ませてもいいのかどうか、わたしにはよくわからない。「原因はホームシックなのかしら。だったら一度おうちに帰らせたら？」

「たぶん……それは無理じゃないかしら」ベルタは歯切れが悪い。「ごめんなさい、わたしったらほんと説明が下手ね……これから同じ部屋で寝起きするんだから、あなたにも知っておいてもらったほうがいいと思ったんだけど……あのね、リースヒェンは日本生まれなの」

「えっ、そうなの？」

「お母さまは日本人なの。少し……その、顔立ちが違うと思わない？　肌の色も……」

「そうかしら……そうね、言われてみれば」

最初に会ったとき、ビスクドールのような肌と思ったことがよみがえってきた。かすかな違和感を感じたことも。

「リースヒェンのお父さまは、お仕事で日本にいらして、向こうでご結婚なすったんですって。だけど、奥さまがお亡くなりになったんで、リースヒェンを連れてドイツに帰ってきたの。そのあとすぐ二番目の奥さまをお迎えになって……それで、リースヒェンは、この学校に預けられたの」

わたしはベルタの目をまっすぐ見つめた。「つまり……邪魔者扱い？」

「そんなこと言っちゃよくないわ」とベルタはわたしをたしなめる。「日本に置いてけぼりにしなかったんですもの、ちゃんとしたお父さまだと思うわ。リースヒェンのお祖父さまは校長先生のお知り合いなんですって。だから、まだ小さかったけれど特別に」

並木道を引き返し、小石を蹴る。先生に見つかったらお行儀が悪いと叱られるだろうが、無性に腹立たしかった。

「リースヒェン、昨日言ってたわ。コーベに帰るって。コーベって、リースヒェンのいた町の名前？」

「ええ、港町よ。ドイツ人も多いし、英米の人も多いって」

「簡単には帰れっこないわよね」

船で何日かかるのだろう。恐ろしく遠いということしかわたしにはわからなかった。

池のほとりに出たとき、奇妙なものに気がついた。向かい合わせで水を吐いているイルカ像の頭に、ポンポンのついたお揃いの赤い帽子がのっている。

「ねえ、あれ何かしら。あんなもの昨日まではなかったと思うんだけど」

ベルタは青い目を見開き、くすっと笑った。

「ヘンシェルさまよ。ヘンシェルさまの悪戯《いたずら》に違いないわ」

3

その日わたしはひらひら狼《おおかみ》についてあちこちで質問し、実際に見た人がいないか尋ねてまわったが、これは徒労に終わった。見たのはいつだって、知り合いの知り合いか、知り合いの知り合いの知り合いだ。冷静に考えると、昨夜のあれはひらひら狼でも森の狼でもなく、ただの大きな野良犬だったのだろう。ミュラー先生ではないが、出る出ると思うから狼に見えただけだ。

寄宿舎に戻る途中、花壇の前で、「あら、あなた」と声をかけられた。コンツェ嬢だ。お散歩中だったのか、あの愛想のないダックスフントを連れている。わたしは軽く膝を曲げてお辞儀をした。

「こんにちは。あの晩はどうもありがとうございました」

「どういたしまして。何度かお見かけしたのだけれど、なかなか声をかける機会がなくて」ここでコンツェ嬢の声はすっと低くなった。「あなた、いじめられてるんじゃなくて？　何かわたくしにできることはないかしら」

わたしはコンツェ嬢を見あげた。面長で、顎《あご》の真ん中に小さなくぼみがある。いかつい――

でなければたくましいと言いたくなるような顔立ちだけれど、暗色の目はいきいきと輝いていた。一度会っただけのわたしのことを気にかけてくださるなんて、お優しいこと！　お礼を申しあげようとしたとき、ダックスフントが牙を剝きだしてうなりをあげた。

「疾風、静かにしなさい。ごめんなさいね、普段はそれほどお行儀が悪いわけではないのに。お名前はシャルロッテ・グリューンベルクさんだったかしら」

「はい。どうしてご存じなんですか？」

思わず訊き返したら、コンツェ嬢は微笑《ほほえ》んだ。

「食堂で先生方におうかがいしたのよ。転入生なんですってね」

「はい。シュトゥットガルトからまいりました」

「もしまたあんなことがあるようなら、わたくしから先生に申しあげてみましょうか？」

「ありがとうございます。でも大丈夫です。あれからは何もありません」

「それはよかったわ。こら、疾風、伏せ！」

コンツェ嬢は胸もとに手をやり、「あら」と声をあげた。

「大変、ロケットがないわ」

「前にさげてらした金のロケットですか？」

「ええ。留め金が甘くなっていたのだけれど、ついいつもの習慣でかけていたら……どうしましょう。どこで落としたのかしら」

顔が青ざめ、くちびるが震えだす。コンツェ嬢はさっきまでとは別人のように動転していた。

「捜しましょう。お部屋を出ていらしたときにはあったんですのね」

「ええ……」

「でしたら必ずこの庭の中にありますわ。お散歩の道筋を逆にたどってみましょう」

地面に目を配りながら、コンツェ嬢と並んで歩く。茂みの下に転がりこんでいないか、ときどきかがんでみたが、それらしいものは見当たらなかった。コンツェ嬢は青白い顔になってこぶしを固く握りしめている。

ベルタが向こうからやってきた。わたしは手を振り、駆け寄ってささやく。

「ベルタ、手伝ってくれない？　コンツェ嬢がロケットを落とされたの」

ベルタも一緒になって校庭をめぐる。満開の連翹《れんぎょう》の下をのぞいていたら、少し先でベルタの声がした。

「ロッテ、見て。これかしら」

しなやかな連翹の枝に楕円形のロケットが引っかかっていた。ベルタがはずそうとした拍子に蓋が開く。中には口髭のぴんと立った殿方の肖像画が入っていた。見る気はなかったけれど（本当だってば！）、しっかり見てしまった。シュテファン叔父さんより少し年上だろうか、茶色い髪に青い目、軍服姿の堂々たる殿方だ。ベルタは息をのみ、すぐ蓋を閉めた。

二人一緒に駆け戻ると、コンツェ嬢はほうっと大きな息を吐きだした。

「ありがとう。本当に助かったわ。なくしたらどうしようかと思っていたの」

ロケットを手にしたコンツェ嬢は、いかつい輪郭《りんかく》がやわらいで、素晴らしくあでやかに見えた。

待ちに待った日曜日がやってきた。朝はカトリックとプロテスタントに分かれ、キルシュバウムの教会に行く。カトリックの生徒は十人ちょっとだったが、リゼッテがいてくれたので心強かった。桜の花や林檎《りんご》の花はちょうどほころびだしたばかり。長い坂道を歩いて戻るのも、みんなと一緒なら楽しい。

左手の丘の斜面に何箇所か残る石積みは、昔の石塀の名残だということだった。

「十五世紀ごろ、小さな城砦があったのですが、戦で攻め滅ぼされました。いつ崩れるかわからないから、近づいてはいけませんよ」とマドモワゼル。

寄宿舎に戻って、いつもよりちょっと豪華なお昼をいただく。まもなく面会希望者が二人、三人と姿を見せはじめた。歓声、抱擁、手渡される小さなお土産。楽しそうにはしゃぐ人たちを眺め、わたしはこっそりため息をついた。シュテファン叔父さんは必ず来ると言ったわけではない。軍医さんは忙しいのだ。たぶん来週……でなければ再来週……。

人の流れが途切れ、庭先は急に静かになった。誰かとおしゃべりする気にもなれず、寄宿舎の裏の雑木林に足を向けた。校庭を囲む塀があるから外の森とつながっているわけではないが、森を散策する気分が少しは味わえそうだ。柔らかな葉っぱの出てきた林の中を気ままにあちこち歩いていると、梢《こずえ》を渡る風の音に交じって人の声が近づいてきた。ステッキを持った年配の殿方とお若い殿方にはさまれてベルタがやってくる。わたしを見てベルタはにこにこと手を振った。

「ロッテ、ヒュープナー先生とわたしの兄を紹介するわ。ヒュープナー先生はキルシュバウムの町でお医者さまをなさっているの」

ベルタの後見人だというヒュープナー先生は、穏やかな笑みをたたえた優しそうなご老人だった。頭は白髪と金髪が半々だが、口髭、顎鬚《あごひげ》、頬髭はすべて真っ白だ。

「ではあなたがグリューンベルク嬢ですか？　今ベルタから話を聞いたところですよ。シュミット先生に目をかけられているそうですね」

それは目をつけられているの間違いじゃないかしら。お兄さんのほうはわりと細身のひょろっとした方だった。髪は濃いめの金髪で、口髭は今生やしかけてますという感じ。ベルタとはあまり似ていない。

「アントン・ダールマンです。ドレスデンの画学校に通っています」

握手したとき、右手の手のひらに大きな引きつれがあるのが目に入った。火傷《やけど》の痕のようだ。ひどく目立つ傷だけれど、絵筆を握るのに不自由はないのかしら。

三人と別れ、もうしばらく歩いていると、あたりが急に翳《かげ》ってきた。さっきまでよく晴れていたのに、北の空を見ると灰色の大きな雲が広がっている。ここらへんの天気はまだよくわからない。とりあえず屋根の下に入ったほうがよさそうだ。

寄宿舎に戻ると、談話室には訪問者の来ていない生徒たちが散らばって、所在なげに刺繍《ししゅう》をしたり編み物をしたりしていた。誰かが自分のことを気にかけてくれているかどうか、くっきりわかるのが日曜日――。シュテファン叔父さんに手紙を書くことにして下書きを始めたら、傍《かたわ》らでギゼラが刺繍を放りだした。

「ああ、つまんない！　何か面白いことやりましょうよ。ロッテも付き合わない？」

「面白いことって？」少しばかり警戒しながら問い返す。

「赤ずきんちゃんの霊を呼びだすのよ。それでいろいろ未来のことを教えてもらうの」

「……降霊会？」その手のことなら知っている。わたしは関わらないようにしていたが、前の学校でも夢中になる生徒は毎年必ずいた。「けっこうよ、わたし、そういうことには興味ないの」

「本当に？　自分の結婚相手のこと知りたくない？　赤ずきんちゃんのお告げは本当に当たるのよ。ハンナって子はね、お告げのとおりの人と結婚して去年学校をやめたの。いいわ、ロッテが入らなくても、あたしたちだけでするから」

ギゼラは小さなテーブルを囲んだ生徒のところへ行って、場所を譲ってもらった。

「クララはそこに座って。もう一人いるわね。ベルタはいないの？」

「ベルタならお兄さんと後見人の方が来てたわよ」

「ああ、ヒュープナーのおじいちゃんね」

「お医者さまなんですって？」

「そうそう、うちの学校のかかりつけのお医者さん。誰かが風邪をひいたら飛んできて、とびきり苦いお薬を出してくれるわよ。リースヒェン、いらっしゃい。赤ずきんちゃんを呼びだすんだからあんたも手伝って」

　リースヒェンをテーブルの前に座らせたギゼラは、わたしのほうを向いてにいっと笑い、ポケットから折りたたんだ紙を取りだした。

「ロッテはそこで見てなさい。どんなに当たるか見せてあげる」

4

広げた紙はきれいな円形に切ってあり、ぐるりにはアルファベートと0から9までの数字、それにヤー、ナインという文字が書きこまれていた。ギゼラは次に黒光りのする貝ボタンを取りだし、もったいぶったしぐさで紙の真ん中に置いた。

「クララ、リースヒェン、このボタンに人差し指をのせて。いい、始めるわよ。赤ずきんちゃん、赤ずきんちゃん、おいでください」

「赤ずきんちゃん、赤ずきんちゃん、おいでください」

ボタンに指をのせてクララとリースヒェンも唱える。クララの頰はわずかに上気し、リースヒェンも青い目を輝かせていた。談話室にいた子たちが集まってきて、「ギゼラったらまたやってるの？」「ほんとに好きね」などと小声で言い合う。いつの間にか入ってきたドルトヒェンとアマーリエも女生徒たちの後ろに立っていた。ドルトヒェンは肩をすくめ、アマーリエは馬鹿にしたように鼻を鳴らす。あの二人も降霊会には懐疑的なようだ。

「赤ずきんちゃん、赤ずきんちゃん、どうぞあたしたちのところにおいでください」

ギゼラが唱え、クララとリースヒェンも繰り返した。遠くの空で雷が鳴り、窓の外がにわかに暗くなる。最初の一粒が落ちてきた、と思ったら、たちまち激しい雨が降りはじめた。みんなで手分けして窓を閉めてまわる。雷が今度はすぐ近くで鳴り、きゃっという声がいくつも起こった。

テーブルに着いた三人は、雨も雷も気にする様子はなかった。全部の窓を閉め、わたしたちがまたテーブルを取り囲むと、それを待っていたかのように貝ボタンが動きだした。

「静かに」誰も何も言っていないのに、重々しくギゼラは言った。貝ボタンは紙の真ん中を時計まわりにゆっくりまわる。「あなたは赤ずきんちゃんですか?」

ボタンは紙の縁へ向かって進みだした。とまったところは〈ヤー〉の上。

「あたしたちの質問にお答えいただけますか?」

一度中心に戻ったボタンが、またすっと動く。

〈ヤー〉

「最初の質問です。ロッテが何歳か教えてください」

貝ボタンは数字の書かれているところへ滑っていった。まず7のところへ向かい、そのまま隣の8へ進む。

「足したら十五歳ね」

すかさず言うのはクララ。そういう解釈ってありなの? 雨は窓の外を白く閉ざし、すさまじい勢いで降っている。ギゼラは芝居がかった声で次の質問を発した。

「ロッテのお父さんはお亡くなりになってますか?」

〈ヤー〉

「ロッテのお父さんは何をしていた人ですか？」

貝ボタンは紙の縁に書かれたアルファベートを一字一字たどりだした。

〈お　い　し　や　さ　ま〉

「ロッテが生まれたのはどこですか？」

〈シ　ユ　ヴ　ア　ル　ツ　ヴ　ア　ル　ト〉

「全部合っているのかしら」

人の輪の後ろでアマーリエが言い、ドルトヒェンにしっとたしなめられる。ここまでは合っているけれど、こんなの霊がおりてきた証拠にはならない。どれもこの学校へ来てから誰かに言ったことだもの。ギゼラは厳かに次の問いを発した。

「赤ずきんちゃん、赤ずきんちゃん、ロッテの結婚相手のことを教えてください」

貝ボタンは紙の中心に戻ってぐるぐる円を描いている。窓の外が光り、頭上で雷が轟《とどろ》いた。つっと貝ボタンが動き、クララが前につんのめりそうになる。恐ろしいほどの勢いで、貝ボタンは文字から文字へと滑っていった。まわりの子たちからつぶやきが起こる。

「何言ってるの？」

「速すぎて読めないわ」

わたしはクララの肩越しに、必死で文字をたどろうとした。向かいに座ったリースヒェンは、夢遊病のときのようなぼんやりした表情で、静かにボタンに指をのせている。

貝ボタンがとまった。クララがふうっと大きな息を吐く。

「終わりね。赤ずきんちゃんはお帰りになったわ」

「ちょっと、今のどういうこと?」

ギゼラが立ちあがって叫ぶのを聞きながら、わたしは今読んだアルファベートを頭の中で文章の形にしていった。

――気をつけて　崩れる　崩れる　呑みこまれる　気をつけて
「どうせギゼラが動かしてるんでしょう」

「たぶんな」

「最後のあのお告げは何かしら」

「思わせぶりな警告というのは、降霊会のお決まりの手だ」

アマーリエとドルトヒェンがささやき交わす声が聞こえてきた。幸いギゼラの耳には届かなかったみたいだ。リースヒェンが頭を振って目をぱちぱちさせた。

「あれっ、もう終わったの? わたし最後のほう寝ちゃってた」

しばらくして雨はあがった。雲が切れ、澄んだ水色の空が広がると、たちまち今の出来事は笑い話になる。リースヒェンが窓から身を乗りだして叫んだ。

「見て見て! 虹が出てる」

東の空に大きな虹がかかっていた。赤、橙《だいだい》、黄色、緑、青、虹の五色はくっきりわかるが、間に校舎があるので下のほうが見えない。リースヒェンはわたしの手をつかんだ。

「見にいこうよ。お庭に出れば、もっとはっきり見えるよね」

泥を撥《は》ね散らかさないよう注意しながら正門まで歩く。見事な虹はキルシュバウムの町から生えてきたかのようだった。教会の塔と桜並木、線路と駅舎、おもちゃのような家々とその間を横切る川の流れ、町の全部が虹のアーチの下に収まっている。

雨宿りをしていた人たちが次々に校舎から出てきた。「また来るよ」「お体に気をつけて」などと別れの挨拶を交わしている。ベルタとお兄さん、ヒュープナー先生の姿もその中にあった。

坂道の下から一頭立ての馬車がやってきた。ぬかるんだ道を一歩一歩のぼってくる。低い轟きが左手のほうから伝わってきて、また雷？　と頭をめぐらせたわたしは、信じがたい光景を見た。

丘が生き物となった——。

古い石塀が崩れてきたのだ、と理解するのに数瞬かかった。石塀が崩れ、丘の斜面も地滑りを起こしている。石と土、木と草は一緒くたになって地響きをあげながら、坂道に流れ落ちた。のぼってきた馬車は、ちょうどそこへ突っこむ形になった。馭者の顔が恐怖で凍りついたとき、土砂の流れは馬の脚にからみついた。まるで土の中に眠っていた巨人が指を伸ばしたかのよう。ふらつき、横倒しとなった馬車は泥流に押し流され、ずるずると坂の下へ滑っていく。わたしたちは何もできず、目を見開いているしかなかった。リースヒェンの指がわたしの腕に食いこんだ。

それから唐突に土砂崩れはとまった。大人の頭くらいある石が三つ四つ落ちてきて、そのあと静かになる。わたしの背後でいくつもの悲鳴が起こった。わたしを押しのけ、誰かが門の外へ飛びだす。ベルタのお兄さんのアントンさんだ。

リースヒェンの手を放し、わたしもあとに続いた。道を埋めた土と石の前でたたらを踏んだが、アントンさんが踏みこんだのを見て、思い切って追いかけた。土砂の大部分は道を横切って、さらに下の曲がりくねった坂道に流れ落ちている。これならなんとか馬車のところへ行けそうだ。アントンさんの真似をして、石塀の残骸を踏んでいく。粘つく泥に足をとられたら動けなくなるだろうというのは予想がついた。石が揺れる上でバランスをとり、必死で前に進む。

先に抜けたアントンさんは横転した馬車に飛びつくと、駆者の体を引きだし、「しっかりしろ!」と怒鳴った。わたしもどうにか泥の流れを渡り終え、アントンさんのそばに駆け寄った。

馬車の大きな車輪は、わたしの目の前で空まわりしている。

「おおい、大丈夫ですか?」

アントンさんは馬車によじのぼり、上になった扉を開けた。わずかな隙間から白髪の老女を引っ張りだす。コンツェ嬢のお付きのマルテルさんだ。わたしはマルテルさんを受けとめ、道の上に抱きおろした。

「お嬢さまが、お嬢さまが中に!」

わたしの腕の中でマルテルさんが叫ぶ。馬車の中からキャンキャンと犬の声がした。

「わかった、すぐ助けます」

アントンさんは馬車の扉をさらに大きく開けようとしたが、何かがつかえているのか、半分開いた状態で動かなくなった。車体の上に腹這いになって手を差しのべるが、コンツェ嬢には届かない。倒れた馬がもがき、馬車がみしみしときしむ。

「ダールマンさん、わたしが」

わたしは横倒しになった馬車によじのぼると、扉の隙間から中に飛びおりた。ぐらりと馬車が揺れ、悲鳴が出そうになる。泥は馬車の中にも流れこんでおり、コンツェ嬢はべたべたの泥の中に呆然とした様子で座っていた。額が切れ、左目の縁を血が伝っている。

「しっかりなすって！　立ちあがれますか？」

返事はない。もう一度同じことを繰り返すと、弱々しい声が返ってきた。

「ええ、たぶん……」

「ここから出たら、すぐお医者さんをお呼びしますわ。では、そうっと、そうっと動いてくださいね」

コンツェ嬢は立ちあがろうとしたが、泥に足をとられてうまく動けない。わたしは猛然と両手で泥をかきだし、華奢《きゃしゃ》なくるぶしを引き抜いた。靴は泥の中だが、気にしないことにする。ダックスフントはクンクン鳴きながら馬車の隅にうずくまっていた。

「さあ、お立ちになって！　わたしが支えてますから。ダールマンさん、お願いします！」

コンツェ嬢の手を引いて立ちあがらせ、後ろから腰を支えるようにして、できるだけ高く持ちあげた。再び斜面が崩れ、馬車を呑みこんでしまうのではと不安を覚える。もう無理だ、これ以上支えきれないと思ったとき、重みがふっと消えた。馬車の上部からアントンさんの声がした。

「よし、ご婦人は引きあげた。次はあなただ、グリューンベルク嬢」

馬車が滑りだしたのはそのときだった。一瞬頭の中が真っ白になり、ダックスフントを抱きかかえる。馬の嘶《いなな》き。アントンさんの罵《のの》り声。何かが馬車にぶつかった。あるいは馬車のほうが何かにぶつかったのか。視界がぐるりとまわり、わたしは身を縮めた。柔らかな泥の中に体が沈みこむ。もう一度揺れたはずみに扉が大きく開いた。馬車は今、天井を下にして坂道をくだっている。

考えるより先に体が動いた。犬を抱きしめわたしは跳んだ。泥の上を何度も転がってとまり、頭を持ちあげたとき、坂の下のほうで大きな音がした。おそるおそる目を向けると、さっきまでわたしが乗っていた馬車は、道をふさぐ石塀の塊に激突して、見事に潰れていた。倒れた馬の脚は力なく痙攣《けいれん》している。

「ロッテ!」

泥まみれになりながらベルタが駆けてきた。犬が弱々しく鳴いた。わたしはゆっくり立ちあがり、顔の泥を制服の袖でぬぐうとベルタの腕の中に倒れこんだ。

間奏一　五月

「慧ちゃん、聞こえる?」

パソコン画面の向こうにいる慧ちゃんにあたしは手を振った。しばらく散髪に行ってないのか、前髪の伸びた慧ちゃんは、律儀《りちぎ》に手を振り返す。

「ちゃんと聞こえるで。この前叔父さんのアドレスに送ったたん読んでくれた?」

「読んだ読んだ。すっごい、こんな長いのよう訳したね。お父さんもお母さんも感心しとったわ」

慧ちゃんは照れくさそうに眼鏡を取ってレンズを磨いた。

「まだまだ序盤や。事件が起こるのはこれからやで。そうや、かりんちゃん、ドレスデンの場所てわかる?」

慧ちゃんは画面の向こうで地図帳を広げた。おぬし、あたしが知らないと最初から決めてかかっていたな。

「見える?　ここがドレスデンや。原語の発音やとドレースデンのほうが近いやろな」

慧ちゃんが指したのはドイツの東の国境のすぐ近くだった。ふうん、少し行ったらもうチェコなんだ。南北でいうとちょうど真ん中あたり。

「歴史を振り返ると、ザクセン王国の首都やった町や」

「ザクセン王国って？　この話、ドイツが舞台じゃなかったっけ」

「ドイツ帝国の中のザクセン王国や。ドイツ帝国はな、もともと連邦国家としてスタートした」

「レンポーコッカ？」

「いろんな国や都市が集まって、ドイツ帝国ゆう一つの国を作っとったんや。ロッテのこの話は十九世紀末のことやから、当時の皇帝はヴィルヘルム二世、いわゆるカイゼルやな。皇帝はカイゼル一人やけど、その下に王さまが何人もおった。バイエルン王国のルートヴィヒ二世とか有名やろ。いや、あの人はちょっと前に死んでたかな」

「その人知ってる。ふわんとした髪で、けっこうイケメンの」

「死んだときはデブのおっさんや」慧ちゃんは美青年に冷たい。

「キルシュバウムの町はどこ？」

「載ってへん。地図に載るような大きい町ちゃうやろ。架空の町かもしれん。で、ロッテの生まれた黒い森シュヴァルツヴァルトはドイツの南西部や。シュトゥットガルトはその近くの町」慧ちゃんの指が動いて、地図の左下を示す。

「黒い森は知ってる。シュヴァルツヴェルダー・キルシュトルテ発祥の地やろ」

「なんや、その舌嚙みそうな単語」

「有名なケーキやん。ココアスポンジの間にさくらんぼと白いクリームはさんで、さくらんぼと白いクリームと削ったチョコを上に飾ったやつ」

「かりんちゃんて妙なことはよう知っとうなあ。その記憶力を勉強に使えば」

「やかましいわ」じろりと慧ちゃんをにらんで、プリントアウトしたＡ４の紙の束をぽんと叩く。「ロッテって子、ちょっと変わってるかも。勉強が大好きなんてどうなん」

慧ちゃんは銀縁の眼鏡を押しあげた。

「日本でも昔はけっこうおったタイプちゃうかな。本に出てくる明治の女学生はまさにこんな感じや。この当時のドイツの教育システムがどうなってたのかは知らんけど、明治の女学校のイメージで読んどけば、当たらずといえども遠からずやろ。あの時代学校に行けるのは限られた層の子だけやった。あれなんでやろな。勉強せんでええ、勉強なんか必要ない言われると、かえって一部の子は燃えるんやな」

「勉強するなって言われると勉強したくなるのか。それうちの学校の先生に言うたって」

「かりんちゃんはほんまに勉強せんようなるやろ。で、時代が進み、進学率があがると、勉強はたいして好きやないけど、女学校ライフを楽しみたい子が増えてくる」

「あー、あたしそっちかも。なあなあそれより慧ちゃん」と画面に顔を近づけるあたし。「リースヒェンの持ってたの、あれ神戸人形ちゃう？」

「かりんちゃんもやっぱそう思《おも》た？　僕も気になったわ」

「なんでなんで？　なんで同じものがドイツにあるの？　あの目が飛びだすの、神戸人形のオリジナルちゃうのん」

「ドイツのものが明治の日本に入ってきて、真似して作ったんかな。そんな話聞いたことないけど」

「神戸のがドイツに伝わったんちゃう?」神戸っ子としてはそう主張したくなる。

「そらないわ。キルシュバウムのからくり人形ができたんは百年以上前やとベルタが言うてたやろ。きりよく百年としても、ロッテの時代の百年前やから、十八世紀の終わりにはもうあったことになる。神戸人形ができたんは明治になってからやろ。どう考えてもあっちのほうが先や」


神戸人形。名前だけ聞くとフリフリのドレスを着たアンティックドールみたいなのを想像するだろうが、残念でした、神戸人形は木製のからくり人形だ。作られだしたのは明治の中ごろで、ろくろ首に鬼、提灯お化けに三つ目小僧など、お化けをモチーフにしたものがたくさんあったから、最初はお化け人形と呼ばれていた。布引《ぬのびき》人形という呼び方もある。こちらの名前の由来は、布引の滝のまわりの茶店(今は一軒しかないけど、昔は何軒もあったらしい)で土産物として売られていたから。買っていったのは主に外国人だ。

えへっ、あたしけっこう神戸人形のこと詳しいでしょ。小学校の総合学習で調べたことがあるんだ。神戸人形の定番は、小箱の上に頭のつるんとしたおじいさんが座っているもので、横のつまみをまわすと、西瓜《すいか》を切ったり、お酒を飲んだり、串団子を食べたりする。おじいさんの顔つきはというと……「これ宇宙人?」と言ったクラスメイトがいた。つまり、そういう顔だ。

初期の神戸人形はだいたいが木目のままだったが、そのうち黒く塗られるようになって、より宇宙人ぽくなった。顔や手は黒、口の中や手に持った小道具（西瓜や盃《さかずき》ね）は赤。黒と赤のこの色は漆器の色からきてるんだって。ちょこんと座ったおじいさんが定番だけど、おばあさんの人形もあるし、猿や兎《うさぎ》やだるまさんなんかもいる。

あのとき先生が見せてくれた動画にこんなのがあった。横になって夕涼みをしているおばあさんの首が伸びて、すうっと持ちあがる。顔の動きにつれて左目が飛びだす。片足がバタンと開き、手にしたうちわが動いてはだけた着物の前を隠す。

最初見たときは不気味なろくろ首だと思ったけど、二度、三度と再生するうちに、だんだん可愛く見えてきた。リースヒェンが持っていた熊の人形は、このろくろ首のおばあさんとほぼ同じ動きをしている。飛びだす目が片目か両目かという違いがあるくらいで。

「ドイツにろくろ首っておるの？」

「聞いたことないなあ。たまたまおんなじようなこと考えたんがおったんやろうな。まあそれはそれとして」慧ちゃんは青い目をあたしに向けた。「かりんちゃんのほうはどうなん？　ウズラ卵のチーズケーキはできた？」

「うーん、それがね」とあたしは腕を組む。「千尋姉さんが知っとうかなと思《おも》てＬＩＮＥしてみたけど、ウズラ卵のチーズケーキなんか食べたことないし、レシピも見たことないってはっきり言われた。逆にウズラの卵使ってたのはほんまって訊かれたよ」

「間違いない……と思うんやけどなあ」

「でもどうせ混ぜちゃうんなら、鶏卵《けいらん》でもかまへんよねって」

ゆで卵にしないのなら、わざわざウズラの卵を使う意味はない。考えてみたらそのとおりだ。画面の向こうで慧ちゃんも腕を組む。

「ウズラの卵のケーキって、お祖母ちゃんに聞いた覚えがあるんやけどな。ウズラの卵、卵はまだら、まだらの卵、卵はウズラ……」

「はいはい、それでね」あたしはさっさと話を進める。「うちのお父さんもそんなケーキ知らん言うたから、親戚中電話してみたの。ウズラ卵のことは言わずに、お祖母ちゃんのチーズケーキ、どんなんがあったか覚えてるって」

純白のレアチーズ、こってりしたベイクドタイプ、苺《いちご》の入ったの、オレンジ風味の、チョコレート味のといろいろな答えが返ってきた。あたしがうっすら覚えているのもあれば、全然知らないのもあった。千尋姉さんからもらったレシピは、オーソドックスなレアチーズとベイクドタイプだけだ。そのときどきで、お祖母ちゃん、基本のレシピにいろいろアレンジを加えていたらしい。お菓子作り上級者はそういうことができるんだよなあ。

「そやけど、ウズラ卵のケーキはなかったんやな」

「まあ待って、話はこれから。最後にね、純兄《じゅん》さんのとこにもダメもとでLINEしてみたの。そしたら桃香《ももか》さんから返事が来てね」

純兄さんは千尋姉さんのいちばん上のお兄さんだ。ショートヘアの可愛らしい奥さんが桃香さん。純兄さんがなぜ桃香さんをゲットできたのかは、熊丸家の大きな謎となっている。それはまあいいとして、純兄さんの一家は今、転勤でブラジルのサンパウロにいる。さすがに遠いから、この前の法事にも来られなかった。

「桃香さん、結婚が決まったとき、純兄さんと一緒にお祖母ちゃんとこに挨拶にいったんやって。そのときお祖母ちゃんが出してくれたのが、チーズケーキの上にふわとろのカスタードクリームをのっけたもので」

「黄色と白の二段重ね！」

「桃香さんがおいしいって言うたら、お祖母ちゃん、このケーキはちょっと変わったもんで作ってみたようなこと言うたんやって」

「ウズラの卵か！」

「あたしもそれ思《おも》た。桃香さん、そのときのこと日記に書いてるかもしれないから探してみてくれるって。でね、桃香さん、もう一つすごい情報くれてん。お祖母ちゃんのそのケーキ、上に焼き目がついてたんやって」

「……は？」

「意味わかんない？　オーブンで焼いてたってことだよ」

最初あたしはレアチーズケーキの上に黄色いムースかクリームがのっかったものを想像していた。だけど上に焼き目がついていたのなら話は違ってくる。お菓子屋さんだったらバーナーの火で焙《あぶ》るという技も使えるが、お祖母ちゃんがそんなものを持っていたはずはない。となるとこのチーズケーキはベイクドタイプだ……というのを意気ごんで語ったのに、慧ちゃんの反応はいまいちだった。

「うん、まあ要するに、作り方の見当がついたと」

「そゆこと」もっと感激してほしかったんだけどなあ。まったくもう、これだから自分で作らないで食べるだけの人は。

「ええと、純兄さんが結婚したのはいつやったっけ」

「お祖母ちゃんが亡くなる前の年」そこも抜かりなく桃香さんに確認してあった。「お祖母ちゃん、そのころ新しいレシピ試してたんやないかな。だからごくかぎられた人しか食べたことがなかった」

「お、すごい、かりんちゃん名推理や」

「ふふん、この程度たいしたことないわ。桃香さんのおかげでだいたいのイメージがつかめたから、夏に慧ちゃんが帰るまでに、試作品こしらえとくね」

「楽しみにしてるわ。ところでなあ、かりんちゃん」慧ちゃんはペットボトルを開けて、お茶を一口飲んだ。「リースヒェンて、なんやうちのお祖母ちゃんに似てへん?」

「へ、そうかな」

「髪は黒やし、目の色はまさにこんな青やった。小さいときのお祖母ちゃんてこんな感じちゃうかったやろか」

「実はお祖母ちゃんがモデルだったりして」

「まあお祖母ちゃんはハーフやなかったけどな」

「にしてもさ、リースヒェンだのドルトヒェンだの舌噛みそうな名前多くない？」

ロッテやクララはともかく、全然馴染みのない名前もあって、覚えるのが大変だった。

「なになにヒェンは、日本でいうなになにちゃんというような意味や。ドルトヒェンの場合は、本名ドロテーアで愛称がドルトヒェン。リースヒェンは書いてなかったけど、本名はたぶんエリーザベトや」

「エリザベート？」

「日本ではエリザベートゆうけど、エリーザベトのほうが原語に近い」

「エリザベート……エリーザベトの愛称って、シシィちゃうの？」

皇妃エリザベートはシシィでしょ。宝塚ファンの友達が言っていた。

「うん、まあ呼び方はいろいろあるんやろう。ほな続きも気合い入れて訳すわ。まとまったらまた叔父さんのアドレスに送るから」

第三章　ドッペル……？

1

ヘンシェル女学校、二週目――。

シュミット先生に命じられた暗誦をわたしは完璧にやってのけた。先生は眼鏡をぐいと押しあげ、次回までの宿題として、さらに長い詩を覚えてくるよう命じた。旧友の孫だからといって、手かげんは一切なし。教室の半数はただ面白がっている。残りの半数は自分のところに飛び火しないかと心配している。

土砂で埋まった道は、町の人が何人も出て片づけてくれた。昨日は丘全体が崩れたように見えたけれど、実際はそこまでひどい状況ではなく、上っ面が滑ってきただけだったらしい。馬車が通れるようになると、昨日帰れず学校に一泊したお客さんも順々に出立した。

その日の放課後、わたしとベルタは校長先生に呼びだされた。

「コンツェ嬢があなたたちとお話ししたいとおっしゃっています。まだ本調子ではいらっしゃらないのですからね、ご挨拶だけしたらすぐ退出なさい」

校長先生に連れられて先生方のお部屋がある寄宿舎の別館に向かう。長椅子に身をもたせかけていたコンツェ嬢は、頭部に包帯を巻いているにもかかわらず――手当したのは昨日運よく居合わせたヒュープナー先生だ――笑顔でわたしたちを迎えてくれた。

「ベーゼラー先生、何から何までお世話になりまして、本当にありがとうございました。グリューンベルクさん、ダールマンさん、お待ちしていましたのよ」

コンツェ嬢は長椅子から身を乗りだして、わたしの手を握りしめた。

「昨日は本当にありがとう。なんとお礼を申しあげたらいいのか」

「わたくし何もしておりませんわ。ベルタのお兄さまが何もかもしてくださったんですの」

コンツェ嬢はかすかにかぶりを振った。

「あなたが来てくださらなかったら、わたくしも疾風もあのまま馬車の中に座りこんで動けませんでした。ダールマンさん、お兄さまにはまたあらためてお礼を申しあげますけれど、あなたからもよろしくお伝えくださいね」

緊張した顔のベルタは小さな声で「はい」と答えた。コンツェ嬢の足もとでは疾風がしっぽを振っている。わたしを不審人物扱いするのをやっとやめてくれたのね。コンツェ嬢と校長先生が礼儀正しい会話を交わす間、わたしはそっと部屋の中を見まわした。客用寝室と呼ばれているが、三間続きの豪勢なものだ。この居間のほうだけで寝台を七つ詰めこんだわたしたちの部屋より広い。

思ったよりお元気そうなマルテルさんがコーヒーを運んできた。砂糖とクリームをたっぷり入れたコーヒーをすすりながら、コンツェ嬢はわたしたちにいろいろ質問する。学校ではどんなお勉強をなさってるの？　何の科目がお好き？　寄宿舎の生活とはどういうものなの？

「わたくしが行っていた学校は修道院の附属でしたので、ここはだいぶ雰囲気が違いましたわ。動けるようになったら校内を案内してくださいね」

「わたくしもこの前転校してきたばかりで、まだご案内できるほど詳しくないんですの」

ベルタがなかなか答えないのでわたしが言うと、コンツェ嬢は軽やかな笑い声をあげた。

「そうでしたわね。でしたらご一緒にまわりましょう。ロッテさん、ベルタさんとお呼びしてかまいませんこと？　わたくしのことはどうぞゾフィーとお呼びになって」

テーブルの上には美しい装幀の本があった。コンツェ嬢——ゾフィーさまは本を引き寄せて言った。

「一つお願いがありますの。この御本を少し朗読してくださいません？　わたくし、小さい字を見ると、なんだかまだ目がちかちかして……二、三日もすれば治るとヒュープナー先生はおっしゃってくださったんですけれど」

校長先生が重々しくうなずいたので、わたしは本を受け取った。

「どこからお読みしましょう」

「栞《しおり》がはさんでありますわ。ナガサキに着いたところから……」

このくらいの速さでいいですか？　と確認し、わたしは読みはじめた。

「ナガサキ　八月二日　朝、南西および南南東から、はげしい雨を伴った突風が襲った」

初めて読む本だったが、「エリーザベト皇后号」という名前の船が出てきたので、オーストリアの方がお書きになったものだろうと見当がついた。世界一周の旅に出て、日本のとある港町に着いたところらしい。

八月二日の記述を読み終えたところで一区切りとした。

「不思議な国……わたくしもいつか行ってみたいわ」ゾフィーさまはうっとりと言う。

「わたくしもです」ベルタも言い、頬に朱を散らせた。「あ、あの、その御本はどなたがお書きになったものなのですか？」

ゾフィーさまはわたしの手から本を取って、著者の名前が見えるようにした。――フランツ・フェルディナント。

「ハプスブルクのお世継ぎでいらっしゃいますわね」

校長先生の言葉を聞いて思いだす。そうだわ、オーストリアの皇太子も同然のお方じゃない。

今のオーストリア皇帝はフランツ・ヨーゼフ陛下、皇后は絶世の美女と名高いエリーザベト陛下だ。お二人の間にお生まれになったルードルフ皇太子は、数年前お亡くなりになった。大きな声では言えないが、うら若き男爵令嬢と心中なすったの。皇子さまはほかにおられなかったし、ルードルフ皇太子のお子さまは姫君だけだったので、次の皇太子……お子さまじゃないから、帝位継承者といったほうがいいのかしら、とにかく次に皇帝になられる方は、皇帝の弟君カール・ルートヴィヒ大公となった。だけど、この方だっていいお年なわけでしょう。だから実質的な帝位継承者は、カール・ルートヴィヒ大公のお子さま方になるわけで、ご長男がフランツ・フェルディナントさま、ご次男がオットーさまだと聞いたことがあった。順序からいえばフランツ・フェルディナントさまが選ばれるのが筋なんだけど、この方は胸を病んでらっしゃるという噂もある。

ふと思いついてわたしは尋ねた。

「この御本にコーベという町のことが出てきませんか？　うちの学校には、そこで生まれた子がいるんです」

「コーベ。たぶんここだわ」

ゾフィーさまの白い指先がページをめくり、ベルタとわたしは頭をくっつけあうようにしてわずかな記述を読んだ。リースヒェンの生まれ育った町がどんなところなのか、これだけではさっぱり見えてこない。がっかりしたわたしに、ゾフィーさまは優しげな笑みを浮かべて言った。

「よろしければ、次はその方と一緒に遊びにいらしてくださいな」

ゾフィーさまが眠そうなお顔になったのを見て失礼する。寄宿舎に戻る間、ベルタは青白い顔をしてこぶしを握りしめていた。

「どうしたの？」

「ううん、なんでもないの。偉い方の前に出たから緊張して……あの方、ご結婚はまだよね。ご婚約はなさっているのかしら」

「さあ、お年からすると婚約者がいらしてもおかしくないわよね。ロケットに入っていたあの殿方じゃなくて？」

「ロッテはあの方がどなたか知ってる？　新聞か何かで見たことない？」

「いいえ、まさか」

寄宿舎に戻ると、ギゼラがオペレッタの一節を口ずさみながら部屋に入ってきた。胸に大きな紙包みを抱えている。

「見て見て！　うちから小包が届いたわよ」

クララも小走りで入ってきた。珍しく頬が紅潮している。

「ギゼラったら、そんなに急いで歩くと転ぶわよ」

小包を寝台の上におろしたギゼラは、早速荷紐をほどき、茶色い紙を破ろうとした。

「何が入ってるの、ねえ」

リースヒェンがギゼラの手もとをのぞきこむ。クララが手を貸して丁寧《ていねい》に包装を解くと、生姜《しようが》入りのクッキー、花の形の砂糖菓子、銀紙に包んだボンボンなどが次々に出てきた。ギゼラはリースヒェンの手にクッキーを一枚握らせた。

「クララとあたしからお裾分け」

「いいの？」リースヒェンが嬉しそうに青い目を見開く。

「いいのよ、先生には内緒ってことわかってるわよね。ベルタとロッテもどう？」

お礼を言ってわたしたちも一枚ずつ受け取った。ほかの部屋の子たちが、戸口から顔をのぞかせる。

「いらっしゃい、みんないらっしゃい」

クララが呼び入れ、ギゼラは気前よくお菓子を配った。そこへ赤毛の頭と見事な金髪が連れ立って戻ってきた。

「あ、お帰りなさい。ドルトヒェン、アマーリエ、あなたたちもいかが？」

クララが笑顔で差しだしたお菓子を一瞥し、アマーリエは首を横に振った。

「ありがとう。でもけっこうよ。あたくし何もお返しができないんですもの」

そう言って寝台に腰をおろす。ドルトヒェンもアマーリエのそばに勢いよく腰かけた。

「わたしもいいよ」

ギゼラは下くちびるを突きだした。

「姫御前におかれましては、下々の食べるものなんかお口に合わないってことね」

「ギゼラったら」

クララが両手をもみしぼったが、アマーリエは感情の読み取れない声で答えた。

「そうよ、そのとおり」

「さっきのあれ、どういうこと？」

食堂に向かうとき、ベルタをつかまえて尋ねてみた。ベルタならこういうとき、中立の立場で教えてくれるだろう。

「うちの学校の慣習よ。誰かにお菓子をもらったら、お返しをしなくちゃいけないの。すぐには無理でも、その学期のうちにね」

だったらわたしも忘れないようにお返ししなくちゃ。今度の日曜日にシュテファン叔父さんが来たら、チョコレートかキャンディを頼んでみよう。

「たいていの子は月にいっぺんくらい面会が来るから、そのときお菓子を持ってきてもらうんだけど、ドルトヒェンのご家族は新大陸にいらっしゃるの。南米だったかしら、ううん、確かアラスカね。ドルトヒェンは南米生まれのアラスカ育ちって言ってたもの。お父さまは学者さんで、あちらで神話や伝説の収集をなさってるんですって」

「素敵。グリム兄弟みたいなお仕事なさってるのね。アマーリエは？」

「アマーリエのおうちはね」ベルタは声をひそめた。「リースヒェンのところと同じなの。お城にいらっしゃるお母さまがそのう、二番目のお母さまなんですって。一度も面会に来られたことないし、小包が届くこともないわ」

わたしはこぶしを握りしめた。アマーリエはつまらない同情をはねのけようとして、あんな素っ気ない態度をとってるの？　そこでもう一つのことに気がつく。

「リースヒェンは？　リースヒェンはお菓子をもらってたけど、いいのかしら」

ベルタの頬にえくぼが浮かんだ。

「いいのよ、リースヒェンは特別なの。あの子はわたしたちみんなの妹ですもの」

2

「校舎の大階段に敷いてある絨毯を洗いにだすことになりました。歩くときには靴音を響かせないよう注意するのですよ」

眉間に皺を寄せて校長先生がおっしゃったのは、火曜日の朝食の席でのことだった。

「昨日の夕方、ヘンシェルさまが、インク瓶を落として割っちゃったんですって」

クララが小声で言えば、黒パンを手にギゼラはくすくす笑う。

「染み抜きしたけどとれなかったって聞いたわ。校長先生かんかんよ」

相手が生徒なら遠慮なく叱れるけれど、実の叔父さまではそうもいかない。だからあんな不機嫌そうなお顔をなさっているわけね。登校すると、踊り場から右手にのぼる階段のところだけ絨毯が取り払われていた。剝きだしの部分を踏むのは悪い気がして、左手の階段をのぼる。たいして遠まわりになるわけでもないしね。

この日は時間割が変更になり、午後はまるまる水彩画の時間となった。担当のランゲ先生は三十を一つ二つ越したくらい。うちの学校の中ではお若いほうだ。

「今日は素晴らしいお天気ですわね」窓の外に目をやってランゲ先生は言った。「森へ写生に行くのはどうかしら。〈お祖母さんの家の跡〉まで行ってみましょう」

歓声をあげ、すぐさまわたしたちは外へ飛びだした。正門を出て、高い塀に沿ってぐるりをまわり、少し丘をくだってから学校の裏手の森に入りこむ。森といっても踏み固められた道はちゃんとあって歩くのに不自由はない。

「〈お祖母さんの家の跡〉って？　赤ずきんちゃんのお祖母さんのおうちでもあるの？」

隣を歩くクララに冗談半分で問いかけたら、クララは大きくうなずいた。

「ええ、そうよ。おうちはもうないけれど、石が三つ四つ残っているわ。静かで気持ちのいい場所よ」

わたしたちのすぐ前にいたギゼラはふんと鼻を鳴らした。

「あたしはけっこう不気味な場所だと思うわ。特にあのナラの木！　おどろおどろしいったらないわ」

「樹齢何百年にもなるような大きなナラの木があってね」とクララ。「ぽっかり暗い洞《うろ》が開いてるの。あの洞はわたしもちょっと怖いわ。のぞきこんでも底が見えないんですもの」

大きなナラの木。白い狼の夢を見たとき、背後にあったのはナラの木じゃなかったかしら。

「小石でも落としてみたら深さがわかるんじゃない？」

わたしが言うとクララははっきり身震いした。

「とんでもない！　あの洞は精霊の国につながっているのよ。洞の底にいるものを起こしてしまったらどうするの」

ギゼラがわたしの袖をつかんだ。「ロッテ、ゆっくり行きましょうよ」

何か話があるのかと思ったらそのとおりだった。わたしの耳に口を寄せ、ギゼラはどこか楽しげな調子で言う。

「昔話をしてあげるわ。昔、といっても十年ほど前のことだけど、木樵《きこり》のおじさんが、〈お祖母さんの家の跡〉で二人の子どもを発見したの。お兄さんと妹の二人連れ。二人はひどい怪我をしていたので、ヒュープナー先生のところに運びこまれました。この兄妹が誰だかわかる？」

ある答えが胸に浮かんだが、ギゼラの物言いがどうも気に入らない。別に興味ないわ、という顔をして答える。

「ヘンゼルとグレーテル？」

「馬鹿ね、ここは赤ずきんの森だから、ヘンゼルとグレーテルはいないわよ。二人はね、チゴイネル（慧注　ロマのことや）にさらわれて、長いこと旅をしてたんですって。折檻《せっかん》ばかりされるから、キルシュバウムの近くまで来たとき逃げだして、赤ずきんの森に隠れてたっていうの。ヒューブナー先生は実の親を捜したけど見つからなくて、それで自分で引き取ったのよ。ここまで言えばもうわかるでしょう。ベルタとお兄さんよ」

わたしは黙ってギゼラの顔を見つめた。どう反応していいのかわからない。そんなことを軽軽しく口にするギゼラに腹が立ち、ギゼラに言い返せない自分にも腹が立った。アントンさんの手に残っていた火傷《やけど》の痕を思いだす。あれは折檻の痕だったのだろうか。ギゼラはわたしの顔を見て目をそらした。

「だからどうってわけじゃないのよ。みんな知ってることだから、あんたにも教えてあげただけ。優等生ベルタの秘められたる過去ってやつよ。だけどね」とここで声をひそめ、「町のお年寄りの中には、ベルタたちがナラの木の洞から出てきたんだって信じてる人もいる。精霊の血が半分混じってるんじゃないかってね。〈お祖母さんの家の跡〉に着いたら、ベルタの様子をよく見てなさい」

　それだけ言うと、ギゼラは走って前のほうへ行ってしまった。


〈お祖母さんの家の跡〉は森の中のちょっとした草地だった。真ん中にはどっしりしたナラの木が立っている。これで白い狼が出てくれば、この間の夢のとおりだ。わたしってやっぱり夢見の才があったのかしら。壁などは残っていないが、草の間に不規則に石が並んでいるのが昔の家の礎石に見えないこともない。ランゲ先生は石の一つに腰をおろした。

「では、このまわりで写生してらっしゃい。あまり遠くには行かないでね」

　わたしたちはみんな、吸い寄せられるようにナラの木に近づいていった。若葉は鮮やかな萌《もえ》黄色《ぎいろ》。幹の太さはわたしたちが三人手をつないだくらいあるだろうか。ちょうどわたしの目の高さに、人が入れそうな楕円形の洞が一つ開いていた。中は真っ暗で、どれだけ深さがあるのかわからない。地面の下まで続いているはずもないのだけれど。

「必ず底はある。縄か釣り糸でも持ってくればよかったな」

とドルトヒェンが言えば、傍《かたわ》らでアマーリエは嫌そうに手を振った。

「やめときなさいよ。蜘蛛《くも》や蛇を釣りあげたってしょうがないでしょ」

ランゲ先生もやってきて、わたしたちと一緒に暗い洞をのぞきこんだ。

「昔はこの木の下に小さなマリア像を安置した祠《ほこら》があって、子宝を願う女の人がこっそりお詣りにきていたそうですよ。ミュラー先生やシュミット先生がお若いころの話です」

「何百年前?」

ギゼラが先生に聞こえないようつぶやく。クララはめっと言って、草地を見まわした。

「赤ずきんちゃんのお祖母さん、よくこんな寂しい場所に一人で住んでいたわよね」

「わたしだったら耐えられない」とこれはリゼッテ。

ドルトヒェンはランゲ先生をつかまえて、マリアさまの像のことを訊いていた。

「マリア像なのは間違いないですか? どんなものだったんですか?」

「ごく簡単な、彫像ともいえないようなものでしたよ。わたしもシュミット先生の写生帳で見ただけですけれど」

「今はどこにあるんですか? どこか別の場所に移されたんですか?」

「さあ……下の町に来た牧師さまが、偶像崇拝になるからとおっしゃって持ち去ったのではなかったかしら」

木から少し離れた位置で写生帳を広げ、ベルタの様子をそっとうかがう。ギゼラに言われたとおりにするなんて自分でも情けないけれど、聞いてしまえば気になるんですもの。ベルタは平静な顔でナラの老木をスケッチしていた。十年前ということはベルタは六歳か七歳というところね。お兄さんのほうは十二、三になっていただろう。ベルタはともかく、お兄さんはご両親のことや出身地のことなどちゃんと説明できなかったのだろうか。

いけないいけない、他人《ひと》さまの事情を穿鑿《せんさく》しては。頭をこつんと叩いて、絵を描くほうに集中する。森の奥からキツツキが幹をつつくリズミカルな音が響いてきた。

ドルトヒェンはアマーリエに向かって、「マリア像は封印だったのか、それとも……」とまくしたてていた。精霊がさまよいでてくるのを防ぐためにマリア像が置かれていたのなら、取り払ってしまうのはいかがなものか、ということらしい。

「ただし、まったく別の考え方もできる。わたしとしてはそのほうが可能性は高いと思うが……」

つい聞き耳を立ててしまったが、そこで二人は場所を変えてしまった。残念だけど写生を仕上げるほうが先ね。なんだか面白そうな話だったのに。苔《こけ》むした幹やたくさんの太い枝を描き、人の手のようにも見える葉っぱを丹念に描く。あらあら描きあがったところで、通りかかったリゼッテをつかまえて訊いてみた。

「ねえ、無法者の岩場ってどのあたりにあるの?」

うーんと迷いながらリゼッテは北のほうを指さす。

「たぶんあっち? ここからだとまだ半時間以上かかるわよ」

「あなた行ったことあって?」

「まさか！　大きな岩がごろんごろんしているだけで、別に見るものないって話よ」

「ロッテ、無法者の岩場に行くの？」ギゼラが口をはさんでくる。「運がよければクルトの幽霊に出会えるかもよ」

「あら素敵」

わざと素っ気なく答えて、わたしはギゼラのそばを離れた。ロッテお祖母さまが行った場所だから、わたしも行ってみたいのだけれど、そんなことをギゼラに話す気にはなれない。まあいいわ、そのうち叔父さんに連れていってもらいましょう。

この日はもう一つ、ちょっとした出来事があった。森から帰ったわたしは、写生帳を持ったまま一人で図書室に向かった。この学校にはなかなか充実した図書室がある。小説は先生の検閲を通ったものしか置かれていないが、詩集は独仏英のものが並んでいた。フランス語の詩集を借りて出てきたら、廊下の向こうに殿方の背中が見えた。人目をはばかるように忍び足で歩いている。

誰かしらと考え、校長先生の叔父さま、ヘンシェル氏だと気がついた。危険なインク瓶は持っていないが、黒っぽいステッキを小脇に抱えている。ヘンシェルさまは足をとめると、いきなりステッキの頭でコツコツ壁を叩きはじめた。叩いては耳を澄まし、叩いてはまた耳を澄ますしぐさをする。見るからに怪しげな振る舞いだったが、階段に行くにはヘンシェルさまのそばを通らねばならない。わたしはわざと足音を立て、近づいていった。

顔をあげたヘンシェルさまと目が合った。スカートをつまみ、膝を曲げてお辞儀をする。

「ヘンシェルさま、ごきげんよう」

「や、やあ、こんにちは」ヘンシェルさまはぱっとステッキを背中に隠した。悪戯《いたずら》を見つかった子どものように目が左右に動く。

「マイセンのテーブルウェアをお探しですの？」何か言わねばと思って言ってみた。そこでステッキコツコツの意味するところに気がつく。「もしかして……隠し部屋を探してらっしゃったんですか？」

ヘンシェルさまは団栗《どんぐり》を見つけた栗鼠《りす》のような笑顔になった。「わかるかい？」

「音の違いを調べてらっしゃるんですのね。どこかこのあたりにありそうですの？」

「いや、それはまだ不明だが、この校舎のどこかにはあるはずだ。だったらここにあってもおかしくない。それから僕が探してるのは月光文書のほうだよ」

「それは失礼いたしました」

礼儀正しくわたしは答えた。もう一度お辞儀をしようかと思ったけれど、さすがにそれはやりすぎよね。ヘンシェルさまは肥えたお腹をぽんと叩き、わたしに片目をつぶってみせた。

「怪しいところがあったら、僕にこっそり教えてくれるかな。音の反響が違うところとか、石のゆるんだところとか」

「かしこまりました」

階段をおり、校舎を出てから、わたしは一人くすくす笑った。立派な大人が真面目に宝探しをしているなんて！　でも、校長先生に比べれば、ずっと親しみのもてるお人柄だわ。

3

夜の談話室。わたしは何年も前からここで暮らしているかのように、のびのびとくつろいでいる。二週目になると、これまで見過ごしていたことにも目がいくようになった。ベルタは自習時間が終わっても、隅っこで一人勉強していることが多い。口喧嘩が始まると立っていって仲裁に入るが、すぐまた教科書にかがみこむ。

「大学へ行くために勉強してるの？」その晩、ベルタが写生帳を開くのを見て、そっと尋ねてみた。

「大学？　いいえ。わたし、教師になるつもりだから、人よりたくさん勉強しなくちゃいけないの」

「教師に？」わたしは目をまるくする。「なんで？　今から将来決めてしまわなくてもいいんじゃないの？」

「わたし、孤児なのよ」

ベルタはさらりと言った。まるでお天気の話をするかのように。ギゼラから聞かされてはいたが、わたしは初めて聞くような顔をしてみせる。

「ヒュープナー先生の口利きで、特別に奨学生にしてもらって、この学校に入ることができたの。一生懸命勉強して、将来ここの教師になるという約束で」

「でも……お兄さまがいらっしゃるのに？」普通ならお兄さんがベルタの面倒をみるだろう。

「兄とは母が違うの。だからあまり甘えるのも悪い気がして……わたし、早く自立したいのよ。誰かのお役に立って、自分もちゃんとした生活ができるなんて、教師か修道女くらいしかないでしょう。わたし、小さい子は好きだし、きっとここで満ち足りた一生が送れると思うの」

いろいろな言葉が喉まで出かかったが、何を言ってもベルタを傷つけてしまいそうな気がして、わたしは口をつぐんだ。女性教師は、どんなに優秀であっても結婚したら退職というのが不文律になっている。旦那さまに養ってもらえるのだから、自分が外で働いて稼ぐ必要はないというわけね。裏を返せば、教師を一生の仕事とするということは、結婚しないと宣言しているようなもの。

「ロッテは大学に行くつもりなの？」

「ええ。スイスの大学に行けたらいいなと思ってるの。わたし……わたし、文学の道へ進みたいの」

詩人になりたいのとはさすがに恥ずかしくて口に出せなかった。ベルタを気の毒だと思うのはたぶんわたしの思いあがりだ。ベルタは将来のことをきちんと考えているのに、わたしは筆一本で自活したいだなんて、夢のようなことを思ってふわふわしているだけ。

ベルタは温かな笑みをわたしに向けた。

「いいわね、夢があるって。さあ、そろそろ寝る準備にかかりましょう」

立ちあがろうとした拍子にベルタの膝から写生帳が落ちた。散らばった画用紙を一緒に拾う。一枚の風景画にわたしは目をとめた。廃墟となった古代遺跡を描いたもののようだが、なんとなく違和感がある。絵の奥の丸屋根を見て気がついた。

「これ、ドレスデン？」

尖塔に囲まれ、てっぺんに鐘楼《しょうろう》がついた釣鐘形の丸屋根は、前に絵葉書で見たことがある。有名なドレスデンの聖母教会だ。ベルタはうろたえたように頰を染めた。

「おかしな絵でしょう。その、夢で見たの。ドレスデンが廃墟になる夢」

ほかの家々には屋根はなく、残っているのはいかにも脆《もろ》そうな壁ばかり。それも窓の穴がぽっかり開いているので壁だとわかるのだった。足もとには瓦礫《がれき》が積まれていて、その間を男の子が小さな女の子の手を引いて歩いていく。なんだかベルタとお兄さんみたい。

月光文書は、ドレスデンの滅亡で終わっているという話をふっと思いだした。


土曜日の放課後、ゾフィーさまはわたしの部屋の七人をお茶に招待してくれた。

「みんな、きちんとご挨拶してね」

とベルタが言えば、ギゼラはうきうきと返事をする。

「そんなのわかってるって！」

客用寝室をお訪ねすると、ゾフィーさまは笑顔で迎えてくれた。ベルタがアマーリエから順順に紹介する。部屋の中にはたくさんの花が飾られ、テーブルには林檎《りんご》のケーキとドレスデンの名物菓子 Eierschecke（慧注　この菓子の名前、辞書で引いてもわからんかった。Eier《アイア》は卵の複数形、Schecke《シェッケ》はまだらの牛とか馬のことやから、素直にアイアシェッケと読めばええんやろう。クグロフみたいなマーブル模様のケーキかと思《おも》たけど、あとの描写を見るとムースかババロアみたいに見える）、それに山盛りのクッキーが用意されていた。

「アイアシェッケ……」ベルタの表情が揺らいだ。

「どうしたの？」

わたしがそっと尋ねると、ベルタはぎこちなく微笑《ほほえ》んだ。

「なんでもないの。わたしは林檎のケーキをいただくわ」

すぐにコーヒーが運ばれてきて、会話はなごやかに進んだ。アイアシェッケが取り分けられるのをわくわくしながら見守る。話に聞いたことはあるけれど、いただくのは今日が初めてなんですもの。銀の匙《さじ》の上でふるふる震えるクリームは、舌にのせるとすっと溶けた。林檎のピユーレを混ぜこんだケーキは、対照的にずしりと重たい。硬くなっているリースヒェンに、ゾフィーさまは優しく言った。

「日本からいらしたのはあなた？　コーベにお住まいだったんですってね。この御本はね、オーストリアのフランツ・フェルディナント大公が世界一周をなすったときの旅行記なの。ロッテさん、コーベについて書かれたところを朗読してくれるかしら」

「はい」大公の旅行記を開き、読みあげる。「八月七日の最後のところです。

疲労が、もう限界まできていた。とにかく体をやすめたいと思って休息をとったら、ぐっすり寝入ってしまった。そのようなわけで、夜の十一時、花火で盛大に催されたコーベの歓迎式典には遅れてしまったが、これには投錨中の艦船の艦長なども出席していたそうだ。

続いて八月八日の最初のところです。

コーベからは、トウキョウに向かうトウカイドウ線が海岸沿いにオオサカに通じている。オオサカからは北西に向きを変え、内陸をキョウトに向かった。途中、盛大な歓迎のために大きく時間がとられ、キョウトに到着したのは深夜一時をまわっていた。

これでおしまいです」

「オオサカとかキョウトとかわかります?」

ゾフィーさまに訊かれ、リースヒェンは小さくうなずいた。

「行ったことはないけど、知ってます。京都は昔の都で、ドレスデンみたいに古い建物がいっぱいあるところです」

ゾフィーさまは、一枚の紙から花や鳥やさまざまな動物を作りあげるという技のことをお尋ねになった。

「わたしもできます。お母さんに教わりました」

リースヒェンは薄紫の便箋を一枚もらって真四角に切ると、小さな指で三角に折ったり四角に折ったりしはじめた。できあがったものを恥ずかしそうにゾフィーさまに差しだす。

「これどうぞ……オリヅルです」

オリヅルって何？　花びらのように見えた部分をベルタの指がそっと開いた。

「これは鶴《クラーニヒ》ですの。そうよね、リースヒェン？　ここが翼で、こちらが頭。脚はなくて非常に抽象化されてますの」

そう言われると確かに鶴に見えてきた。飛んでいるときの姿かしら。リースヒェンはベルタの手をぎゅっと握った。

「ベルタ、よく知ってるのね」

ベルタはどぎまぎしたふうに返事をする。

「あら、前にリースヒェンに聞いたんじゃなかったかしら」

ゾフィーさまに褒められて、リースヒェンもだんだん普段の調子が出てきた。お気に入りのからくり人形の話を一生懸命にすると、ゾフィーさまは笑みを浮かべた。

「そういえば下の町で見たことがあったわ。あれ、からくり人形でしたのね。わたくしもいつかお土産に買っていこうかしら」

二種類のケーキを食べ終えたギゼラは降霊術の話を始めた。

「この前の土砂崩れのこと、赤ずきんはちゃんと警告してくれてたんです。もっと真面目に聞けばよかった」

「赤ずきん？　グリムのお話のあの赤ずきんですの？」

「ギゼラったら、そんな話はやめてよ」

　クララが小声で叱ったが、ギゼラは平気な顔。

「将来の結婚相手も教えてくれるんです。今ここでやってみませんか？」

「まあ、どうなさるの？」

　本当に興味を引かれたのか、それともお義理で言われただけなのかもしれなかったが、ギゼラは嬉々として、ぐるりにＡＢＣ《アーベーツェー》の書かれた紙を取りだした。

「この紙の真ん中にボタンを置いて、みんなで人差し指をのせます。赤ずきんちゃんがおりてきたら、ボタンが動きだして、順々に文字を指していくんですよ」

「非科学的だな」ドルトヒェンが冷ややかに言った。「赤ずきんの霊がまだこのあたりを漂っていたとしても、わたしたちの結婚相手に興味を持っているとは思えない」

　ギゼラは頬をふくらませた。「ハンナのときは当たったわよ」

「馬《プフェーアト》という単語が出てきただけだとわたしは聞いた」

「でも、本当に馬商人の跡取り息子と結婚を」

「ハンナ自身が、その結婚話が進んでいるのを知っていたとしたらどうだ？」

「つまりドルトヒェンは、そのハンナって子が自分でボタンを動かしたって言うの？」

わたしが訊くと、「そのとおりだ」とドルトヒェンは答えた。ギゼラは下くちびるを突きだす。

「そこまで言うんならやってみましょうよ。あたしは赤ずきんちゃんの霊が出てくるほうに賭けます。あたしがいかさまをしてるかどうか、みんなでよく見ててくれたらいいわ」

「ギゼラ、ギゼラ」

クララが小声で言うが、ドルトヒェンはにっこり――あるいはにんまりした。

「いいとも、やってみよう」

4

小さなボタンでは全員の指がのらなかったので、ゾフィーさまが銀貨を出してくれた。ぴかぴか光る銀貨を紙の真ん中に置く。

「始めましょう」ギゼラが普段より甲高い声で言った。「銀貨に右手の人差し指をのせてください。それから強く念じるの。赤ずきんちゃん、赤ずきんちゃん、どうぞあたしたちのところにおいでください。あたしたちの質問にお答えください」

しばらくは何も起こらなかった。銀貨にのせた指が強張り、腕が痛くなってくる。わたしはそっとテーブルの面々をうかがった。遊びだったはずが、みなどことなく真剣な表情になっている。わたしもドルトヒェンと同じで、降霊術なんか信じるつもりはないんだけれど……でも、だったらこの前の土砂崩れの予言のことは、どう考えたらいいのかしら。

だしぬけに銀貨が動いた。クララがはっと息をのむ。ぐるぐる、ぐるぐる、銀貨は紙の真ん中で円を描きはじめた。

「手を離すんじゃない」

鋭い声で言うのはドルトヒェン。リースヒェンは魅せられたように銀貨の動きを見つめている。舌先でくちびるを舐めたギゼラがそっと呼びかけた。

「お答えください。あなたは赤ずきんちゃんですか？」

銀貨がぐいと動き、ヤー、ナインと書かれたところに向かった。

〈ヤー〉

「あたしたちの質問にお答えいただけますか？」

ゆっくり銀貨が動く。再び〈ヤー〉。

「あの……あたしの結婚相手がどんな人か教えてください」

小刻みに震える銀貨をわたしたちは注視する。ギゼラは結婚しないいんじゃないかしらと思いかけたとき、まばゆい銀貨はアルファベートのほうへ滑って文字を綴りはじめた。

〈き　ん　ぱ　つ〉

それ以上答えは出てこない。ギゼラは不服そうだったが、次の質問を口にした。

「クララの結婚相手はどんな人か教えてください」

今度の答えは早かった。

〈し　ん　せ　き〉

「あら」クララが真っ赤になったところを見ると、心当たりがあるらしい。

「じゃあ、次はロッテの結婚相手を教えてください」

テーブルの着席順に従ってギゼラは言った。銀貨はたっぷり三分間円を描き続けた。飛ばして次へ行って、と言おうとしたとき、不意にアルファベートのところへ向かう。

〈け　む　く　じ　や　ら〉

なあに、この答え？　さっぱり意味がわからない。

「毛深い人ってこと？」

ギゼラのつぶやきにクララは頰を赤くする。

「もう、そんなはしたないこと言わないでよ」

ギゼラは次にリースヒェンの結婚相手について尋ねた。今度の答えはクララのときに負けず劣らず早かった。

〈お　か　あ　さ　ん　の　く　に　の　ひ　と〉

リースヒェンの表情がぱっと明るくなった。

「わたし、日本へ帰れるの？　ねえ、帰れるの？」

次はベルタだ。教師になると言っていたベルタには、どんな答えが用意されているのだろう。

〈お　じ　い　さ　ん　の　く　に　の　ひ　と〉

ベルタは青い目を見開いた。よかった、ベルタもちゃんと結婚できるのね。

「ドイツ人てこと？」とクララ。「それじゃ答えになってないわね。お祖父さまと同じ地方のご出身ってことかしら」

しっとギゼラが言った。次はゾフィーさまの番だ。

「赤ずきんちゃん、赤ずきんちゃん、コンツェ嬢の結婚相手を教えてください」

ゾフィーさまは静かな微笑《びしょう》を浮かべている。銀貨が動きはじめた。最初はD、それからO。

〈DOPPEL《ドッペル》〉

「ええっ？」

ベルタが大きな声をあげて立ちあがった。銀貨が滑り、床に落ちて硬い音を立てる。張りつめた空気はどこかへ逃げていき、そこで魔法が解けたのをわたしは感じた。

「ごめんなさい、わたしが動いてしまったばっかりに」

うなだれたベルタの肩をドルトヒェンはぽんと叩く。

「なあに、かまわないさ」

「でも、あなたたちの結婚相手のことが」

「どうせお遊びだ。マーレもわたしも気にしない。そもそもわたしは結婚する気などないしね」

「今の、ドッペルのあと、なんて言おうとしてたのかしら」

クララが首をかしげ、わたしは最初に思いついた言葉を口にした。

「双頭の鷲《ドッペルアードラー》？」

Lのあと、銀貨はAの字の方向へ向かっているように見えたのだ。でも、いくらなんでもこれはとっぴすぎる考えよね。双頭の鷲——ハプスブルク家にお輿入れできるのは、王女とか公女なんてご身分の方たちだけですもの。Aにこだわらず考えてみたら……。

「ドッペルゲンガーと結婚できるはずはなし、何かしら」

「二重顎《ドッペルキン》の人？」

ギゼラが言ったとたん、みんな噴きだした。ゾフィーさまも女学生のように笑っている。

「きっとそうね。みなさん、コーヒーをもう一杯いかが？　このクッキーを片づけてしまいましょう」

二度目の日曜日がやってきた。来客名簿に署名したシュテファン叔父さんに向かって、シュミット先生は重々しく言う。

「門の外へ散歩に出るのはかまいませんが、門限は午後四時です。遅れたりなさいませんように」

「わかりました。こちらの庭を散歩してもかまいませんか。ありがとう、では」

校庭に出ると、叔父さんは早口で言った。

「すまん、今日はあまりゆっくりしてられないんだ。軍病院の当直をかわってくれと急に頼まれてな」

そして人のいい叔父さんは断れなかったわけね。満開の桜を見ながらキルシュバウムの町を散歩したかったのだけれど、お仕事ならば仕方ない。

「三十分くらいはいられるだろう。元気でやっているか？」

「ええ。ここ、なかなか面白い学校だわ。あのね、叔父さん、わたしのお祖母さまが、昔この学校にいたんですって」

先生たちから聞いた話を伝えると、シュテファン叔父さんも驚いた顔になった。

「そいつは知らなかった。だがカール義兄さんもあちらのご両親もドレスデンの出だったからな。女学校がいくつもあるわけでなし、そう不思議なことはないのかもしれん」

ライプツィヒの大学に進学したお父さんは、お母さんと結婚してお母さんの故郷シュヴァルツヴァルトに引っ越した。シュテファン叔父さんはうちのお父さんと同じライプツィヒの医学部に入り、そのままザクセンの軍医になってわたしを呼び寄せた。それを思うと、わたしがこの学校に来たのもごく自然な成りゆきだったような気がする。

校庭をひとめぐりするだけで、時間はあっという間に過ぎた。次に来るとき買ってきてねと縫い針をお願いする。

「普通の縫い針と店で言えば通じるんだな。忘れていた、土産だ。あとで開けてみろ」

腕の中に押しこまれたのは茶色い紙包み。正門まで送っていって、さてお別れの挨拶を、と思ったら、いきなり背後から声が飛んできた。

「おい、ケルステンじゃないか？」

エニシダの木の蔭から長身の殿方が姿を見せた。年は叔父さんと同じくらいだろう。金の髪は豊かに波打ち、口髭もきれいに整えてある。叔父さんはわずかに目を細めた。

「ヒルデブラント？　なんでこんなところに？」

「それはこっちの台詞だよ。その可愛いお嬢さんは妹さんかい？」

叔父さんは守るようにわたしの肩に手をおいた。

「姪っ子さ。シャルロッテ・グリューンベルクという。ロッテ、こちらは第三歩兵連隊のフォン・ヒルデブラント少尉だ」

「クラウス・フォン・ヒルデブラントと申します、よろしく、お嬢さん」

「初めまして、少尉さま」

無造作に差しだされた手をそっと握り返す。柔弱そうな外見に似合わず、手のひらは固かった。銃を握り、サーベルを振りまわす手だ。

「で、君は何しにきたんだ？」

叔父さんが問うと、ヒルデブラント少尉は照れたように口髭をひねった。

「婚約者に会いにきたんだよ」

「婚約していたのか。それは知らなかった、おめでとう」

「なあに、僕もつい最近知ったばかりさ。婚約者殿がこの学校にいると聞いてね、挨拶にきたんだよ」

親御さんの決めた婚約なのね。話がすっかり決まってから当人に知らせるというのは、今どき流行らないかと思っていたのだけれど、貴族社会ではまだあるらしい。ヒルデブラント少尉の視線がこちらに向けられた。

「フォン・エーバーライン嬢というのだが、ご存じですか」

「アマーリエのことですの？」

「そうです、アマーリエ・フォン・エーバーライン嬢です」

「存じていますわ。わたしたち、同室ですの」

それ以上余計なことは言わない。相手がアマーリエではきっと大変だわ。それにしても、わざわざ学校まで会いにくるなんて、すごく熱心な人だこと。婚約者だからといって簡単に会えるわけじゃない。まずアマーリエの実家から校長先生宛に、これこれこういう青年が訪問するので、面会の許可をいただけますかという手紙が届く。それからご本人が身分証明書を携えてやってくる。最初の面会には当然先生も同席しただろう。アマーリエよりも校長先生とお話しした時間のほうが長かったんじゃないかしら。

シュテファン叔父さんとヒルデブラント少尉は一緒に門を出ていった。坂をくだっていく後ろ姿を見送り、寄宿舎へと引き返す。叔父さんのくれた包みを開けてみたら、燻製《くんせい》にした腸詰めとチーズの塊が入っていた。チョコレートでも砂糖菓子でもないのが実に叔父さんらしい。同室の子たちにお裾分けする前に、どこか静かなところへ行って一本くらい味見しても罰は当たらないだろう。

寄宿舎の裏の雑木林に分け入り、太い根っこの上に腰をおろした。腸詰めはあとの楽しみにとっておくことにして、詩の断片を書きとめた手帳を開く。ギゼラなんかのいる前ではなかなか推敲《すいこう》できない。どんなにからかわれるか予想がつくもの。

木漏れ日を受けて手を動かしているうちに、わたしはいつの間にかうとうとしてしまったらしい。どこからか声が聞こえてきて、はっと顔をあげた。

第四章　消えた肖像画

1

「兄さん、頼んだ写真持ってきてくれた？」

「あ、ああ、写真じゃなくて新聞に出ていた肖像画だけど」

「見せて、見せて」

一方の声はベルタだ。とするともう一人はお兄さんのアントンさんだろう。盗み聞きしているみたいで気がとがめたが、起きあがるのも億劫で、わたしはぼんやり木にもたれたまま流れてくる声を聞いていた。

「やっぱりそうだわ、この方よ」

「この方がいったいどうしたというんだ？」

「わたし、偶然コンツェ嬢のロケットの中を見てしまったの。この方の肖像画が入っていたわ。どうしましょう、どうすればいいの？　コンツェ嬢はきっとあの方なんだわ」

ベルタらしくない妙にせっぱつまったしゃべり方だった。あの方とはどういう意味なのだろう。答えるアントンさんの声は困惑気味。

「そんなことまだわからないだろう」

「いいえ、いいえ、間違いないわ。お名前も合ってるわ」

「ありふれた名前だよ。それに名字までは僕も覚えていない」

「ボヘミアの貴族の出身……それに昨日の赤ずきんちゃんのお告げもあるわ。どうにかして確かめられないかしら。あの方たちがあそこで……それがすべてのきっかけになるんでしょう。兄さんそう教えてくれたじゃない」

ベルタとアントンさんの声は遠ざかっていく。手帳が膝の上に落ちてきて、わたしはやっと本当に目が覚めた。今の会話は何だったのかしら。ベルタはゾフィーさまの恋人（よね、きっと）がどなたか知ってるの？

起きあがって伸びをしたら、風に乗ってまた人の声が聞こえてきた。男の子みたいなしゃべり方をするのはドルトヒェン、答えているのはアマーリエだ。手帳をポケットに入れ、シュテファン叔父さんの包みを抱いて声のしたほうへ近づいていくと、制服姿の二人の背中が見えた。高い塀に沿って早足で歩いている。ドルトヒェンが振り返るのを見て、反射的にそばの木の後ろに身を隠した。よく考えると別に隠れる必要はなかったんだけどね。

ちょうどいい、ここで二人に声をかけてみようか。同室になって二週間たつのに、アマーリエとは挨拶以上の会話を交わしたことがほとんどない。同じ部屋なんだもの、もう少し仲良くなっておきたいじゃない。だけどあとをつけていたように思われるのも癪《しゃく》だ。太い幹にもたれ、どう話しかけようか、ぐずぐず考える。――だから最初のところは見逃してしまった。

石塀が外へ向かって少しふくらんだところに、カスターニエの木があった。白い円錐形の花をいっぱいにつけている。わたしが木の蔭から首を伸ばしたとき、ドルトヒェンとアマーリエはそのカスターニエの木によじのぼっていた（慧注　日本語やとセイヨウトチノキ、フランス語やとマロニエやけど、カスターニエのほうがかっこええやろ）。は？　と目をこする。ドルトヒェンなら木登りくらいしても不思議はないが、貴族のお姫さまのアマーリエまで同じことをする？

白い花が揺れ、「お先にどうぞ」「ありがとう」という声が流れてきた。完全に物音がしなくなるまで待ってから、わたしはカスターニエの木に近寄っていった。

登りやすそうな木ではあった。カスターニエにしては小さいほうだ。太すぎず細すぎず、わりと下のほうまで枝がある。空を指す円錐形の花は、小花が集まったもの。少しためらったあと、わたしも木に飛びついた。最初の枝に足がかかれば、あとはどうということはない。塀と同じ高さまで登り、外の様子をうかがう。石塀のすぐ向こうには、これまたお誂え向きにほどよい高さの木が伸びていた。カスターニエの枝から塀に移り、そちら側の枝をつかむのはたいして難しい業ではなかった。

三分後、わたしは学校の塀の外に着地した。こんなにあっさり抜けだせるなんて、自分でも信じられない気分。もちろん先生に見つかったら大目玉だ。

ドルトヒェンとアマーリエはどこかと見まわしたが、二人の姿はなかった。木にもたれて耳を澄ますと、左手のほうで人の声がする。ゆるんだ靴紐を結び直し、二人を追ってみることにした。どういうわけで学校を出たのか、好奇心をかきたてられたの。

春の森はそれだけで心浮き立つものだ。赤ずきんのいた森だと思えばなおさらね。鮮やかな色の若葉。足もとに咲く小さな花々。苔《こけ》むした木の根もとから顔を出した栗鼠《りす》が、わたしをちらりと見あげ、大急ぎで走り去る。声をあげて笑ったとたん、鋭い声が飛んできた。

「ここで何をしているの？」

木と木の間にアマーリエがいて、目を吊りあげていた。とりあえずもっとも無難な挨拶を返す。

「ええっと……こんにちは」

「どうした、マーレ？」

今度はドルトヒェンの声だ。アマーリエは一歩後ずさり、わたしから目を離さず答えた。

「招かれざるお客さんよ。ロッテがいるわ」

「ほう、そいつは大変だ」

柔らかな草を踏み踏み、ドルトヒェンが姿を現した。奇妙な生き物を手につかんでいる。

「それなあに？　虫か何か？」

全身を包む茶褐色の鎧《よろい》。前脚には鋏《はさみ》の形の大きな爪がある。ドルトヒェンはわたしの前に謎の生き物を差しあげた。

「ザリガニだ」

「ザリガニ？」

「知らないかな。甲殻類《こうかくるい》の一種だ」

「エビのようなもの？　小川にいるエビなら見たことあるわ。透きとおっていて、もっと小さかったけれど」

「エビとは親戚になる。見かけはこちらのほうがグロテスクだが……」

「ちょっと、ドルトヒェン」アマーリエが足を踏み鳴らした。「暢気《のんき》に説明している場合じゃないでしょ。どうしてロッテがここにいるのか気にならないの？」

「どうしてここにいるんだい？」

　二人に視線を向けられ、素直に答えることにした。

「庭を歩いていたら、あなたたちが木登りしているのを見かけたの。だから同じ方法で出てみたというわけ」

「木があれば登ってみたくなる。これは人間にとっての真理だな」

「あの……内緒だったんなら、わたし、誰にもしゃべらないから」

「そんなの信用できるもんですか！」アマーリエが吐き捨てるように言う。

「ふむ」ドルトヒェンはもぞもぞ動くザリガニをつかんだまま、一瞬考えこむ表情になった。

「だったら方法は一つだな。ロッテも共犯にしてしまおう」

　木立を抜けたところには澄んだ水をたたえた池が広がっていた。大きさは教室四つ分くらいだろうか。向こうの岸に近いところには鴨が五、六羽浮いている。ドルトヒェンは制服の裾をからげ、靴と靴下を脱いで池に入ると、浅瀬にいたザリガニを捕まえた。岸辺に這いあがってきた一匹にわたしも手を伸ばしたが、鋏に指をはさまれそうになって、あわてて放りだす。赤い下げ髪を勢いよく後ろに払って、ドルトヒェンはにやにやした。

「君の勇気は認めよう。ザリガニを捕まえるときには、向こうが鋏を振りあげる暇がないよう素早くやることだ。後ろからつかんでみるといい」

「これ、こんなに集めてどうするの？」

「食べるのさ、もちろん。さて、見える範囲にはもういないようだな。だったら次は」

ドルトヒェンは、そばの木にもたせかけてあったお手製らしき釣り竿に手を伸ばした。針の先に乾いた腸詰めの端っ切れをつけ、池に放りこむ。

池の岸には石を組んだ簡素な炉と小鍋が用意されていた。アマーリエが湯を沸《わ》かす間に、ドルトヒェンは二十匹以上のザリガニを釣りあげた。沸騰《ふっとう》した湯の中にザリガニが落とされる。茶褐色の殻《から》が鮮やかな赤に変わり、生臭い、だが奇妙に食欲をそそるにおいが立ちのぼった。

「さて、ザリガニパーティーの始まりだ。葡萄《ぶどう》酒もレモネードもないが、勘弁してくれたまえ」

草に座り、靴下と靴を履き直してドルトヒェンが言った。アマーリエのほうは、わたしがいることが気にくわないのか、さっきからずっと無言のままだ。

「これ、どうやって食べるの？」

おそるおそる問いかけると、アマーリエは二股になった木の枝を使って、ザリガニを一匹引きあげた。膝の上にハンカチを広げ、無造作にザリガニの頭をもぐ。次に背中の殻を一つ一つはずし、赤と白の身を剝きだしにすると、そのままかぶりついた。

2

アマーリエの真似をしてわたしも殻《から》を剝き、ぐいと一口かじりとった。

「どうだい？」

ドルトヒェンに訊かれ、弾力のある身を飲みくだす。ほのかな甘味が舌に残った。

「けっこういけるわね。もっと生臭いのかと思っていたわ」

「ちょっと泥臭いだけだろう。鋏《はさみ》の中にも肉がある。折り取って中の肉を吸えばいい」

ドルトヒェンは簡単に言い放ったが、大きな赤い鋏を折るのはけっこう大変だった。べとべとになった手をハンカチでぬぐう。

「おいしいわ。もう一匹いただいてもよくって？」

「遠慮せずやりたまえ。それにしても、君がザリガニを平気で食べるとは思わなかった。前にも食べたことがあるのかい？」

「初めてよ。でも食べられないものをあなたたちが勧めるわけないわよね」

「マーレは甲殻類《こうかくるい》を食べるという考えを受け入れるのに、三週間かかったがね」

「まあ、そうだったの。あなたたち、毎週ここでザリガニを食べてるの？」

「季節のいい間はね」というのがドルトヒェンの返答だった。

「なんでそんなことしてるの？」

「君は学校のあの食事で満足できるかい？」

「全然」これは即答。

「そうだろう。わたしたちも同様だ。ほかの子たちにはお八つの差し入れが来ることもあるが、知ってるかどうか、われわれの親にはそんな期待ができない」

わたしは無言でうなずいた。そのへんの事情はベルタから聞いている。

「もらったらお返しをというあの寄宿舎の不文律は知ってるね。そりゃ、中にはベルタのように、お返しを期待せず分けてくれる人もいるが……」

「もらいっぱなしは嫌。施しを受けているみたいじゃない」ザリガニから顔もあげずにアマーリエ。

「というわけだ。ゆえにわれわれは、自分たちでどうにかするしかなかった。最初は校庭の隅でジャガイモを育てようとしたのだが、うまくいかなかった。ここが赤道直下なら、バナナの木を植えるところだが」

「ザクセンでは育たないでしょ。育ったとしても実がなるころにはあたくしたち卒業してるわ」

「そこで頭を切りかえて森に目を向けた。森は食べ物の宝庫だ。夏の間は木苺《きいちご》を摘み、秋には茸《きのこ》をとった。だがそれだけではどうも物足りない。かといって鹿《しか》をしとめる方法などないし、不幸にもわれわれには釣りの才能もなかった。午後中かかって一匹釣りあげただけでは、腹の足しにならない」

「どのみちあたくし魚は嫌いだけど」とアマーリエがつぶやく。

「それでも諦めずに挑戦していたら、ある日ザリガニが餌に食いついてきた。ザリガニは北欧ではご馳走だ。夏に行くと茹《ゆ》でたザリガニが山盛りになって出てくる。フランス人も食べるし、『ヘンゼルとグレーテル』の話にも登場する」

「そうだったかしら?」そんな場面があったかどうか、すぐには思いだせなかった。

「ヘンゼルはご馳走をもらえたが、グレーテルはザリガニの殻しかもらえなかったとちゃんと書いてある。身のほうは魔女が食べたんだろうな」

「ちょっと、あたくしたち、魔女と同じものを食べてるわけ?」

くすっとしかけたわたしは、アマーリエににらまれ表情を引きしめた。そこでシュテファン叔父さんにもらった包みのことを思いだす。

「これも一緒にいかが? わたしの叔父が持ってきてくれたの。みんなでいただきましょうよ」

チーズと燻製《くんせい》腸詰めを見て、ドルトヒェンは口笛を吹いた。

「君の叔父上は素晴らしいセンスの持ち主だね。ありがたい、ほら、マーレ」

ドルトヒェンの放《ほう》った腸詰めをアマーリエは受け取ったが、すっきりしない顔をしている。

わたしはわざと堅苦しい表情で言った。

「ザリガニのお礼よ。わたしもご馳走になるだけでは心苦しいから。それにこの腸詰めは煙のにおいがきついから、さっさと食べちゃったほうがいいと思うの」

アマーリエはかすかに会釈《えしやく》した。「そういうことならいただくわ」

「マーレは人見知りが激しいんでね、機嫌が悪いように見えても気にしないでほしい」

「ドルトヒェンたら、何余計なこと言ってるの」

「そうだわ、アマーリエ、ご婚約おめでとう」

何の気なしにわたしが言うと、アマーリエはきゃっと声をあげた。

「なんであなたが知ってるのよ！」

握ったこぶしがぶるぶる震えている。大急ぎでわたしは説明した。

「わたしの叔父は軍医なのよ。門まで見送りに行ったら、ヒルデブラント少尉とおっしゃる方が話しかけてきたの。叔父のことご存じだったみたい」

「軍隊つながりか」とドルトヒェンがうなずく。

「それで、その方が、あなたと婚約してるっておっしゃって……」

「自分からぺらぺらしゃべったの？　あのおしゃべり男！　なんて軽薄なの！」

「もしかして内緒のご婚約だったの？　だったらわたし、誰にもしゃべらないから……」

さっきも同じようなことを言ったと思い、口ごもる。アマーリエは赤く茹だったザリガニを鍋から取りだし、べきんと首を折った。

「まったく、何がめでたいのよ！　ちっともめでたくなんかないじゃない！」

助けを求めてわたしはドルトヒェンを見る。ドルトヒェンは咳払いした。

「つまりだね、マーレはこの婚約が気に入らないのさ」

「当たり前じゃない。ある日突然見も知らぬ相手との結婚を決められて、誰が喜べるかっての！」

「ええっと、別に悪い人ではなさそうだったけれど」

アマーリエはふんと鼻を鳴らした。「だったらあなたが結婚すれば？」

「けっこうよ」わたしにだってそれなりに夢や希望はある。じゃあ具体的にどんな人がいいのかと訊かれたら困るんだけど。

「あたくし、別に贅沢は言わないわ。ただ、好きになった方と結婚したいだけ」

「だったら親御さんにそう言ってみたら……」

「いないのよ、そんな方！　まだめぐりあってないの。でも、きっとどこかにいらっしゃるに違いなくってよ」

鴨の一家はのんびり池の向こうを漂っている。わたしはチーズの塊を大きくちぎってアマーリエに差しだした。

「まあこれでもどうぞ。アマーリエって意外にロマンチックなのね」

「意外にって何よ！」

「うん、そうなんだよ」ドルトヒェンのほうは勝手にチーズをちぎってかぶりつく。「わたしもさっきあの婚約者殿に挨拶したが、そうひどい相手ではないと思うぞ。親子ほど年が離れているわけでなし、マーレと同じく貴族だし」

「新興のね」

「少尉だからまだたいして稼ぎはないだろうが、実家の援助はあるだろうし」

「成金だものね」

「客観的にいって、そこまで見栄えが悪いわけではない。むしろ男前のほうだ」

「調子のいい方だったわ。いかにも軽薄そうじゃないの。ああいう方はどうも信用できなくってよ。結婚式の日を想像するとぞっとするわ。あたくしはちっとも嬉しくないのに、みんながおめでとうと言うの。あたくしはそれに礼儀正しく答えないといけないんだわ!」

わたしはドルトヒェンと顔を見合わせた。風が池の面を吹き抜け、一瞬遅れて葉擦れの音が起こる。アマーリエはぽつんと言った。

「愛せなくても、せめて尊敬できる方と結婚できたらいいのに。さあ、そろそろ帰りましょう」

「待て、動くな、マーレ」ドルトヒェンが低い声で言った。「ゆっくり顔を向こう岸に向けるんだ。ロッテも。ゆっくりだぞ」

向こう岸に目をやると、草の上に灰色の大きなものが寝そべっていた。四つ脚の獣――犬に似て、犬にあらざるもの――狼《おおかみ》だ。木漏れ日を受け、身を隠すでもなく、堂々とこちらを眺めている。

ドルトヒェンが喉の奥で子犬が甘えるときのような声を立てた。狼の耳がぴくりと動き、しっぽがぴんと持ちあがった。もう一度ドルトヒェンが声をあげると、狼は口を開け、笑った。少なくともわたしにはそう見えた。笑った顔に見覚えがある。

「ひらひら狼」

わたしがつぶやいたとたん、狼はそばの茂みにもぐりこみ、姿を消した。

「駄目だった」ドルトヒェンが悔しそうに言った。「もうひと押しなんだがな。あの狼は前にも出てきたことがある。向こうさんもわたしたちに興味を持っているようでね。もう少し仲良くなりたいんだが」

「怖くないの？」

「どうして怖がる必要がある？　ここらの森の狼が食べるのは主に鹿と猪《いのしし》だ。人間は彼らの主食に入っていない」ここでドルトヒェン、にやり。「と断言したいところだが、かつて欧州に人食い狼がいたことは否定できない。欧州の狼が人を襲う原因は主に二つ、飢饉《ききん》と戦争だ。戦場で死体を漁った狼は、次からは新鮮な肉を求めて人を襲うようになるというが、幸い今は戦争中ではないし、飢饉も過去の話となった。あの狼がわれわれを手ごろなお八つと見なす可能性は極めて低いと見ていいだろう。

わたしはあの狼とお近づきになって、肉を分けてもらいたいんだ。アラスカにいたとき、雪嵐の中で迷子になった子どもが狼の群れに入り、子狼と一緒に肉をもらって命拾いした話を聞いたことがある。知ってるかい？　狼は獲物の肉を吐き戻して子どもに与えるんだ」

「今の、普通の狼じゃなくて、ひらひら狼じゃないかと思うんだけど」

ドルトヒェンの長広舌が途切れたところで、ようようそれだけ言う。ひらひら狼のお腹はお肉をためこむには不向きじゃないかしら。アマーリエがあきれたように両手を広げた。

「あなたもギゼラに毒されてるわね。皮だけの狼なんか、この世にいるわけないでしょう」

わたしはひらひら狼の消えた茂みを見つめた。

「もとをたどれば、赤ずきんちゃんとお祖母さんを丸呑みにした狼だったのよね。猟師さんに退治されて、皮を剝がれ……」

「人狼《じんろう》の毛皮になった」とドルトヒェン。

「そうそう、猟師も人狼だって、あなた前にもそんなこと言ってたわよね。よかったらその話、もう少し詳しく教えてくれないかしら」

3

夕食のあと、談話室に腰を落ち着け、図書室で借りてきた本を開いた。まずはグリムのお伽《とぎ》噺《ばなし》からだ。

「君も人狼《じんろう》に興味があるのかい？」ザリガニの鍋を片づけながらドルトヒェンは言ったのだった。

「人狼というか、ひらひら狼《おおかみ》について知りたいの」

「わたしが話せるのは主に人狼についてだが、それでよければ。ただし、あんまり馬鹿な相手にはしゃべりたくないんだ。言ってもどうせ通じないからね。そうだ、赤ずきんのお祖母さんがなぜ森で一人暮らしをしていたか考えてみたまえ。答えがわかったら続きを話してあげよう。ペロー童話の赤ずきんも参考にするがいい」

ドルトヒェンに挑戦されたわけだが、悪い気はしなかった。少なくとも考えるだけの頭はあると認めてくれたわけだもの。

グリム兄弟によると、赤ずきんのお祖母さんは村から三十分くらい離れた森の中に住んでいる。森の中、森の中。ある考えが浮かんだけれど、自分でもぎょっとするような思いつきだったのでいったん保留にし、ページを繰った。お祖母さんの家があるのは三本の大きなナラの木の下で、ハシバミの生垣もある。ちょっと待って、ナラの木？　今は一本しかないし、ハシバミの生垣もなかったけれど、一本だけ残って大きくなったのだとしたら……。

混乱しつつ、ペローの童話集を開いた。フランスのこのお話だと、救い主の猟師さんは現れず、赤ずきんが食べられたところでおしまいになる。じっくり読み比べていくと、結末以外にも相違点があるのに気がついた。ドルトヒェンの質問にまさに関わってくる部分だ。

「お、早速読んでるね」

ドルトヒェンがわたしの前に座り、アマーリエも編み物籠を手にやってきた。わたしたちを見たギゼラがクララの脇腹を肘でつつく。どうやらわたしも変人の一人にされたみたい。ギゼラに背を向け、わたしは考えをまとめあげた。

「赤ずきんのお祖母さんは、なぜ一人で森に住んでいたか、だったわよね。ペロー童話では、赤ずきんのお祖母さんは隣の村に住んでいるのね。村に入って最初のおうちと赤ずきんは狼に説明してる。村はずれだけれど、一応村の中には違いないわよね。前に読んだことがあるのに気づかなかったわ」

「話の筋としてはペロー童話のほうが自然だろう」とドルトヒェン。「赤ずきんが森へ入っていったのは、隣村へ行くためというちゃんとした理由があったわけだ。一方グリムのお話では、お祖母さんは森の中に住んでいる」

「グリム兄弟がペロー童話をドイツ風に書き直したのか」

「あるいは、もともとドイツにそういう話があったのか」

「二人とも、何をそんなにやいやい言ってるの」青と黄色の派手な縞模様の靴下――自分の？――を編みながらアマーリエ。「もともと一人暮らしだったわけじゃないでしょ。お祖父さんと二人暮らしだったけれど、お祖父さんが亡くなったから一人になっただけじゃないの？」

「マーレときたら、嫌になるくらい常識的でまっとうだね。だとしたらお祖父さんが亡くなった時点で、赤ずきんのお母さんが引き取って世話をしてもよかったんじゃないか？」

「こういうのはどうかしら。もともと村は、お祖母さんの家のあたりにあったの」わざととぼけた口調でわたしは言った。「ところがなんらかの理由があって、村は移転を始めた。道が新しくできたか、水の流れが変わったか、そんなところでしょう。一家族、二家族と村人は便利な場所に移っていき、ついには村全体が引っ越してしまいました。赤ずきんちゃんの家はその新しい村にあるわけね。お祖母さんも当然移転するように勧められたんだけど、住みなれた家を離れるのは嫌だと言って、最後の一軒になってもずっともとの場所に住み続けているの。たぶんお祖父さんのお墓もすぐ近くにあるんでしょう。もしかすると古い村の墓地もそのまま残っているのかもしれなくてよ。お祖母さんは自ら墓守を買ってでて、森に埋もれかけた墓地の世話をしているんだわ」

アマーリエとドルトヒェンは揃ってわたしを見つめた。アマーリエはあきれたように、ドルトヒェンは愉快そうに頭を振る。

「というのも考えたんだけど、たぶん違うわね。もっと素直に読めばいいんでしょう？」

「そうだ。素直に読めばどうなる？」

「森に一人住まう老女は、ほかのお話にも出てきたわ。代表的なのがお菓子の家のおばあさん。おそらく赤ずきんのお祖母さんも同類ね。結論、赤ずきんのお祖母さんは魔女だった。魔女だから一人で森の中に暮らしていた」

黒い目をきらめかせ、ドルトヒェンがにっこりする。

「いいねえ。こんなに早く答えにたどりつくとは思わなかったよ」

「ヒントがよかったのよ」

「それでもたいていの人は読み流す。村から三十分くらい離れた森の中というのは、微妙な距離だろう。村の中ではないが、完全に隔絶された場所というわけでもない。薬草が欲しい人、願い事のある人ならば、そっと行って帰ってこられる程度のところだ。一人そこに住んでいるというのも、森の中で薬草を集めるためと考えれば納得がいく。あらためて訊くが、魔女とはどんな存在だと思う？」

「森の中に住んでいるおばあさん。魔法を使える女性」

「それはグリムの話に出てくる魔女だ。もっと一般的にいうと？」

「箒《ほうき》に乗って空を飛ぶ。黒猫や梟《ふくろう》に変身する」

「お伽噺でなく、実際にいた魔女とはどんな人だったろう」

「ええっと、薬草に詳しい女性、占いの得意な人、お産婆さん、そんなところかしら。必ずしも女性とはかぎらなかったけれど、割合からいうと圧倒的に女性が多い」

「古代ゲルマンの巫女《みこ》であったという話は聞いたことがないか? キリスト教が入ってくるより前、森の中には神々がいて、その神を崇める人々がいた」

「どこかで聞いたことあるわ。小人や精霊は、神々だったものの成れの果てだというんでしょう」わたしははっとしてドルトヒェンの顔を見つめた。「ドルトヒェンの言いたいのは、つまり赤ずきんのお祖母さんも」

「そう。古代ゲルマンの流れを引く巫女」

わたしはそうっと息を吐きだした。不意に何もかもが違ったふうに見えてきた。深い森の中、巨大な木や岩を信仰する人々。巨人も小人も水の精も普通に暮らしていた時代が、この国にもかつてあったのだ。

「巫女であるからには、当然祀《まつ》る神がいる。さて、赤ずきんのお祖母さんの祀っていた神はなんだ?」

「そんなことどこにも書いてなかったけど……あの大きなナラの木かしら。木の下の祠《ほこら》に祀られていたマリアさまは関係ないわよね」

「本当にマリア像なら関係ないが、もともとは別の存在だった可能性もある」

「ええっ、どういうこと?」

「あそこに詣でていたのは子宝を願う人たちだとランゲ先生はおっしゃっただろう。古代ゲルマンの豊穣の女神が、マリア像という隠れ蓑《みの》をまとって生き残っていたのだとしたら?」

「そんなこと言ってると、異端審問にかけられるわよ」眉をひそめてアマーリエ。

「だがそう考えると、ナラの木の洞《うろ》の下に精霊の国があるといわれている意味もよくわかる。精霊というのはつまり、もと神々であったものが矮小化《わいしょう》した存在だ。だから赤ずきんのお祖母さんはあの場所に家を建てて住んでいた。古《いにしえ》の神々を祀るために」

頭がくらくらしそうなことをドルトヒェンは簡単に言ってのける。

「ただ、これに関しては、おそらくそうであったろうと推測するだけだ。赤ずきんのお祖母さんはもう一つの神も祀っていた。そちらのほうはちゃんとグリムの本に書かれている」

ドルトヒェンがにんまり笑ったのを見たとき、閃《ひらめ》きが訪れた。

「狼ね！」

「そうだ、狼だ」ドルトヒェンは喉を鳴らす猫のように言う。「人狼というのは、少なくとも一部の人狼は、狼を信奉する人々のことだったんじゃないかとわたしは考えている。彼らは狼の毛皮をまとうことで、狼の強さと知恵をわがものにしようとした。彼らの敵は、毛皮を着た彼らを見て人狼と呼んだ」

「だったらほんとに狼に変身したわけじゃないのね」

「残念ながらそれはないだろうな」そう言ったドルトヒェンは本当に残念そうだった。「赤ずきんの後日談では、無法者クルトとその一味は人狼だったことになっている。つまり狼を祀る集団の末裔だったんだろう。おそらくは猟師もね。狼の毛皮に商品価値はないというのはこの前言ったとおりだ。だったらなぜわざわざ剝いで家に持って帰ったのか。自分が着て狼になるためというのが、もっともありそうな答えじゃないか」

猟師さんもクルトの仲間。なのにクルトは赤ずきんに横恋慕して猟師さんを殺すんだわ。

「あら、だけどそうしたら猟師さんは、自分たちが崇める神さまを殺めたってこと？　それって変じゃない？」

「赤ずきんの話には、もう一つ古代ゲルマンの風習が隠されているのではないかとわたしは考えている。ここから先はわたしの思いつきではなく、『金枝篇《きんしへん》』という本に書いてあったことの応用だ。『金枝篇』には世界各国の神殺し、王殺しの神話が出てくる。神と王というのは、この場合イコールと考えてほしい。王が老いて力が衰えてくると、その土地の力も衰えてくる。そういうとき人々はどうするか？　老いた王を殺して新しい王を立てるんだ。若者が王に挑戦し、勝てば新たな王となる。この公式を赤ずきんの話に当てはめると」

「狼を殺して、その毛皮を猟師が奪った……ということは、狼が年老いた王で、猟師さんが新たな王なのね。すごいわ。よくそんなこと思いつくわね」

「考えすぎ」編み物から顔もあげずにアマーリエは言った。

「この風習が実際にあったことの証拠もある。クルトは前の頭領を倒して自分が頭領になった。これはいうなれば王殺しだ。またクルトは〈森の王〉という異名で呼ばれていた。どうだい、ぴたりとはまるだろう」

「赤ずきんの話からどんどん離れていってるわよ」棒針を動かしながらアマーリエは素っ気なく言う。

「うむ、王殺しの話まで行くのは飛躍しすぎだったかな。だがあまりにもきれいにはまったものでね。うちの父親の影響だな。こういうときは悪影響といったほうがいいのか？」

「あなたのお父さまって学者さまなのよね」

わたしが言えばドルトヒェンはうなずく。

「ああ、こんなことを年がら年中考えている人さ」

アマーリエが小さくため息をついた。

「お父さまが学者さんっていいわね。退役軍人よりずっといいわ。娘の結婚相手は軍人でなきゃいけないなんて言ったりしないだろうから」

その晩寝台に入ってから気がついた。ドルトヒェンの話に引きこまれて忘れていたけれど、狼ひらひら狼のことはわからないままじゃない。猟師さんが倒した狼は、結局人だったの？　狼だったの？　ひらひら狼の毛皮が残っているのだから、本物の狼だと思うんだけど。ああ、そうだわ、もしかしたら、この狼は人狼だったんじゃないかしら。狼の毛皮をかぶった男たちの一人で、ドルトヒェンの言い方を借りるなら「老いた王」。

でも変ね。そのとき倒されたのが老いた王だったのなら、なんで猟師さんは新たな王にならなかったの？　クルトがいたから？　それはそうなんだけど、クルトが〈森の王〉になっていたのなら、代がわりはすんでいるわけで、老いた王なんか存在しないはず。

猟師さんと〈森の王〉クルト、この二人の関係はどう考えたらいいのかしら。

4

——わたしは霧の中を歩いている。

これは夢だと心の一部は思う。早く目を覚ましたほうがいいわ、目を開けて身を起こすのよ。

なのに心の一部は続きを見たがっている。霧の奥にはいったい何があるのだろう。

茂みの下からひらひら狼《おおかみ》が現れた。うやうやしくわたしにお辞儀をして口を開く。

「お迎えにまいりました。わが主《あるじ》がお待ちです。どうぞこちらへおいでください」

皮だけの狼がしゃべっている！　ドイツ語、それもザクセン訛りのドイツ語で。

「あなたのご主人って誰？」

ひらひら狼はちょっと困ったような顔をした。

「あなたさまもご存じのお方ですよ。〈森の王〉クルトさまでらっしゃいます」

「それは……無法者の頭領の……」

拒否するという選択肢はなさそうだ。引きずっていかれるよりは自分の足で歩いたほうがいい。

「わかりました。案内してちょうだい」

霧は物音を吸いこんで流れていく。ひらひら狼に半歩遅れ、わたしは森の中を進んでいった。獣道らしきところをたどり、くるぶしがすっかり冷えたころ、大小の岩が転がる草地に出た。

「ようよう帰ってきたか、赤ずきん、いや、ロッテ」

霧の奥から声がした。ぼんやりと人の輪郭《りんかく》らしきものが見えるが、目鼻立ちははっきりしない。わたしは人影をにらみつけた。

「あなたが〈森の王〉ですの？　わたしのことなれなれしく呼ばないでください」


「ロッテ、ロッテ」

かすかな声で目が覚めた。一瞬、自分がどこにいるのかわからなくなる。目をこすって身を起こすと、ドルトヒェンがわたしの上にかがみこんでいた。

「リースヒェンがいない。一緒に捜してくれるか？」

飛び起きて素足に靴を履く。アマーリエもドルトヒェンの傍《かたわ》らに立っていた。ベルタを起こすのも申し訳ない気がして、三人で一階におりる。

「この前は校舎の二階でリースヒェンを見つけたの」

「ならそちらをまかせていいか？　わたしたちは校庭のほうに行ってみる。前に四阿《あずまや》の近くで見つけたことがあるんだ。見つけたら梟《ふくろう》の鳴き真似をしてくれ」

ドルトヒェンはホウホウと鳴いてみせた。あら、けっこううまいわ。

ゆるい坂を駆けおり、二手に分かれた。校舎の裏口の鍵が今日もかかっていないのを見て、やっぱりと思う。暗い廊下の奥に向かって、「リースヒェン」と呼んでみた。足音がしないかと耳を澄まし、裏階段をのぼる。二階をひとめぐりしたが、人の気配はなかった。迷いつつ三階へ向かい、教室の並んだ南側を歩いてみる。どこか下のほうでドスンという音がした。何か大きなものが倒れたか落ちたかしたような――。

リースヒェンが落ちたのかと青ざめ、階段のほうへ駆けだそうとしたとき、舞踏室の扉が細く開いているのに気がついた。中からかぼそい歌声が聞こえてきて、ほっと息をつく。

「サァクゥラァ　サァクゥラァ　ヤァヨォイィノォソォラァハ」

でたらめに歌っているのか、それともお母さんの国の言葉だろうか。窓辺に立ったリースヒェンは、両手を胸の前で組み合わせ、目を閉じたまま歌っていた。歌が途切れたところで肩に手をおく。

「リースヒェン、お部屋に帰りましょう」

半分眠っているリースヒェンの手を引いて裏階段まで来たとき、今度はバタンという音がした。動きをとめ、浅い呼吸を繰り返す。今のは誰かがうっかり扉を強く閉めたような音。この暗い校舎の中に、ほかにも人がいたのだろうか。それともひらひら狼が出てきた？　ううん、狼はいちいち扉を閉めていったりはしないはず。

おりて確かめにいけばいいだけなのに、その勇気が出てこなかった。暗闇の底から足音が響いてきて、リースヒェンの肩に腕をまわす。

「ロッテ、どこだ？」

「リースヒェン、リースヒェン、いないの？」

助かった、ドルトヒェンとアマーリエだ。手摺《てす》りから身を乗りだし、「ここよ」と言う。二階と三階の間の踊り場でわたしたちは落ち合った。

「今、扉をバタンと閉めたのあなたたち？」

「いいや、そんなことはしていない。何か音がしたのか？」

「ええ。二、三分前かしら。五分はたっていないと思うんだけれど」

ドルトヒェンとアマーリエは視線を交わし合い、ドルトヒェンが早口で言った。

「上の窓に灯りが見えたので、気になって引き返してきた。そうしたら、裏口から出てきた人がいた」

「えっ？　誰？　誰だったの？」

「コンツェ嬢よ」と言いにくそうにアマーリエ。「暗かったけれど間違いないわ。なんで夜の校舎から出てきたのかしら。こんなところに別に用なんかないでしょうに」

だったら、さっき聞こえたのはコンツェ嬢が扉を閉めた音だったのかしら。ひそひそ声で話しているのに、わたしたちの声は天井に吸いこまれていく。校舎の広さと寒々しさが急に身にしみてきた。ドルトヒェンがぽんと手を打った。

「まあいい、考えるのは明日にしよう。まずはリースヒェンを寝かせてやらないと。ほら、立ったまま眠っているぞ」

ヘンシェル女学校三週目――。教室へ行く途中、何か壊れたものはないかと目を走らせたが、玄関ホールの壺も振り子時計もちゃんと立っていた。今日も右手の階段は避け、絨毯の敷かれた左手の階段をあがる。昨夜のドスンという物音はわたしの気のせいだったのだろうか。絶対にそうじゃないと言い切れないところが悲しい。

一限のフランス語の授業は十分遅れで始まった。

「マドモワゼル、どうかなすったんですか？」
・ベルタが尋ねると、マドモワゼル・ユベールはうろたえた様子。
「何も、何も。さあ、今日は三十二ページの会話からでしたね」

二限の幾何はいきなり自習になった。先生たちは急ぎ足で廊下を行き来している。長い詩をちゃんと暗記してきたのに、その次のシュミット先生の授業もなくなった。クララがとめるのも聞かず、ギゼラは忍び足で先生方の部屋を偵察にいった。

「みんな集まって会議してる。校長先生、すっごい深刻な顔」

お昼の食堂に入ってきた先生たちは、一様に硬い表情をしていた。これはよっぽどのことが起こったのね。マドモワゼル・ユベールがゾフィーさまの耳に何かささやき、ゾフィーさまは目をみはった。

「みなさん」強張った顔の校長先生が立ちあがった。「素直に名乗りでてくれれば怒りません。悪戯《いたずら》にしてはやりすぎですが、悪戯ということにして、大目にみてあげましょう」

食堂はしんと静まり返っている。校長先生はテーブルに手をつき、身を支えた。

「昨晩校長室に侵入して、ヘンシェル先生の肖像画を持ちだしたのは誰ですか？　自分から名乗りでて返せばよし、あくまで知らぬ存ぜぬを通すつもりなら、こちらにも考えがあります。親御さんをお呼びして、最悪の場合は退学処分とします。今日の授業が終わるまでに名乗りでてくるように。では食前の祈りをいたしましょう」

ざわめきが広がり、校長先生がお祈りの言葉を唱えはじめてもなかなか静まらなかった。食事が始まると、ナイフとフォークを動かしながら、みな小声でささやき合う。

「誰？　誰がやったの？」

「度胸あるわね」

「あんたじゃないの？」

「まさか！　あんなおじいちゃんの絵、誰が欲しいもんですか」

ヘンシェル先生というのは学校の創立者兼初代校長なのだとクララが教えてくれた。

「校長室に二枚肖像画がかかっていたでしょ。おつむの白いほうがヘンシェル先生、金髪のほうがベーゼラー先生よ。ベーゼラー先生はヘンシェル先生の娘婿で、二代目校長で、今の校長先生のお父さまなの」

ということは、今の校長先生はヘンシェル先生の孫娘にあたるわけね。

「ヘンシェルさまはお継ぎにならなかったのね」

校長先生の叔父さまのことを思いだしてわたしが言うと、クララは口ごもった。

「向き不向きがあるから……じゃないかと思うんだけど」

ドルトヒェンの視線をとらえて首をかしげてみせる。まさかコンツェ嬢がやったってことはないわよね。ドルトヒェンはかぶりを振った。——余計なことは言わないほうがいい。

「ねえ、誰かこれ落とした人いない？」

腸詰めを食べ終えたリースヒェンが、ピンクの造花を差しあげた。大きさはわたしの親指の爪くらい。柔らかな紙でできている。ジャガイモを頬張ったままギゼラが訊いた。

「どうしたの、それ」

「今朝いちばんにね、二階の廊下で見つけたの。もらっていい？」

「いいんじゃない？　小さな花だし、落とした人ももう忘れてるわよ」

5

「アマーリエさん、ドロテーアさん、シャルロッテさん、ちょっといらっしゃい」

　その日の放課後、寄宿舎に帰ろうとしたら、ランゲ先生が呼びにきた。アマーリエがドルトヒェンに素早く視線を投げかける。

「まずいな、これは」先生から少し遅れて歩きながら、ドルトヒェンが言った。「正式名で呼んでるってことは、このあとお小言が待ってるのか?」

「フォン・エーバーライン嬢ではないから、まだたいしたことないんじゃなくて?」そう答えたものの、アマーリエの顔も引きつっている。

　日曜の無断外出がばれたのね、とわたしも思った。それ以外にわたしたち三人をまとめて呼ぶ事態は考えられない。無断外出は確かに規則違反だから怒られても仕方ないけれど、あの脱出経路が見つかったのは残念だわ。もう何回か使えるかと思っていたのに。

　ランゲ先生に連れていかれた先は校長室だった。机の向こうに校長先生が座っていて、その前に立つのはうなだれたギゼラ。大きな戸棚の前には、ミュラー先生が落ち着かない様子で立っている。こっそり右手の壁を見あげると、肖像画は一枚しかかかっていなかった。白髪のおじいさんの絵は本当になくなっている。

「アマーリエさん、ドロテーアさん、シャルロッテさん」校長先生は厳しい声で言った。「あなたたちには失望しました。自分からきちんと名乗りでてくれるものと思っていたのですがね。単刀直入に訊きます。ヘンシェル先生の肖像画はどこですか？　ああ、なんということ。今日はヘンシェル先生の誕生日だったのに」

わたしたちの中で、誰がいちばん驚いたかわからない。少なくともわたしが予想していたのはこんな言葉ではなかった。ドルトヒェンでさえ言葉が出ない様子。

「恐れながら校長先生」夜の青をした目をきらめかせ、冷ややかに、かつなめらかに言ったのはアマーリエだ。「おっしゃる意味がわかりませんが」

「あなたたちが昨夜寄宿舎を出ていったという証言があります」同じように冷ややかに校長先生は言う。「そうですね、ギゼラさん」

「は、はい」青ざめた顔でギゼラが答える。

「何ですか、その返事は！　まっすぐお立ちなさい。アマーリエさん、ドロテーアさん、シャルロッテさんの三人が、揃って真夜中に部屋を出ていくのを見た、これに相違ありませんね」

「あの……あたしが見たわけじゃ……は、はい、校長先生」

「よろしい、ではギゼラさんはもうおさがりなさい」

ギゼラがしおれた様子で出ていくまで、わたしたちは身動き一つしなかった。扉が閉まると校長先生は険しい顔で言った。

「お答えなさい。ずっと寄宿舎にいたなどと言い逃れをしても無駄ですよ」

アマーリエが代表で答える。

「寄宿舎を出たことは間違いございません。リースヒェンがまた夢遊病を起こしたので、捜しにまいりました。ギゼラにもう少し注意力があれば、リースヒェンの寝台がからっぽになっていたことに気づいたでしょう」

「校長先生」戸棚の前からミュラー先生が発言した。「アマーリエさんの言うことは筋が通っていると思います。リースヒェンがときに夢遊病を起こすのは事実です」

校長先生の顔つきは厳しいままだ。

「続けなさい、アマーリエさん。寄宿舎を出たのは何時ごろですか」

「時間はわかりませんが、真夜中に近かったと思います。寄宿舎を出たあと、二手に分かれました。あたくしとドルトヒェンは校庭を捜し、ロッテは校舎の中を捜しました。校庭にはいなかったので、あたくしたちも校舎に入り、リースヒェンを見つけたロッテと合流しました」

「校舎にはどうやって入ったのですか?」

「裏口の鍵が開いていました」ゾフィーさまのことには触れず、淡々とアマーリエは言う。

「リースヒェンを見つけたあとはすぐ部屋に戻りました。どうぞほかの人たちにもお訊きになってくださいまし。リースヒェン自身は何も覚えていないでしょうが、あたくしたちがリースヒェンを連れて帰ってきたのに気づいた人が、一人くらいはおりますでしょう。ヘンシェル先生の肖像画がなくなった件に関しては何も存じません。お疑いでしたら、あたくしたちの持ち物をお調べください」

「わたくしの申しあげたとおりでしょう」再びミュラー先生から援護射撃が入る。「この子たちがそんな大それたことをするはずはないと、シュミット先生もおっしゃっていたじゃありませんか。リースヒェンは、また一度ヒュープナー先生に診てもらったほうがいいかもしれませんね。あなたたちも、今後そういうことがあったら自分たちだけで捜そうとせず、誰か先生を起こすようになさい」

「かしこまりました、ミュラー先生」

アマーリエが完璧な礼儀作法にのっとって答える。わたしはちらりとドルトヒェンを見た。ゾフィーさまのこと、どうする？　お話しする？　ドルトヒェンはかすかに首を振り、「言うな」とくちびるを動かすと、校長先生のほうに向き直った。

「なくなったのはヘンシェル先生の肖像画だけですか？　校長室の鍵はかかっていなかったのですか？　外部から泥棒が入ったということはないですか？　それとも……」

「淑女は、淑女はそのようなことを知りたがるものではありません！」

ミュラー先生が素早く口をはさむ。

「生徒の悪戯《いたずら》ではなく泥棒かもしれませんわね。その線で調べてみてはいかがでしょう。この子たちはもう退室させてもかまわないんじゃありませんこと？」

校長先生はまだ何か言いたそうだったが、ミュラー先生はわたしたちを扉の外に押しだした。ここで聞いたことは軽々しくしゃべらないようにと釘をさして。

校長室を出るとギゼラが駆け寄ってきた。廊下の端でずっと待っていたらしい。

「ごめんなさい、告げ口するつもりじゃなかったのよ。夜中に目が覚めたらあんたたちがいなかったってベルタがクララに言ってたから、あんたたちが怪しいって冗談でリゼッテに言っただけだったのに、どうしてだかそれが先生に伝わって……」

「わかった、もういいよ」

突き放すように言うドルトヒェン。無言のアマーリエ。ギゼラの腕を軽く叩いて、わたしも二人のあとを追った。三階にあがって人気《ひとけ》のない音楽室に入る。アマーリエが低い声で言った。

「あの場でお尋ねすればよかったわ。校長先生、いったい何を考えてらっしゃるのかしら。校長先生以外誰も欲しがらないような絵をあたくしたちが盗っていったですって？　どこからそういう考えが出てくるのよ」

握ったこぶしが小刻みに震えている。アマーリエって見た目よりずっと感情の起伏が激しいのね。

「ドルトヒェン、さっきわたしをとめたのはなんで？」

「言うな」と言われたことを思いだして訊いてみると、ドルトヒェンは赤毛の頭を一振りして、にやっとした。

「理由の一つめ、校長先生の精神状態からすると、あそこでわれわれがコンツェ嬢のことを言いだしたら、お客さまに罪をなすりつけようとするなんて！　と怒られるのが目に見えていたからさ」

「まあそうね。生徒よりお客さまのほうが大切に決まってるもの。その方が伯爵令嬢ならばなおさらね。で、このあとどうするの？　昨日の夜は何してたんですかとコンツェ嬢に尋ねてみる？」

「どこからそういう単純極まりない発想が出てくるんだ？」

「え、だってコンツェ嬢ってまっすぐなご気性の方に見えるもの」

そう答えてわたしはふと考える。教科書を捜しにいったあの晩、ゾフィーさまがあの場に現れたのはただの偶然だったのかしら。あのときは偶然に思えた。犬を追ってきたという話もごく自然に聞こえたが、疑えばいくらでも疑える。肖像画を盗む下見に行っていたのかもしれない。

「理由の二つめ、われわれが見たとき、コンツェ嬢は絵を持っていなかったからだ」

え？　とわたしは額を押さえる。「校内のどこかに隠したんじゃなくて？」

「校舎の中は先生も捜索しただろう。あの様子だと見つかっていない。それに、コンツェ嬢が犯人だとしても、動機の面で疑問が残る。なぜそんなことをしたのかというところまで含めてわれわれで解き明かしてみよう」

「……われわれって言った？」なんだかとても嫌な予感。

「もちろん。君だって濡れ衣を着せられたんだぞ。先生より先に犯人を見つけて絵を取り返してやろう。われわれ三人でね」

第五章　階段の罠

1

わたしが答えるより早く、アマーリエが鋭い声で言った。

「なんでロッテなんかと協力しなくちゃいけないわけ？」

ロッテなんかとは言ってくれるわね。ドルトヒェンはひょいと肩をすくめる。

「犯人ではないと確信できる数少ない人物だからさ。昨夜われわれが起こしたときには間違いなく寝台にいたし、あのあと部屋を出た様子もない。わたしはなかなか寝つけなかったから、そこは自信をもって言える」

「校舎の中で一人になった時間があったわよ」

「あの短い時間に、校長室に忍びこんで絵を持ちだすのは不可能だろう」

アマーリエは定規で引いたようなまっすぐな眉の下からわたしを見据え、鼻を鳴らした。不承不承ドルトヒェンに同意したらしい。アマーリエがピアノの前に座ったので、わたしとドルトヒェンは並んで出窓に腰かけた。ドルトヒェンはノートの新しいページを出し、大きく「なぜ？」と書いた。

「犯人がヘンシェル先生の肖像画を持ち去ったわけはなんだ？　動機がわかれば誰がやったか

もおのずと見えてくる。思いつくまま言ってみてくれたまえ」

「欲しかった人がいたわけよねえ」アマーリエが自信なさそうに言った。「あたくしたちが知らないだけで、有名な画家の作品だったのかしら」

「ヘンシェル先生の昔の恋人が、思い出に持っていった?」自分で言ってそれはないわねと思う。「わかったわ！　マイセンのテーブルウェアのありかがあの絵に隠されていたの。それとも月光文書のほうかしら。内緒の暗号文がしこまれてたんじゃなくて?」

「モルゲンシュテルン男爵の絵ならともかく、ヘンシェル先生の絵では時代的に合わないでしょ」

わたしの思いつきをアマーリエはばっさり切り捨てる。いい考えだと思ったのに。

「犯人はどうやって入ってきたのかしら。校舎の裏口はいつも開けっぱなしなの?」今さらながら気になってわたしは訊いた。

「建前は鍵をかけることになっているが、門番のヨハンじいさんはしょっちゅう忘れるんだ。校長室は、校長先生自身が鍵をかけているはずなんだが、旧式の鍵だから、開けるのは難しくないだろう」

どこかでかすかな物音がした。視線をめぐらすと、音楽室の奥にある扉が目に入った。

「あそこの扉、どこに続いてるの?」音楽室はいちばん端の部屋だと思っていた。

「控え室さ。古い楽譜なんかを置いている」

音の正体を確かめにいく前に、控え室からするりと男の人が出てきた。振り向いたアマーリエがきゃあっと叫んで立ちあがる。年のころ四十くらい、仕立てのいい上着を着て、口髭だけでなく小さな顎鬚《あごひげ》まで生やしている。頭は淡い金髪だ。

「曲者！」

アマーリエが叫ぶと、男は両手を挙げ、にっこりした。

「失礼、なかなか興味深い話をなさっていたので、つい顔を出してしまいました。ウーラントと申します。怪しい者ではありません」

「そんなところからいきなり現れるなんて十分怪しいですわ。それにあたくしたちの話を盗み聞きして、いやらしいったらないわ」

わたしは男の人を観察した。ウーラントという名前には聞き覚えがある。

「もしかして、憲兵隊の中尉さまでいらっしゃいますか？　ケルステンという軍医をご存じじゃありませんこと？」

シュテファン叔父さんにこの学校を紹介してくれたのが、ウーラント中尉という方だった。どことなく眠そうな目がわたしに向けられる。

「ではあなたがグリューンベルク嬢？　ケルステンくんが話していたとおりの愛らしい方ですね」

思わず頬が赤くなる。叔父さんたら、わたしのことどんなふうに話してたの。

「心配なくってよ。この方、わたしの叔父のお知り合いだわ」

警戒の色を浮かべるアマーリエとドルトヒェンにそう告げたとき、軽いノックとともに音楽室の扉が開いた。顔を出したのはミュラー先生だ。

「ヘルマン、ここだったのね。校舎内の探索は終わりました?」

「はあ、ひとどおり。やはり建物の中には隠されていないようですね」

「みなさん、紹介しましょう、こちらはヘルマン・ウーラント中尉さまといって、わたしの学友の息子さんです」

ミュラー先生はここが舞踏会の会場であるかのように言った。ルートヴィヒじゃないのね、とちょっとがっかりするわたし(慧注　ルートヴィヒ・ウーラントはドイツ・ロマン派の詩人や)。

「嫌ですよ、先生、中尉さまはやめてくださいよ」

「だって本当のことでしょう。折よく訪ねてきてくださったので、例のものの捜索をお願いしましたの」

先生がわたしたちを一人一人紹介し、あらためてわたしもきちんと挨拶した。年齢訂正、顎鬚のせいで老けて見えたが、たぶんもう少しお若い。シュテファン叔父さんよりは上としても、三十をちょっと越したくらいじゃないかしら。髪の毛は刈り入れ直前の小麦畑の色。淡い水色の目は日向ぼっこをしている猫を思わせる。

「この学校では何かあると憲兵を呼ぶんですか」

ドルトヒェンが挑戦的に言った。中尉は短い顎鬚の先を撫で、とぼけた表情になる。

「フランケンタール嬢でしたね。とんでもない、先ほど先生もおっしゃったでしょう。今日こちらにうかがったのはたまたまです。心優しいミュラー先生に、コーヒーを一杯恵んでいただけないかと思いましてね」

「この子たちはね、昨日の晩、校舎のほうへ行っていたのですよ。ちょうど事件のあったころじゃないかしら」

ミュラー先生が言わなくていいことをおっしゃると、中尉は笑みを浮かべた。

「素晴らしい。ここでお会いできてよかった。よろしければそのときのことを聞かせていただけませんか？」

三人とも無言。中尉は悲しげにため息をつく。

「憲兵隊というのは、どうもよくないイメージを持たれているようですね。無実の人間を牢にぶちこむとか、ありもしない証拠をでっちあげるとか」

「……そこまでは申しませんけれど」

そのとおりとうなずくドルトヒェンを横目でにらんでわたしは答えた。軍団の中でも嫌われているとか、お巡りさんとやたら張り合っているなんて噂も聞くけれど、シュテファン叔父さんのお知り合いなんだから、あまり素っ気ない態度もとれないわ。

「ふん……仕方ない、言いますよ。でないと解放してもらえないんでしょう」

観念したようにドルトヒェンが話しだした。もっとも内容はアマーリエが校長先生の前で言ったとおりのことで、ゾフィーさまを見たことは口にしない。

「……階段をおりてきたロッテとリースヒェンに合流し、そのあとはすぐ寄宿舎に帰りました。

校舎に侵入する黒い影も、絵を抱えて去っていく怪しい人影も見ていません」

うまいわ、ドルトヒェン。嘘はまったく言っていない。

「それで、中尉殿のお考えはどうなんです？　ヘンシェル先生の肖像画を持ちだしたのは内部の人間か、外部の人間か。単なる悪戯《いたずら》か、窃盗《せっとう》か」

「今の段階ではどちらとも言えません」ウーラント中尉は穏やかに言う。「ああ、ミュラー先生、ここはもうよろしいですよ。わたしが危険人物でないのは、こちらのお嬢さん方にも納得していただけたと思います。帰る前にまた寄らせてもらいますよ」

中尉は椅子を持ってきて、ドルトヒェンとわたしの前に座った。

「よろしければ、フォン・エーバーライン嬢、何か一曲お聞かせ願えますか」

アマーリエはシューベルトを弾きはじめた。中尉に問われるまま、今度はわたしが昨夜のことを話す。何かが落ちたような大きな音のことは、迷ったが結局口にしなかった。淡い水色の目を向けられると、心の奥底まで見透かされそうで怖くなる。この人、たぶん、見かけよりずっと切れ者だわ。さっきわたしたちがコンツェ嬢のお名前を出したのはお耳に入ったかしら。

一曲弾き終えたところでアマーリエが言う。

「中尉さま、あたくしたち、まだ疑われているんですの？」

長い指が軽やかに振られた。「とんでもない、最初から疑ってなどいませんよ」

「では、なにゆえあたくしたちに訊問をなさいますの？」

「訊問などとんでもない。軽いおしゃべりです。おしゃべりついでにお訊きしますが、見慣れぬ人間がこのあたりをうろついているのをごらんになった方はおられませんか？」

「見慣れぬ人間とは、どんな？」ドルトヒェンがすぐさま問い返す。

「そうですね、例えば二人組の外国人とか。あなた方ご自身でなくてもいい、お友達がそのような話をしているのを小耳にはさんだことはありませんか？」

わたしは動悸が速くなるのを覚えた。今の質問の意味はただ一つ、不審な外国人の二人組がこのあたりをうろうろしているということだ。ウーラント中尉はその外国人を捜してうちの学校にやってきたんだわ。ヘンシェル先生の絵を盗っていったのもその連中なの？

わたしたちの顔を見まわした中尉は、「みなさんお心当たりはないようですね」と言い、しなやかに立ちあがった。

「お話しできてよかったですよ、お嬢さん方。ではこれで失礼します。グリューンベルク嬢、よろしければミュラー先生のところへ案内していただけますか」

ごく自然な動作で中尉はわたしに腕を差しだした。ちょっぴり怖かったけれど、拒むのも失礼だから、腕を組んで玄関ホールへおりていく。中尉の上着からはかすかに葉巻の香りがした。

「学校にはもう慣れましたか？」

「は、はい。友達もできましたし、毎日充実していますわ」

「ケルステンくんとは出がけに会ってきましたよ。喧嘩をして仲良く腕を折りやがった大馬鹿者がうちの部下にいましてね。失礼、つい兵隊言葉が出てしまいました。つまりその、なんですかね」

「かまいませんわ。叔父もときどき辞書にない言いまわしをすることがありますもの」

わたしがそっと言うと、中尉はにっこりした。笑うと目尻に長い皺《しわ》が寄る。絨毯を取り払われた階段のところまで来た。まあいいかしらと思って足を踏みだす。少しくらいのぼりおりしたからといって、傷むこともないだろう。

「叔父は……ここで起こった事件のことを知っているのでしょうか？　まだ知るはずないですわね。昨夜のことですもの」

「彼には言っておいたほうがいいですか？」

「どうしましょう。あまり心配させたくはないんですけれど……きゃあっ！」

何が起きたのか自分でも一瞬わからなかった。あっと思ったとき、わたしは中尉と腕を組んだまま、玄関ホールの大階段を滑り落ちていた。速度がどんどんあがり、踊り場の床がわたしたちめがけてせりあがってくる。下にいた数人の生徒が悲鳴をあげて飛びのいた。背中が階段の縁をこすり、左の手首が手摺《てす》りにぶつかった。踊り場の床を突っ切って滑り、向かい側の階段に乗りあげそうになったところで、やっと予期せぬ落下運動はとまった。

「申し訳ございません。失礼いたしました」

踊り場の床に座りこんだまま、わたしは蚊の鳴くような声で言った。恥ずかしいったらないわ。裾を踏みつけたわけでもないのに、こんなところで滑り落ちてしまうなんて。

「何、このくらいたいしたことはありません。グリューンベルク嬢こそお怪我はありませんか」

先に立ちあがった中尉が、わたしを抱え起こしてくれた。少なくとも中尉さまにお怪我がなくてよかったわ。憲兵隊の士官に怪我をさせたなんてことになったら、牢屋に入れられるかもしれないじゃない。ズボンの埃を払おうとして、中尉は動きをとめた。すっとまわれ右して身をかがめ、今わたしたちが滑り落ちた階段に顔を寄せる。

「グリューンベルク嬢、お手数ですがミュラー先生を呼んできてください」声をひそめ、ほとんどくちびるの動きだけで言う。「この階段には脂を塗られた形跡があります。早急にほかの階段も調べないと」

2

　階段に脂が塗りつけられていたという噂は、あっという間に校内を駆けめぐった。

「うそうそ、どういうこと？」

「誰がやったの？」

「滑ったら危ないじゃない」

　ウーラント中尉の部下の兵隊さんが来て、念入りに校内を調べていった。脂が塗られていたのは、幸いにもわたしたちが滑り落ちた右手の階段だけだった。絨毯がないところを狙って塗りつけられていたのだ。

「ラードだったんでしょ。なんてもったいないことをするのかしらね」

「マーレ、問題にするのはそこじゃないだろう」

　夜の談話室、部屋の隅を占領し、わたしたちはささやき声で話し合う。

「しかしまあ、頭を打ったりしなくてよかった」

「本当にね」

　わたしはぶすっとして答えた。骨折こそしなかったものの、挫《くじ》いた左手首はぶよぶよに腫れている。打ち身もあちこちにでき、制服の背中には脂の染み。洗いがえを出してもらったが、「この間は泥まみれ、今日は脂まみれ。いったい何枚あれば足りるんでしょうね」とシュミット先生にはさんざん嫌みを言われた。「小さなロッテさんはもっとおしとやかでしたよ」とも言われ、落ちこんでしまう。

「ああ、もう、今日一日大勢の人があそこをのぼりおりしてたわけでしょ。なんでわたしが滑り落ちなきゃいけなかったのよ」

「いや、あそこを通った生徒はほとんどいなかったんじゃないかな。みんな少々遠まわりになっても、左手の絨毯を敷いてあるほうを通っていただろう」

「今回もあたくしたちが疑われているの？」

靴下の続きを編みながらアマーリエが陰気な声で言う。ドルトヒェンはにやりとして手を振った。

「それはないさ。ロッテは誰が見たって被害者だ」

わたしもようようものを考える気分になった。

「いつ塗られたのかしら。昨日の晩よね。ヘンシェル先生の肖像画を盗っていった犯人のしわざだと思う？」

暗い中に這いつくばって階段に脂を塗る犯人。どんな凄まじい形相をしていたか、考えただけでもぞっとする。

「だったらまだいいのだが。でないと悪意を持った人間が二人、この学校をうろうろしていることになる」

ギゼラがちらちらとわたしたちのほうを見ている。校長室の前では素っ気なくしすぎちゃったかしら。ギゼラだって、わざとわたしたちのことを告げ口したわけじゃないのはわかってるんだけど。わたしはさらに声を落として言った。

「中尉さまのおっしゃっていた外国人が、二つの事件の犯人なのかしら」

ドルトヒェンは難しい顔をしてお下げの先を引っ張った。

「どうだろうな。外部の者がそんなに簡単に入ってこられるもんだろうか」

リースヒェンが熊さんのからくり人形を抱いてやってきた。

「ロッテ、お手々痛い?」

「ううん、たいしたことないわ」

「校長先生に怒られたの? わたしがまた夢歩きしたせい?」

誰かが言わなくてもいいことを言ったのね。黒い巻き毛を撫で、わたしはきっぱり答える。

「リースヒェンのせいじゃないわよ。それよりリースヒェン、夢歩きしているときのこと覚えてない? 誰かに会ったりしなかった?」

絵を持ちだした犯人を見てないかと思って訊いてみる。リースヒェンはわたしの耳もとに口を寄せた。

「お母さま」

「お母さま?」

わたしが青い目をのぞきこむと、リースヒェンは赤い箱に寝そべった木彫りの熊を撫で、夢見るように続けた。

「お母さまね、ときどきこの学校まで会いにきてくださるの。昨日はね、お母さまの好きだった桜の歌を一緒に歌ったのよ」

あどけない声にぐすんとしかける。リースヒェンは夢の中でお母さまに会っていたのね。わたしはお父さんの夢もお母さんの夢もほとんど見たことがない。

「お母さまね、わたしのことちゃんと見てますよっていつもおっしゃるの。だからわたし、頑張っていい子になるの」

わたしはリースヒェンの肩に腕をまわして抱きしめた。

「リースヒェンは今でもいい子よ」

マリアさま、どうぞこの子にたくさんの幸せをお授けください。リースヒェンは恥ずかしそうな笑みを浮かべ、箱から突きでた棒を引っ張った。熊の首がにゅうっ、するすると伸びて足がカタンと開き、手に持った蜂の巣が振られる。心がまえができていれば、目玉が飛びだしてももうぎょっとしないわ。

にゅうっ、するする、カタン。にゅうっ、するする、カタン。ぼんやり眺めているうちに、だんだん首の動きに引きつけられてきた。まるい頭は弧を描くように動いて、ほとんど垂直になるまで立ちあがる。実になめらかな動きだ。

「キルシュバウムの町の人はなんでこんなものを作ったんだろうな」ドルトヒェンが言った。

「そう?　けっこう面白いじゃない」

「動きそのものは面白いが、熊の首を伸ばしてみようという発想が尋常じゃない」

からくり人形の動きを見ているうちに心が決まり、わたしは立ちあがった。やっぱり最初から正攻法でいけばよかったのだ。

「わたし、今からゾフィーさまのところへ行ってくる。昨日の晩、校舎で何をなさってたのかうかがってくるわ」

ドルトヒェンは口をあんぐり開け、肩を震わせて笑いだした。

「意外とそれもいいかもな。わたしも行こう。実際にあの人を見たのはわたしだから」

アマーリエがつんと顎《あご》を持ちあげた。

「ドルトヒェンだけじゃないでしょ。あたくしも行ってあげるわ」

呼ばれもしないのにお部屋を訪ねるのは失礼だが、それはこの際大目に見てもらおう。寄宿舎と別館をつなぐ渡り廊下をたどる。見とがめられたら適当に先生の名前をあげて、質問に来ましたと言うつもりだったが、運よく誰にも出くわさなかった。校舎の窓に灯りがともっているところを見ると、先生たちはまだ会議をしているのだろう。

渡り廊下の向こうから白髪の女性がやってきた。ゾフィーさまお付きのマルテルさんだ。

「まあよかった、ロッテさんたちじゃありませんか」マルテルさんは、わたしたちを見ると駆け寄ってきた。「どなたか先生はいらっしゃいません?　お部屋をお訪ねしても、みなさんおられませんの」

「会議中だと思いますわ。どうかなさいまして？」

「お嬢さまがお足を挫いてらして、早くおっしゃってくだされぱいいのに、ずっと我慢なさってたんですよ。お医者さまを呼んでいただきたいのですけれど」

「わかりました。すぐ先生にお知らせいたしますわ」

方向転換して校舎へ向かう途中、わたしは小声で言ってみた。

「ねえ、ゾフィーさまが足を挫いたのって、どうしてかしら」

ドルトヒエンが鋭い目をわたしに向ける。「君も同じことを考えたか？」

「ええ。ゾフィーさまは、昨夜階段を滑り落ち、今日のわたしと同じ目に遭った」ドスンという大きな音がしたわけがやっとわかったわ。あのときすぐ見にいけばよかった。

「コンツェ嬢も被害者なら、加害者は誰なんだ？　ああ、もう、わけがわからない」ドルトヒエンは勢いよく赤い頭をかきまわした。

3

ヘンシェル先生の肖像画を盗っていったのは誰か。階段に脂を塗りつけたのは誰か。いざ自分たちで調べようとすると、これは難しかった。怪しい人影を見た子もいないし、怪しい物音を聞いた子もいない。いても名乗りでる気がないだけかもしれないが。

「ごめんなさいね、わたしも一緒にリースヒェンを捜しにいけばよかったんだけど」

と言ってくれたのはベルタくらい。温厚なベルタにはショッキングな出来事の連続なのだろう、目の下にうっすら隈ができている。ドルトヒェンは軽い調子で答えた。

「そうしたら疑われる人間が四人になっていただけさ。気にしなくていい」

今日の授業は普段どおり行われたが、先生もまだぴりぴりしている。お裁縫の時間、針を落としたクララは、いつもはお優しいシュタイフ先生にひどく怒られた。

「針の扱いには気をつけるようにと何度も言っているでしょう。うっかり手足に刺さって血管の中に入ると、まわりまわって心臓に達し、死んでしまうんですよ」

全員縫うのをやめ、床を這いずりまわる。細い縫い針はクララの隣に座っていたリゼッテのスカートに引っかかっていた。

昼休みの校庭では、思いがけずヘンシェルさまに声をかけられた。ヘンシェルさまはキルシュバウムのホテルにお泊まりだが、毎日のようにやってきては各部屋の大きさを測ったり、図書室で資料に当たったりしている。朝はのんびりされるのがお好きなのだろう、十時の小休憩のあとでおいでになることが多く、昼食はしばしばわたしたちと一緒におとりになる。

「あー、君たちだってね、アネッテに疑いをかけられた子は」

アネッテって誰？　と思い、校長先生のことかと気がついた。失礼にならないぎりぎりの範囲で冷ややかに答える。

「わたしたちはやっておりません」

ヘンシェルさまは肉づきのいい手を振りまわした。

「もちろんだよ、わかってる！　親父の絵を君たちが欲しがるわけないよね。アネッテにひどく怒られたりはしなかったかい？　あの子はうちの親父を崇拝してるからなあ。心配しなくても、すぐ疑いは晴れるよ。元気を出すんだ」

いえ、そこまで落ちこんでいるわけじゃないんですけれど。

ヘンシェルさまはハンカチを出して額の汗をぬぐった。ピンクの造花が足もとに転がってきたのをわたしは拾いあげる。

「これ、ヘンシェルさまのですか？」

造花を差しだしたとたん、ヘンシェルさまはぎょっとしたように汗をぬぐう手をとめた。

「き、君、これをどこで？」

いかける。

「今落ちましたわ」

「あ、あああ、そういうことか、ありがとう」

ヘンシェルさまはわたしの手から造花を引ったくった。リースヒェンのことを思いだして問いかける。

「うちの部屋の子が、同じような花を廊下で拾ったと言ってましたけれど、ヘンシェルさまのものですの？　お返しいたしましょうか？」

「いや、かまわない、安物だから。じゃあ僕はこれで……」

ヘンシェルさまはまわれ右すると、ほとんど駆け足になって校舎に入っていった。天敵の気配を察知して逃げる栗鼠《りす》のようだ。

「わたし、何か失礼なこと言ったかしら」

「上着に挿すのなら、本物の花になさればよろしいのに」とアマーリエ。「なんでわざわざ安っぽい造花なんか使うのかしらね」

ドルトヒェンは黒い目をきらめかせた。

「違うぞ、マーレ。あの花は上着に挿してたもんじゃない。ハンカチについて落ちたんだ。ロッテ、リースヒェンはあのピンクの造花をどこで拾ったと言ってたっけ」

「二階の廊下よ」

「拾ったのは昨日の朝だったよな。ふん……」

「それがどうかしたの？」アマーリエが訝《いぶか》しげに尋ねる。

「いや、いつ落としたんだろうと思ってね」

校舎のほうから先生が手に持ったベルを打ち振る音が流れてきた。昼休みがもうすぐ終わりますよという合図だ。造花の話はそこでおしまいになった。

放課後はまっすぐ音楽室へ向かう。ドルトヒェンとアマーリエは一足先に来ていた。アマーリエがピアノの練習をするのを聞きながら、ドルトヒェンは赤毛の頭を揺すってため息をついた。

「あーあ、見るからに怪しい人物というのはいないもんだな」

「客観的には、わたしたちがいちばん怪しいみたいね」こういうときわたしは妙に冷静になる。

「シュミット先生とランゲ先生が話しているところに行き合わせたが、お二人はヘンシェルさんを疑ってたな」

「そうそう、シュミット先生はわたしたちの弁護をしてくださったのよね。あとでお礼を言っとかないと」

「ヘンシェルさんはこれまでにもちょくちょく悪戯《いたずら》してるからな。去年いらしたときは校庭の木をクリスマスツリーみたいに飾りつけて、花火を打ちあげたんだ」

「この間は池のイルカの頭に帽子をかぶせてたわね。でもそれって、いってみれば楽しい悪戯でしょう。階段に脂を塗って、人が落ちるのを楽しむなんてありえないわ」

「それはそうなんだが、犯人があの場所を選んで罠を仕掛けたのはなんでだと思う?」

「絨毯がなかったからでしょ」

「絨毯がなかったのはどうしてだ？　ヘンシェルさんが派手にインクをこぼしたせいだ」

「ドルトヒェンたら」ピアノを弾きながらアマーリエが口をはさむ。「お次はヘンシェルさまがどこかに隠れていて、ロッテたちを突き飛ばしたとでも言うんじゃないの？」

「まあそこまでは言わないが……ああそうだ、ラードの出所について小耳にはさんだ。厨房《ちゅうぼう》の壺から持ちだされたんじゃないかってさ」

　ということは、内部の人間が犯人なのかしら。音楽室の扉がノックされ、淡い金色の頭が突きだされた。平服のウーラント中尉だ。

「ピアノの音がしたから、もしやと思ったんですよ。グリューンベルク嬢、お怪我の具合はいかがですか？」中尉の手の中に三色菫《すみれ》の小さな花束が現れた。

「まあ、ありがとうございます」

「なあに、たいしたものではありません。実は今日、面白い手紙が校長先生宛に届きましてね」

　中尉のポケットから白い封筒が出てきた。宛名はヘンシェル女学校校長殿となっている。

「見るだけです。触らないでください」

　そう言って中尉は手紙を広げた。アマーリエはちらりと顔をあげ、ピアノを弾き続ける。白い便箋には、金釘流の文字でこう書いてあった。

じいさんの肖像画は預かった。要求は追って連絡する。警察には知らせるな。

怪盗ひょろひょろ狼《おおかみ》より

「怪盗ひょろひょろ狼！」ドルトヒェンとわたしの二重唱が音楽室に響きわたった。

「だいぶきてるな、こいつ。もっとまともな名乗りをあげられないのか」容赦ないことをドルトヒェンは言う。「手紙の消印は？」

「キルシュバウムです。今日出されたものですね」

「なら、わたしたちの容疑は完全に晴れたわけですか？」

わたしたちは自由に手紙を出しにいくことなどできない。先生に渡し、まとめて投函してもらうのだ。そのとき当然宛先もチェックされる。ウーラント中尉は苦笑した。

「疑ってなどいませんと昨日も言ったはずですがね。まあ、校長先生もこれを見て完全に納得されました」

「要求というのはまだ来てないんですね。ふうん、お金かな、どのくらいふっかけてくるんだろう」

「ねえ、犯人が要求してくるの、隠されたマイセンのテーブルウェアじゃないかしら」ぱっと閃《ひらめ》いてわたしは言った。「でなければ月光文書。自分で探したけれど見つからなくて、それでこういう暴挙に出たの。渡さなければ肖像画を焼いてしまうっていうのよ」

「別に焼かれて惜しい絵ではなくってよ」

一曲弾き終え、上品かつ辛辣《しんらつ》にアマーリエは言う。中尉は笑いを嚙み殺していた。昨日は怖そうな人と思ったけれど、意外に気さくなおじさまかも。

ウーラント中尉が帰ると、ドルトヒェンはわたしの手の中にある花束に目を向けた。

「三色菫か。憲兵にしては悪くない選択だ。派手すぎず地味すぎず女学生向き」

「そうね。センスはまあまあじゃない？」ショパンを弾き弾きアマーリエも言う。

寄宿舎に帰る前にゾフィーさまをお訪ねしてみた。いつもなら食堂でお昼を召しあがるのに、今日はお姿が見えなかったから心配していたの。出てきたマルテルさんは、「今お寝《よ》ってらっしゃるんですのよ」と言う。お見舞の言葉を託して帰ろうとしたとき、奥の部屋からゾフィーさまの声が聞こえてきた。

「エンマ、エンマ、ロッテさんなの？　だったらお通しして」

とりあえず代表でわたしだけ中に入る。ゾフィーさまは上体を起こし、居間の長椅子に身をもたせかけていた。傍《かたわ》らには杖が置かれている。

「おかげんはいかがでいらっしゃいますか？」

「ありがとう。もうだいぶいいんですのよ。ところでね、わたくしへの伝言というのは何でしたの？」

はい？　とゾフィーさまを見つめた。ゾフィーさまの顔に徐々に不審の色が浮かぶ。

「あのお手紙をくださったのは、ロッテさんではありませんの？」

4

三人でゾフィーさまのお話をうかがった。謎が一つ解けたら、すぐに次の謎。わたしの頭ではもうついていけないわ。ドルトヒェンは赤毛の頭をかきまわして、「まさかあの人が犯人ということは」「時間的にはどっちが先だ？」などとうめいていたが、夕食の途中、いきなりわたしの袖をつまんで、「洗濯屋だ！」と言いだした。食事が終わったとたんミュラー先生のところに駆けていく。

「はい、中尉殿に伝言を……大事なことなんです。ついでにこんな造花を売っている店も調べてくださるようお伝えください」

ピンクの造花と洗濯屋が何の関係があるというの？　ドルトヒェンの頭の構造はわからない。

再びウーラント中尉がやってきたのは、翌日の放課後のことだった。バウアー先生に言われて応接室に向かうと、中尉とヘンシェルさまが向かい合って座っていた。中尉はどことなく疲れたご様子で、くちびるを固く引き結んだヘンシェルさまは、頰に詰めこんだ団栗《どんぐり》を一つも渡すまいとする栗鼠《りす》のよう。

「やあ、お嬢さん方」わたしたちを見て、中尉はやや明るい顔になった。「どうぞおかけください。例の肖像画は無事に取り戻せましたよ」

部屋の奥には毛布に包まれた四角い包みが立てかけてある。ヘンシェルさまがぼそぼそと聞き取りにくい声でつぶやいた。

「そうですよ、僕がやったんです。親父の絵を持ちだして、階段に脂を塗った。ちょっとした冗談のつもりだったんですよ。素直に罪を認めたんだから、憲兵隊にでも警察にでも突きだせばいい」

わたしとアマーリエは顔を見合わせた。そりゃまあ、この状況を見ればそうじゃないかと思うけれど、本当にヘンシェルさまが？　中尉は忍耐強い口調で言う。

「さっきからそうおっしゃってますけどねえ、なぜこういうことをやったのかという部分が釈然としないんですよ。もう少し他人にわかるように説明していただけないもんですかね。そうだ、お嬢さん方にもお目にかけましょう」

中尉は立っていって、絵をくるんだ毛布を取り去った。わたしたち三人は同時にあっと声をあげる。いかめしい白髪のご老人の肖像画は、ピンクの造花に囲まれていた。額縁を薄布でくるみ、そこにびっしり紙の花を差しこんであるのだ。ドルトヒェンが晴れ晴れした顔でつぶやいた。

「そうか、これでつながった。この花の意味がわからなかったんだ。そういうことか」

「この造花を買ったのはヘンシェル氏だと特定できました。絵のほうはホテルのクローゼットに、毛布でくるんだだけの状態で押しこんでありましたよ。フランケンタール嬢は、どうやら誰よりも早く真相に到達していたようだ。よかったらどうしてヘンシェル氏が怪しいと思ったのか説明していただけませんか」

「では僭越《せんえつ》ながら。きっかけはこの造花でした」

リースヒェンの拾ったピンクの造花のことをドルトヒェンは要領よく説明した。

「そのときは気にとめませんでしたが、昨日の昼休み、たまたま同じ花がヘンシェルさんのポケットからこぼれ落ちたのを目撃しました。ロッテが拾って返すと、ヘンシェルさんは動揺した様子を見せました。そのとき小さな疑念が生じたのです。リースヒェンが月曜の朝拾ったという花は、いつ落とされたものなんだろうと。

土曜日までのどこかの時点で落ちていたということはありえません。ごみと見なされ、すぐ片づけられたでしょう。月曜日の朝ということもありません。ヘンシェルさんがいらっしゃるのは、いつも十時の休み時間が終わってからでしたからね。

それでもこのときはまだ、疑いといってもはっきりしたものではありませんでした。わたしが知らないだけで、ヘンシェルさんは日曜日の昼間にいらしていたのかもしれない。とにかくたった一つの造花から、犯人扱いすることはできません。

ですがそのあと、怪盗ひょろひょろ狼《おおかみ》からの手紙を見て、ヘンシェルさんに対する疑いは、一気にふくれあがりました」

「だから、なんでそこで確信できたの？」

アマーリエがいらだったように言う横で、わたしは「もしかして」とつぶやき、口もとを押さえた。ドルトヒェンがにやりとする。

「ロッテは気づいたようだね。君から言ってみるかい？」

「ほんの思いつきなんですけれど」言葉を選びながらわたしは言った。「昨日のお昼休み、ヘンシェルさまはわたしたちに、容疑はすぐ晴れるとおっしゃいました。実際その日のうちに、怪盗ひょろひょろ狼からの手紙が届き、わたしたちにかけられた疑いは完全に晴れました。これは偶然だったのか、それともヘンシェルさまが関わっていたのか……」

「偶然にしてはできすぎだとわたしは判断しました。手紙を出したのはヘンシェルさんです」

ドルトヒェンは断定した。

「何のために？　自分が疑われていないのなら、余計なことはしないほうがいいのではありませんか？」議論を楽しむように中尉が言う。

「われわれ生徒が疑われることは、ヘンシェルさんの本意ではありませんでした。いざとなったらいさぎよく名乗りでるおつもりだったのではないかと思います」

「おやおや、フランケンタール嬢は、この紳士をずいぶん高く買ってらっしゃるんですね」

わたしたちはヘンシェルさまを見つめた。ヘンシェルさまは口の中で何かもごもごとつぶやき、うなだれる。

「ねえ、ドルトヒェン、あたくしわからないのだけれど、ヘンシェルさまはなんであんなふうにお父さまの肖像画を飾り立てたの？　それになんで絵を学校の外に持ちだしたの？　どうせなら造花を持ちこんだほうが早かったんじゃなくて？」

「お、マーレ、いいところをついてきたね」と嬉しそうにドルトヒェン。「この肖像画を飾り立てたわけは明々白々。校長先生がおっしゃってただろう、誕生日だったんだよ」

「お誕生日？　あ、ヘンシェル先生の」

アマーリエが言うのを聞いてわたしも思いだした。わたしたちを呼びつけたとき、確かに校長先生はそんなことをおっしゃっていたわ。

「ヘンシェルさんの悪戯《いたずら》好きはよく知られています。お誕生日にお父上の肖像画を花で飾って、校長先生を驚かせるつもりだったんでしょう」

「信じられん。大の男がそんな馬鹿なことをするなんて」

ウーラント中尉がうめいたが、ドルトヒェンは無視して話を進める。

「さて、肖像画を飾り立てるだけなら、マーレの言ったように造花を持ちこむほうが簡単です。実際ヘンシェルさんも最初はそのおつもりだったのだと思います。でなかったら廊下に花が落ちているはずはないでしょう？　ヘンシェルさんは校長室に忍びこんで絵を飾り、帰ろうとした。そのとき何か予定外の出来事に遭遇したのではないでしょうか」

「わかったわ。脂を塗られた階段ね」

とわたしが言えば、ドルトヒェンは大きくうなずく。

「あの晩起こったもう一つの事件に、ここでつながっていくわけです。中尉殿、昨晩調査をお願いした件はいかがでした？」

「洗濯屋からは簡単に話が聞けました。預かっているのは上着とズボン、それにハンカチ二枚。

上着とズボンには脂染み多数。ハンカチも脂まみれでひどい状態でした」

「中尉殿はそこからどういう結論を導きだされましたか？」

「ヘンシェル氏は、脂を塗られた階段で足を滑らせた」

「ということです。だからヘンシェルさん、階段に脂を塗ったのはご自身であるなどとおっしゃる必要はないんですよ」

ヘンシェルさまは真っ赤になり、次に青くなった。頬の肉が震え、喉からしわがれ声が押しだされる。

「いや、だからそれはその……自分で塗ったけれど、ついうっかり滑ってしまったんですよ。僕自身が罪を認めているのだから……」

「あの方は無関係です」朗々とドルトヒェンは宣言する。「無関係というのはちょっと違うかな。言い直します。彼女は加害者ではなく被害者です。なんでしたらこの場へ出てきていただきましょう。ロッテ、コンツェ嬢をお連れしてくれたまえ」

5

「はい、あの晩わたくしは確かに校舎に出かけました。時間は夜の十一時前です。日曜の夕食から帰ったとき、扉の下に手紙が差しこまれていましたの」

杖をつきつきやってきたゾフィーさまは、ウーラント中尉の前でよどみなく述べた。

「――教会に行ったとき、とある方からご伝言をお預かりしました。内緒でお伝えするよう言われましたので、今夜十一時、音楽室にいらしてください。玄関の鍵は開いています。もしわたくしが少し遅れても、お帰りにならないでくださいましね。必ずまいりますから――署名はロッテ・グリューンベルクとなっていました」

「だが、グリューンベルク嬢はそんなものを書いた覚えはないと？」

「はい。わたしではありません。伝言なんかどなたからもお預かりしておりません」

「とにかくこれで、あの晩コンツェ嬢が校舎にいらっしゃったわけはおわかりいただけたかと思います」とドルトヒェン。

わたしからの手紙と思って、ゾフィーさまは夜中の校舎に出かけていった。無意識のうちに最短ルートを選び、玄関ホールから右手の階段を使って三階にのぼったという。音楽室に入ると、ピアノの上に白い紙が置かれていた。手に取ってみれば、それは第二の手紙。

恐れ入ります。一階のホールまですぐお越しくださいませ。　L

当然わたしの書いたものだろうとゾフィーさまは判断、音楽室を出て、今来た道を引き返した。あの晩、わたしがリースヒェンを捜して三階にあがったころ、ゾフィーさまは一階へ引き返すところだったのだ。このとき蠟燭《ろうそく》を持っていたというから、校庭にいたドルトヒェンとアマーリエが見たのはその灯りだろう。

「踏みはずしたのは二階から一階にくだる途中です。そのときは脂が塗られているなど思いもしませんでした。足を抱え、ちょっとの間痛みでうずくまっていたと思います。少し気分がよくなってから、ロッテさんも来ないし、部屋に戻ることにしました」

裏口へ出たのは、そのほうが別館にあるお部屋に近いからだった。ドルトヒェンは神妙な顔で中尉に頭をさげる。

「黙っていて申し訳ありませんでしたが、あの晩マーレとわたしは、コンツェ嬢が裏口から出てこられるところを目撃しました。だから、コンツェ嬢のお話の少なくとも最後の部分は本当であったと証言できます」

「コンツェ嬢、階段を滑り落ちたときのことを思いだしていただきたいのですが、誰かに突き落とされたとか、足を引っかけられたなどということはありませんか」

中尉の問いかけに、ゾフィーさまはうつむいた。

「……わかりません。あっと思ったときには、もう落ちておりましたので」

「あなたのお命を狙う輩《やから》にお心当たりはおありですか？」

中尉がずばりと訊いた。ではこれは、単なる悪戯《いたずら》ではないの？　ゾフィーさまは中尉の視線を受けとめ、平静な声で答える。うろたえたり騒いだりしないのはさすがだわ。

「そのお尋ねには否としか答えようがありません。どなたかの恨みを買った覚えはありませんし、わたくしが死んだからといって利益を得るお人もすぐには思いつきません」

「や、これは率直なお答えありがとうございます。さて、ヘンシェルさん、そろそろきちんとお話しいただけませんか。つまりはこういうことでよろしいですね。あなたはあの晩、コンツェ嬢のお姿を目撃し、また階段に脂が塗られていることに気づいて、コンツェ嬢が犯人だと思いこんだ。だがそれと、お父上の肖像画を持ちだしたこととの間に、どんな関係があったのですか？」

「……動転してしまったんですよ、今思い返すと情けない話ですが」ついにヘンシェルさまは重い口を開いた。「一晩のうちに二つ事件が起これば、たいていの人は同じ人間のしわざだと考えるでしょう。親父の肖像画を花で飾ったのが僕だというのはすぐ見抜かれるに違いない。そちらのほうはもともと隠すつもりもありませんでしたからね。だが、階段に脂を塗ったのまで僕のせいにされてはかなわない」

順序としてはこうだった。下の町から徒歩であがってきたヘンシェルさまは、夜の校舎に入っていくコンツェ嬢の姿を見かけたが、声をかけるのはためらわれ、しばらく庭をぶらついてから校長室に向かったという。肖像画の飾りつけを終えていざ帰ろうとしたとき、階段で足を踏みはずし、踊り場まで滑り落ちた。時間的にはゾフィーさまやわたしたちが校舎を出たあとになるだろう。幸いたいした怪我もなく起きあがることができたが、手足がやたらべとべとしている。ここで初めて階段に脂が塗られていることに気がついた。瞬間的に思いだしたのは、人目を忍ぶように校舎に入っていったコンツェ嬢の後ろ姿。

「コンツェ嬢のお人柄は存じています。階段に脂を塗って人に怪我をさせるなど、そんな悪さをするはずはない。だが、だとしたらなぜあんな時間に校舎にいたのか？　しばらくぼうっと考えていて、自分が疑われる可能性に思いいたりました」

このあとの行動は、ご本人に聞くまでわからなかった。ヘンシェルさまはハンカチで階段を掃除しようとしたのだ。たった二枚のハンカチで！　完璧にとはいかなかったが、あらかた拭きとることができ、おかげで翌日派手に滑ったのはわたしと中尉さまだけですんだというわけ。

「階段のほうはこれで片がついた、次は額縁だと校長室に駆け戻りました。造花を取っ払って僕が夜中に侵入した痕跡を消そうとしたのですが、これがうまくいかなかった」

額縁をくるんだ薄布はどこかに引っかかって取れない。無理に引っ張ると花びらがひらひらこぼれてしまう。床を這いずりまわってなんとか全部拾いあげ、どうしようかと考えた。

「そのとき名案が閃《ひらめ》きました。要するに、僕がここにいたということがばれなければいいのです。だったらこの絵を持ちだしてしまえばいい。造花の始末はあとでゆっくりやれるし、僕が親父の絵を盗みだすなんてことは、誰も思ったりしないでしょう」

「お父上の肖像画を持ちだすのが最善の方法であったかどうかは疑問ですが」と中尉。

「まあ、なんというか……そのときは名案に思えたんですよ」

「コンツェ嬢に疑いがかからないようにするという意味では悪くない案でしたよ」とドルトヒェン。アマーリエはヘンシェルさまに微笑《ほほえ》みかけた。

「素晴らしいですわ。あのお手紙もそういうことだったんですのね。学校の外に犯人がいるように見せかけて、コンツェ嬢をかばおうとなさったんですのね」

「いやいや、あれもほんの思いつきで……そんな立派な考えはありませんでした」

口では謙遜しながら、ヘンシェルさまがちょっぴり胸を張ったのをわたしは見逃さなかった。

創立者兼初代校長ヘンシェル先生の肖像画に目を向ける。白髪のいかめしい老先生は、ピンクの花に囲まれ、少しばかり照れてらっしゃるようだった。

「ともかくこれで、消えた肖像画の謎は解決しましたね」ドルトヒェンは勢いよく言った。

「でも、だったら、誰が階段に脂を塗ったの？」アマーリエはそこでさっと青ざめた。「ねえ、コンツェ嬢の呼びだしにロッテの名前を使ったってことは」

「決まってる。校内の人間のしわざさ」

わたしとアマーリエは目を見交わした。校内にいる犯人。生徒か先生かわからないが、誰であってもわたしの知っている人物だろう。この学校の中の誰かがゾフィーさまに危害を加えようとした……。

間奏二　六月

「さすが女子校、階段に脂を塗るなんて陰湿や」

あたしの第一声に、パソコン画面の向こうで慧ちゃんは心なし青ざめた。

「ま、まさか、かりんちゃんの学校でもそんなことが」

「あるわけないやん。うちはおっとり上品なお嬢さん学校やで。ふうん、ザリガニって食べられるんや。知らんかった」

「エビの仲間やから食えるやろ。エビかな？　シャコかな？　シャコやと色が違うからやっぱりエビかな」

「このザリガニって、そこらへんにいるアメリカザリガニとか？」

「ドイツにアメリカザリガニはおらんやろ。ドイツザリガニや」

怪しい。今のは適当に言った感じがぷんぷんする。画面の向こうで慧ちゃんはポテトチップスの袋を開けた。

「かりんちゃん知っとう？　森鷗外《もりおうがい》はドイツに留学したとき、一時期ドレスデンにおったんや。ええと、一八八五年から八六年にかけてのことやから、ロッテの話の十年くらい前になるんかな」

「鷗外って、漱石《そうせき》じゃないほう?」慧ちゃんを見習って、あたしもポテトチップスの袋を引き寄せる。

「なんや、その認識は」

「冗談冗談、ちゃんとわかってるって。妊娠した恋人を捨てて日本に帰った最低男やろ」

読んだことはないけど、なんかそういう小説があるのは知ってる。授業で鷗外の名前が出たとき先生が言っていた。

「それは『舞姫』の主人公太田《おおた》豊太郎《とよたろう》。鷗外はその作者。作者と登場人物をごっちゃにするんやない」

「はあい」

「鷗外の知り合いの中には、それに近いことやったんがおるけどな」

「は?」

「鷗外の作品に『独逸《ドイツ》日記』っていうのがあってな、ドイツに行ったときの日記に手を入れて、ずっとあとになって発表したもんやけど、ベルリンには誰それの子、誰それの子がおる、顔は黄色うて骨格は日本人のようや、養育費を送らんのはあかんやろなんてことが書かれてる」

「はあ。ドイツまで行って何やってんだろうね、日本人。鷗外にも恋人いたんだよね。エリーゼって人が日本まで追っかけてきたって」授業の本筋とは関係ないその手の話はしっかり覚えている。

「いや、あれは最初から鷗外と示し合わせてきたんやという説もある。まあほんまのとこは当事者しかわからんやろうけどな。鷗外のドイツ三部作は覚えてる?」

「『舞姫』と、あー、うーん、何やっけ」

「『舞姫』、『うたかたの記』、『文づかひ』や。『舞姫』がベルリンの話、『うたかたの記』がミュンヒェンで、『文づかひ』がドレスデンというかザクセンの話。この中では『文づかひ』がいちばん地味やけど、しみじみしたええ話やで。貴族のお姫さんに頼まれて、日本の青年士官が手紙を運ぶんや。鷗外がドレスデン宮廷の舞踏会に行ったときの体験がそのまんま盛りこまれてる。陶物《すえもの》の間の描写とか」

「すえもののま?」すみません、わかりません。

「わかりやすくいうと陶器の間、いや、磁器の間かな。東洋の名品やマイセン磁器なんかがいっぱいある部屋や。あっちの王さまには陶磁器大好き人間が多いんや。マイセンの磁器を作らせたんも、ザクセンのアウグスト強王ゆう人や」

「磁器の間って、部屋いっぱいにお皿や壺や並んでんの? 怖いなあ。地震があったらどうすんの」

「日本ほど地震はないやろ」

「でもなんか気持ち悪い。お皿やコーヒーカップがただ並んでんのって、意味ないというか、うまく言われへんけど」

「わかるわかる。本来なら実用品であるべき食器を使わずに飾ってんのは、食器の存在理由を否定してるいうことやろ。そういう矛盾を抱えこんどうからこそ、集めるほうは夢中になるんかもしれんけどな。戦争中もせっせと疎開させたゆうし」

「へ、疎開？」

「ドレスデンは第二次世界大戦の末期に空爆を受けとるんや」

「空爆？　空爆って、どこの国がやったん？」

「決まってるやろ、イギリスとアメリカや。ドレスデンだけやない。ドイツの主要都市はほとんどやられてる」

「そんなことあったんや……知らんかった」空襲って日本だけの話じゃなかったんだ。「あれ？　空襲じゃなくて空爆っていうの？」

「日本の場合は空襲、海外のは空爆とか爆撃ゆう呼び方することが多いな」

「でも、あっちの家って石とかレンガでできてるんやろ。燃えへんのちゃう？」

「甘いで、かりんちゃん、家の外側はそうでも、中には燃えるもんがいっぱいある。実際ドレスデンの街は火の海になったそうや。月光文書に出てくるドレスデンの滅亡は、この空爆のことやないかと思うんやけどな」

「ベルタがなんかそんな絵描いてなかったっけ。火の海じゃないけど、似たような感じの……」

「あれやろ、子どもが二人、瓦礫《がれき》の中を歩いていく絵」慧ちゃんは大きなクリップで綴じた紙を猛スピードでめくった。「あった、ここや。ベルタはロッテに向かってこう言うてる。『おかしな絵でしょう。その、夢で見たの。ドレスデンが廃墟になる夢』」

「予知夢ってやつかな、ベルタは実は超能力者で、空爆のことを予知してたとか?」

「かりんちゃん面白いこと考えるなあ。そやな、もしこの絵の中に聖母教会がなかったら、ベルタはほんまに予知能力を持っとったと言えるんやけどな」

「聖母教会?」

「歴史のある教会なんやけど、ドレスデン空爆のときに破壊されたんやなかったかな。うん、確かそうや。瓦礫が山になっとる写真を見たことがある」

なんだか重たい話になってきた。バリリ、バリバリ、あたしたちはパソコンの画面越しに向かい合い、ポテトチップスを次々嚙み砕いていった。

第六章　木苺《きいちご》の契約

1

ヘンシェル先生の肖像画が消えた件は、ヘンシェルさまの悪戯《いたずら》という形で決着した。階段に脂が塗られていた件はうやむやにされ、わたしは自分の不注意で階段を滑り落ちたことにされてしまった。向かっ腹を立てたわたしに、ドルトヒェンは「我慢我慢」と言った。

「犯人を油断させるためには仕方ない。コンツェ嬢を狙っているのなら、また何か仕掛けてくるだろう。ロッテの名前を使った以上、犯人はこの校内にいるはずだ」

「そうともかぎらなくってよ。中尉さまが怪しい外国人のことをおっしゃっていたじゃない。ゾフィーさまを狙う暗殺者が、この近辺にひそんでいるのかもしれないわ」

「うむ。内部にいるのはただの協力者で、主犯はその外国人という可能性もゼロではない」

――足が治るまで部屋にこもっていてください。よろしいですね。

ウーラント中尉はそうゾフィーさまに言っていた。また同じようなことが起こるのを警戒してに違いないわ。

「でも、生徒は身もとのちゃんとした人ばかりでしょ。先生だってそうだわ」

アマーリエが言うのを聞いて、わたしはどきんとした。後見人の身もとはしっかりしていても、生まれ育ちのはっきりしない生徒が一人いる。ベルタだ。ベルタはゾフィーさまのロケットに秘められた殿方が誰か知っているみたいだったけれど、それが今回の事件と何か関係あるのだろうか。まさかね。あの温厚なベルタが外国人の手先になってゾフィーさまに危害を加えるなんてありえない。

「コンツェ嬢がお命を狙われるとしたらなぜだろうな」

「お父さまが外交官なんでしょ。令嬢の命と引きかえに、国家機密をよこせと迫られてるとか」

アマーリエの想像力も若干暴走気味だ。ドルトヒェンはちらりとわたしに目を向けた。

「この前の一件は別の解釈もできる。中尉殿は、狙われたのはコンツェ嬢だと考えているようだが、あれはロッテを狙った犯行ともいえるんじゃないか?」

「どういうこと? わたしが中尉さまと一緒に階段を落ちるなんて、犯人に予測できたはずないでしょ」

「そっちじゃない。コンツェ嬢を呼びだした手紙のほうさ。例えばだよ、その手紙を持ったまま、コンツェ嬢が階段を転げ落ちて怪我をしたとする。そうすると君にもとばっちりがいく」

「わたしが書いたものじゃないわよ。筆跡を調べればすぐわかるわ。ゾフィーさまがとっといてくださったらよかったのに」

問題の手紙は二通とも捨てられていた。ウーラント中尉はやんわり文句を言ったが、捨てられてしまったものはどうしようもない。

「君の筆跡に似せて書いてあったかもしれないぞ。君一人を処分して、ことがまるく収まるのなら……」

「やめてよ。わたし、そこまで人に恨まれる覚えなんてないんだけれど」そうは言ったものの不安になる。「そうだわ、最初にわたしの教科書を隠したのは誰だったの？　知ってるなら教えてよ」

「わたしは関知していない。マーレは知ってるか？」

「あたくしも知らなくってよ。ギゼラじゃないの？」

「だったら、わたしの雑誌を破ったのもやっぱりギゼラなのかしら」

「何の話だ？」

そういえば人に話すのは初めてだった。無残に破られた「週刊ドレスデン特別増刊号」を持ってきて見せると、ドルトヒェンは眉根を寄せた。

「なくなったのは『ツァイト・マシーネ』という小説か。題名からすると、甘ったるい恋愛小説ではなさそうだな」

「冒険小説の類《たぐ》いだと思うわ。遠い未来へ旅をした人の話ね」

「どちらかというと、ギゼラよりドルトヒェンが好きそうなものね」とアマーリエ。

「わたしもそう思う。だがギゼラ以外にこういうことをやりそうな人はいないしな……」

わたしたちはしばし黙りこむ。編み針を動かしながら、次に口を開いたのはアマーリエ。

「ねえ、ちょっと気になったんだけど、この前昔の石塀が崩れたの、あれも犯人が起こしたということはなくって？」

わたしとドルトヒェンはうーんと首をひねった。

「人為的に起こすのは無理じゃないかと思うけど……」

「もともといつ崩れてもおかしくはなかったが、あそこまで派手な地滑りになったのは直前の大雨のせいだ。あのとき雨が降ると犯人に予想できたはずはないから、偶然と考えていいと思う。ただ、あの事件が犯人の心の中の引き金を引いたのかもな。コンツェ嬢は一度死にかけた。だからきちんと殺してあげよう……とか」

ヘンシェルさまは校長先生に怒られたようで、二、三日しゅんとしていたが、すぐに元気を取り戻した。

「今年こそ月光文書を見つけるぞ。赤毛の名探偵くん、君も探索を手伝ってくれるだろう？」

「はあ、そうですねえ。どうせ探すなら、マイセンのテーブルウェアのほうがいいんじゃありませんか」

「そうかなあ」とヘンシェルさまは傷ついた顔をする。「マイセンの皿で食べたって、ジャガイモの味が変わるわけじゃないだろう」

ドルトヒェンが何か言う前に、わたしは急いで口をはさんだ。

「あの、月光文書ってどういうものなんですか？　わたし、この学校へ来たばかりで、まだよく知らないんですの。モルゲンシュテルン男爵の肖像画を描いた画家が遺したものだと聞きましたけれど」

初歩的な質問だけどいいわよね。ヘンシェルさまはしもぶくれの顔をほころばせた。

「ではまず第四代のモルゲンシュテルン男爵について説明しておこうか。十八世紀に生きたこの男爵は、なかなか開明的な人物だった。若いころ七年戦争を経験している。つまりザクセンが、いきなり侵攻してきたプロイセン軍にこてんぱんに叩きのめされるのをその目で見たということだ。無法なプロイセン軍は、マイセンの陶工をたくさん連れ去った。一時はマイセン窯《がま》の存続が危ぶまれるほどだった。あれ、話がそれたな。モルゲンシュテルン男爵のことだったね。戦争が終わって家督を継ぐと、四代目男爵は領地の改革に乗りだした。単に新しもの好きの節操のない人物だったという見方もあるが、産業を興すのにも熱心だったし、ジャガイモの栽培も奨励したし、総合的に見ればそうひどい領主ではなかったようだね。この人の肖像画を描いたのがルンペルシュティルツヒェンだ」

「その人、本名は残っていませんの？」

「うん。出自もわからない。裏の森で倒れていたのを狩りに出た男爵に発見されたと伝えられている。ほら、森の中に〈お祖母さんの家の跡〉という場所があるだろう。あそこに倒れていたんだってさ」

わたしはえっと声をあげそうになった。幼いベルタとお兄さんが見つかったのもそこじゃなかったかしら。これって単なる偶然なの？

「ルンペルシュティルツヒェンは読み書きができたので、最初はまず秘書官の一人に取り立てられた。それから絵心があることがわかって、男爵や男爵の家族の肖像を描くようになった。額には大きな傷痕があり、片足も不自由だったというから風采はぱっとしなかったが、多才な人だったんだろうね」

ここでヘンシェルさまはにっこりした。

「ルンペルシュティルツヒェンには、もう一つ違った才能があったんだよ。キルシュバウムの町で売られているからくり人形を見たことがあるかい？　あの人形の生みの親もルンペルシュティルツヒェンなんだよ。首が伸びる仕掛けは彼が作ったんだとさ」

あらあら、だとしたら本当に多才な人だわ。一度会ってみたかった。

「さて、月のいいある晩のこと、ルンペルシュティルツヒェンは葡萄《ぶどう》酒に酔って、自分には未来のことがわかると言いだした。そして今後百六十年余りの出来事を列挙していったのさ。酔いが醒めた彼はすべてでまかせだと言ったのだが、一緒に飲んでいた秘書官長は覚えているかぎり正確に書きとめ、男爵に提出した」

「それが月光文書ですのね」

「そのとおり。ルンペルシュティルツヒェンは、そのあとどんなに問いつめられても未来のことを語ろうとはしなかった。男爵はその文書を門外不出としたが、こういう話はどこからか漏れていくものなんだね。ナポレオンの出現を予言していたとか、ドレスデンの滅亡を予言したとか聞いたことがあるだろう」

「本当にナポレオンのことを言いあてたのでしょうか」

「ナポレオンという名前が出てきたかどうかはわからない。フランスから災厄が来るなどという表現だったのを、のちの世の人がナポレオンとからめて解釈したのかもしれないね。もっともあまり役には立たなかったようだが」

悲しげな表情でヘンシェルさまは続ける。

「ナポレオンが来たとき、ザクセンはまたもやこてんぱんにやられた。哀れなザクセン兵はロシア遠征に引っ張っていかれ、異国に屍をさらすことになったんだ。まったくフランスの連中ときたら……いかん、また話がそれたね。ではここで男爵の嫡子、のちの五代目男爵に登場してもらおう。この息子は、僕のように根っから真面目な人物で」

ふうん、ヘンシェルさまのようにね。アマーリエが片方の眉をあげ、ドルトヒェンはわざとらしくお下げの先を引っ張った。

「月光文書を流言飛語の類いと見なし、自分が家督を継いだら、すぐさま破棄すると公言していた。男爵は一計を案じ、月光文書の写しをこしらえてこの城館のどこかに隠すと、その隠し場所をまだ十歳くらいだった孫息子のアルベルト、すなわち未来の六代目男爵に伝えようとしたんだ。だがその手紙はアルベルトの手に届かなかった。息子が手をまわして取りあげたのは想像に難くない。

やがて五代目男爵となった息子は、常々口にしていたとおり月光文書を破棄したが、このとき燃やされたのは原本のほうだけだったと言われている。四代目が隠した写しは、今もこの城館のどこかに眠っていて、誰かが見つけてくれるのを待っているのさ」

日曜の学校はどこかざわざわしている。浮かれているといってもいい。昼餐が終わると、生徒たちは二人、三人と連れ立って、校舎二階の裁縫室に移動する。ここの窓からは、正門を入ってくるお客さんの顔がよく見えるのだ。目当ての訪問客を発見した生徒は、外出用の帽子と手袋を持ってさりげなく一階におり、先生に呼ばれるのを待つ。

「ふうん、こんな場所があったのね」

押し合いへし合いしながら窓に寄る人たちの後ろで、わたしは爪先立ちをした。ヘンシェル女学校に転入してきて今日でちょうど三週間、こういうちょっとした風習は中の人間に聞かないとわからない。

クララとギゼラが歓声をあげ、階段を駆けおりていった。茶色い帽子の老婦人が二人の待っていた人らしい。その後ろからやってきたのは、ああ、間違いないわ、シュテファン叔父さんだ。叔父さんが顔をあげたので、わたしは窓に寄り、大きく手を振った。隣でアマーリエがうっとうめく。

「あなたの叔父さまってあの紺色のネクタイの方？　なんであんな人を連れておいでになったの？」

シュテファン叔父さんと肩を並べて入ってきたのはヒルデブラント少尉だった。さらにその後ろにはウーラント中尉もいる。

「別に叔父さんが連れてきたわけじゃないでしょ。たまたま同じ汽車になったのよ」

一時間に何本もあるわけじゃなし、確率的には出会っても不思議はない。下におりて挨拶を交わし、シュテファン叔父さんに二人を紹介する。

「こちらがフォン・エーバーライン嬢、そちらがフランケンタール嬢、二人ともわたしと同じ部屋で、仲良くしてくれてるの」

シュテファン叔父さんには礼儀正しく挨拶したドルトヒェンだったが、ウーラント中尉がミュラー先生と腕を組んで現れると、皮肉っぽく問いかけた。

「また何か事件ですか?」

中尉のほうはのどかな口調で答える。

「とんでもない。母の旧友を訪ねてきただけですよ」

信じてませんよ、という目つきをしたドルトヒェンは、「ではわたしは水棲生物学の勉強がありますので」と言って立ち去った。一人で池に行くつもりね。アマーリエは恨めしそうにその背中を見送る。

「中尉殿に聞いたんだが」シュテファン叔父さんが身をかがめて言った。「おまえ、手首を挫《くじ》いたんだってな。見せてみろ」

わたしは手袋をはめた手を振ってみせた。「平気よ、もう治ったわ」

「気をつけるんだぞ。ほら、頼まれ物だ」

叔父さんはわたしの手に小さな包みをのせた。この前お願いしていた縫い針ね。お礼を言って制服のポケットにしまいこむ。お小言がないということは、中尉さま、消えた肖像画の件は叔父さんには言わなかったのかしら。こっそり目をやると、中尉はわたしに片目をつぶってみせた。まあそうよね、犯人がヘンシェルさまだったなんてことを触れまわるわけにはいかないもの。

わたしは叔父さんの腕に手をおいた。

「お散歩に行きましょう。森の中に〈お祖母さんの家の跡〉というのがあるの。赤ずきんちゃんのお祖母さんが住んでいた場所なんですって。わたしが案内するわ」

アマーリエが半分ひとりごとのように言った。

「あたくしたちもご一緒しようかしら」二人きりにしないで！　と目が訴えかけている。

「そうね、そうなさいよ。大勢のほうが楽しいわ」

2

あとでミュラー先生と追いかけるかもしれないという中尉と別れ、緑の匂い立つ森に入っていった。会話の中心はヒルデブラント少尉だ。オペラ好きらしく、舞台の話が次々に出てくる。叔父さんにはそちらのほうの趣味はないし、アマーリエは「まあ」とか「そうですの」としか言わないので、わたしがせっせと受け答えをすることになった。

もうすぐ始まる春の大演習のことに話題は移った。ザクセン軍団の大半が参加する一大イベントだ。国王陛下ご臨席の場で、模擬戦闘を行うんですって。もちろん軍医としてシュテファン叔父さんも参加する。

「始まったら半月ほど会いにこられないが……」

「かまわなくってよ。お仕事のほうが大事ですもの」

ヒルデブラント少尉はため息をついた。

「今年もまた騎兵隊の連中が見せ場をかっさらっていくんだろうな。ああ、いや、愚痴《ぐち》めいたことをお聞かせして申し訳ない。歩兵連隊は捨て駒にされることが多いのでね」

わかってますわというふうに、アマーリエはかすかにうなずいた。ふうん、ザクセン軍団といっても、中ではいろいろあるのね。

〈お祖母さんの家の跡〉に着いた。ナラの木の洞《うろ》をのぞいたあと、石に腰かけて一休みする。この前来たときとは違う目で、わたしは小さな草地を見まわした。ドルトヒェンの言うとおりなら、ここに住んでいたのはかよわい老女ではなく、ナラの木を祀《まつ》り、狼《おおかみ》を神と崇める古代ゲルマンの巫女《みこ》だったのね。狼の皮をかぶった戦士が木蔭にひそんでいるような気がして、わたしは一人にっこりした。

「ヘンシェル女学校には謎の文書が伝わっているそうですね」

ヒルデブラント少尉の声が耳に入ってきて、現実に引き戻される。

「なんだ、それは？」

訝《いぶか》しそうなシュテファン叔父さんに月光文書のことを説明した。ルンペルシュテイルツヒェンという画家の言葉を書きとめたものであること、校長先生の叔父さまのヘンシェルさまが熱心に探してらっしゃること。

「ほう、そういう方がいらっしゃるのですか」

「少尉さまもご興味がおありですの？」

「当然です。わが国が、いつ、どこと戦争をするかわかっていれば、早めに準備ができますからね。そういう文書があれば、ぜひ手に入れたいですよ」

男の人ってすぐ戦争のことを考えるのね。軍人さんだから仕方ないのかもしれないけれど、戦争が起こらないよう努力するというふうにはできないのかしら。

「何年にどこそこと開戦なんて、そこまで親切に書いているわけはないだろう」シュテファン叔父さんは懐疑的だ。

「だがナポレオンのことは予言していたというぜ」

「どうとでもとれる曖昧《あいまい》な表現で書いているだけさ。あとからいくらでもこじつけの解釈はできる」

わたしも内心叔父さんに賛成だったが、口にするのはやめておいた。アマーリエが吐息をつくと、ヒルデブラント少尉はあわてたように言った。

「お疲れですか、フォン・エーバーライン嬢」

「はい、少し……」

「そろそろ帰りましょう。ご婦人方には遠出だったかもしれませんね」

ヒルデブラント少尉の腕にすがってアマーリエは立ちあがる。少尉さまはいつになったらアマーリエと名前で呼ぶようになるのだろう。

草地を出たところで靴紐がゆるんでいるのに気がついた。「先に行ってて」とシュテファン叔父さんに言い、身をかがめて素早く結び直す。

足もとに霧が流れてきて、わたしははっと顔をあげた。かがみこんでいた三十秒ほどの間に、森の中は様変わりしていた。白い霧が立ちこめ、木々はぼんやりした黒いシルエットとなっている。

「叔父さん、シュテファン叔父さん！」

呼んでも返事がない。さっきまでそこにいたはずなのに。

「シュテファン叔父さん！」

冷たい恐怖を覚え、立ちあがったわたしは声のかぎり叫んだ。霧はどんどん濃さを増し、髪も服もたちまちのうちにじっとり濡れてきた。霧の小さな粒を呼吸している気分になる。

「叔父さん、どこ？　アマーリエ、少尉さま！」

少し先で霧が渦巻き、ひらひら狼が姿を見せた。足を開き、腰を落とす。お腹の部分を蹴飛ばせば、こいつ引っ繰り返るんじゃないかしら。ひらひら狼は危険を察知したのか、わたしの足先が届かないところで歩みをとめ、うやうやしく言った。

「お迎えにまいりました。わが主《あるじ》がお待ちです。どうぞこちらへおいでください」

皮だけの狼がしゃべっている！　ドイツ語、それもザクセン訛りのドイツ語で。この間見た夢のとおりだ。

「あなたのご主人って誰？」

夢の中で言ったままの答えをわたしは返す。ひらひら狼はちょっと困ったような顔をした。黄緑色の目はガラスではない、生きて動く本物の目だ。

「あなたさまもご存じのお方ですよ。〈森の王〉クルトさまでらっしゃいます」

「それは……無法者の頭領の……」

拒否するという選択肢はなさそうだ。引きずっていかれるよりは自分の足で歩いたほうがいい。

「わかりました。案内してちょうだい」

「ではこちらへ。おっと、忘れるところでした。先にこれをお召しください」

ひらひら狼が器用に前脚で差しだしたのは、赤いベルベットのケープだった。ちゃんとずきんもついている。言われるまま肩に羽織ると、いったん持ちあがった灰色のしっぽがだらんと垂れさがった。

「はあ、見事なくらい似合ってませんなあ」

「だったらこんなもの着せないでよ」

「なんと申しますか、この格好は森を歩くときのお約束というやつで。ずきんもどうぞ。お帽子はお取りになったほうがよろしいかと」

赤ずきんの格好になったわたしは、ひらひら狼に半歩遅れ、帽子を手に森の中を進んでいった。どうやらこれは夢ではないみたい。霧は物音を吸いこんで流れていく。獣道らしきところをたどり、くるぶしがすっかり冷えたころ、大小の岩が転がる草地に出た。

「ようよう帰ってきたか、赤ずきん、いや、ロッテ」

霧の奥から声がした。ぼんやりと人の輪郭《りんかく》らしきものが見えるが、目鼻立ちははっきりしない。わたしは人影をにらみつけた。

「あなたが〈森の王〉ですの？　わたしのことなれなれしく呼ばないでください」

この前はここで目が覚めたが、今日は続きがある。霧の奥から流れてきたのは、くっくという笑い声。

「だが、そう名乗ったのはそなたであったぞ。覚えておらぬか、あの夏の日のことを。そなたはわが椀から水を飲み、わが森の木苺《きいちご》を食べた。思いだしたであろう」

覚えてはいるけれど、あれは夢。ううん、もしかすると……。

──ミュラー先生、わたくし、あの日のことがどうも腑に落ちないんですの。霧が出て道に迷ったとロッテさんは言いましたでしょう。

──あのあと気になることを言ってましたよね。泉のそばで男の人に声をかけられたとか、狼に会ったとか。

狼ではなく、狼の手を持つ男に会ったのだとしたら？　ロッテお祖母さまが経験したことをわたしは夢の中でたどっていたのかしら。おほん、とひらひら狼が咳払いした。

「あー、わが殿、こちらのお嬢さんはシャルロッテ・グリューンベルク嬢であります。シャルロッテ・ヴィルト嬢のお孫さんです」

霧の中から猟師のような格好の大男が姿を現した。身長も横幅もシュテファン叔父さんより大きいだろう。頭のついた狼の皮を目深にかぶっているので、大きな鷲鼻と長く垂れた耳たぶ、金茶色の髭に覆われた顔の下半分しか見えない。手はどうなっているかしら。袖口からのぞく手の先には、ちゃんと人間の指が五本あった。ひらひら狼は男の前で身を低くした。

「ご記憶ではございませんか？　ヴィルト嬢はすでに亡くなっておいでです」

「赤ずきんが、また死んだ」妙にざらついた声でクルト（あるいはクルトの幽霊？）は言った。

「だが……そうか、だからそなたをかわりに寄越したのだな。同じ緑の目をしていて、名前も同じだ。早速婚礼をあげよう。そなたは今夜から森の女王だ。そなたに似合う冠を作らせよう。ドレスはむろん緑だな」

わたしは大きく息を吸いこんだ。

「勝手に話を進めないでよ！　お祖母さまはちゃんと断ったはずよ。わたしだってお断り！」

夢の中で「ナイン！」と叫んだことを覚えている。クルトは再びくっくっと笑った。

「そなたに拒む権利はない。契約はすでに交わされた。そなたの祖母は、わたしの勧めた木苺を食べたのだからな」

「それがどうだっての？」

「ペルセポネーは四粒の石榴《ざくろ》の汁をすすり、冥界《めいかい》の王ハーデースの妻となった。それと同じだ」

「そんな無茶な。あの木苺にそんな意味があるなんて、お祖母さまは知らなかったわ」

「ペルセポネーも石榴にこめられた意味を知らなかったが、運命を甘受した」

「卑怯な！」

「わたしは無理矢理木苺を口に押しこんだわけではない。そなたの祖母は自分から手を伸ばしたのだ。あれは神聖な契約だった。それなのに彼女は約束を果たさなかった。ならばその償いは孫娘のそなたがすべきであろう」

「冗談じゃないわ！」

「契約を破ったのはよくない。そなたもそう思うだろう」

そんないいかげんな理屈ってあるもんですか。考えるのよ、ロッテ！　女学校に行ってるのは何のためなの？　頭を使いなさい。

わたしは狼の皮をかぶったクルトをにらみつける。〈森の王〉だなんてひどい名前。ドルトヒェンの話に出てきた王にして神という存在みたいじゃない。自分でもそのつもりでいるのかしら。あの晩ドルトヒェンはなんと言っていた？

——王が老いて力が衰えてくると、その土地の力も衰えてくる。そういうとき人々はどうするか？　老いた王を殺して新しい王を立てるんだ。若者が王に挑戦し、勝てば新たな王となる。

——この風習が実際にあったことの証拠もある。クルトは前の頭領を倒して自分が頭領になった。これはいうなれば王殺しだ。

わたしは背筋を伸ばし、ゆっくりと言葉を押しだした。

「いくつか確認させて。〈森の王〉というのは、一種の称号よね。それは世襲制？　それとも誰かが王に戦いを挑んで勝てば、その称号を受けつぐことができるの？」

クルトより先に答えたのはひらひら狼だった。

「後者です。挑戦者が現れたら、王は戦わねばなりません」

「お祖母さまと結婚の契約を交わしたのは、この人個人？　それとも〈森の王〉としてのこの人？」

「どのみち同じことだ。なぜそんなことにこだわる？」

悠然と言ったクルトをわたしはぐいとにらみすえた。

「お祖母さまが結婚の契約を交わした相手は〈森の王〉、それでいいわね？」

「ああ、そうだ」

「だったら、〈森の王〉の座をかけて、わたしはあなたに挑戦する。わたしが〈森の王〉になれば、わたしがわたしと結婚するのは不可能だから、その契約は自動的に消滅する」

3

ひらひら狼《おおかみ》が耳をぴんと立て、そろそろと身を起こした。後ずさりして木の後ろに這いこみ、姿を消す。狼の頭の下で、クルトはぽかんと口を開けた。あの口の中にフランス風の長いパンを突っこんでやりたいと思ったが、数秒で相手は体勢を立て直した。

「馬鹿な！　女子《おなご》が〈森の王〉になるなど、聞いたこともない」

クルトが哄笑《こうしょう》すると、追随するように霧の奥で笑い声が起こった。白い霧を透かして七つ八つ影がうごめく。ひらひら狼のほかにも手下がいるのかしら。

「どうしてなれないのよ。恐れながら、皇帝陛下のお祖母さまは英国のヴィクトリア女王であらせられるわ」

「それとこれとは話が別だ」

「そういうのはわたしに勝ってから言うのね」

クルトは濃い髭の中でくちびるをゆがめた。

「ふん……そなたといると退屈せぬ人生が送れそうだ。得物は何だ？　そなたの細腕で剣が扱えるかな。女子にでも扱える拳銃を使うか？」

「そうね、ここは女らしくいきましょう。縫い針はどうかしら」わたしはポケットに手を入れ、針の包みを握りしめた。いざとなればこれを使って……。

「縫い針だと！」クルトは再び大笑いした。「お針の技を競うとでもいうのか？　いや、駄目だ、そなたの挑戦は受けられぬ」

「ならばわたしの挑戦はどうです？」

霧の奥から飄々《ひょうひょう》とした声が聞こえてきた。ひらひら狼に先導され、現れたのはウーラント中尉。ほとんど軽やかといいたくなるような足取りで、わたしの傍《かたわ》らにやってくる。

「何者だ、そなた？」

「彼女の保護者……というのとも違うな。保護者の代理のようなものです」

〈森の王〉は中尉を上から下まで眺めまわし、嫌な笑みを浮かべた。

「相手にとって不足はない。よかろう。そなたの挑戦を受けることにしよう」

霧の中からどっと歓声があがる。中尉は状況をどこまで把握しているのだろう。視線をとらえたら、眠そうな目をわずかに見開き、うなずき返してくれた。それだけでふっと心が軽くなる。

「得物は？」

クルトの問いかけに中尉は短く答えた。

「サーベルを」

霧の中から部下らしき男たちが、わずかに反りの入ったサーベルを捧げ持ってくる。軽騎兵が持っているようなものだ。まず中尉が、次に〈森の王〉が一振り取った。

「一対一の勝負だ。手を出すな」

無造作に言い捨てて、クルトは岩場の中央に歩みでた。周囲にはまだ霧が渦巻いているが、岩場の中は霧が薄くなり、ほの明るくなる。

「お嬢さまはこちらへ」

ひらひら狼に言われ、岩場のはずれに四、五本生えている木の下に移動する。木蔭に清らかな泉があるのを見て、夢に出てきたのはここだったのだろうと見当をつけた。頭上を見あげてぎょっとする。十頭以上の狼が頭を下にして枝からぶらさがっている。よくよく目を凝らし、どれも皮だけとわかって肩の力を抜いたが、それにしても趣味が悪い。

「あれ全部、あなたみたいにしゃべるの？」

こっそり尋ねると、ひらひら狼は太いしっぽをまっすぐ立てた。

「とんでもない。あれはただの皮にございます。ときどきこうやって虫干ししておるわけでして」

上着を脱いだウーラント中尉はクルトと向かい合う位置に立った。中尉だって決して小柄ではないのに、〈森の王〉と比べるとひとまわり小さく見える。もしかして、とんでもなく無謀なことを押しつけたのではないかと不安になった。

始まりの合図が何だったのか、わたしにはわからなかった。いきなりクルトがサーベルを振りあげ中尉に突進した。中尉は軽く受け流し、間合いを取った。再びクルトが打ちかかる。クルトの力量をはかっているのだと思うのだけれど、中尉は自分から打ちこもうとはしなかった。突かれたら避け、刃が落ちてきたら受け流す。

「逃げるだけか？　意気地なしめ」〈森の王〉が嘲《あざけ》りの矢を放つ。

「膂力《りょりょく》はわが主のほうが上でござるかのう」わたしの傍らでひらひら狼がつぶやいた。

「何言ってるの。馬鹿力なだけでしょ。中尉さま、頑張って！」

ウーラント中尉がサーベルを閃《ひらめ》かせ、さっと引いた。クルトの肩口に血がにじむ。最初の血を流したのは〈森の王〉。

「小癪《こしゃく》な！」

クルトの攻撃が一層激しくなったが、中尉は確実に受け流している。猫、ううん、猫科のもっと大きな獣のようにしなやかな動きだ。剣先が一閃し、今度は〈森の王〉の袖が切り裂かれた。血が飛び散り、サーベルが〈森の王〉の腕から落ちる。

うなりをあげ、クルトは頭にかぶった狼の皮に手をかけた。邪魔にならないように脱ぎ捨てるのかと思ったら、ぐいと深く引きおろし、草の上ででんぐり返りをする。跳ね起きて四つん這いになったとき、そこにいたのは灰色の巨大な狼だった。

人が狼に変身した！　では、これが人狼《じんろう》というものなんだわ。ただ毛皮をかぶって、狼ごっこをするだけじゃなかったのね。ドルトヒェンがいたらきっと興味津々で観察するだろうにと頭の一部で思う。

「ちょっと、あれ反則じゃないの？」

冷静でいられないわたしの残りの部分はひらひら狼を怒鳴りつけたが、間延びした返事が返ってきただけだった。

「どうなんでしょうなあ。サーベルのかわりに違う武器を持ちだしたわけではありませんからなあ」

「爪と牙があるでしょ！」

灰色狼はサーベルをものともせず中尉に飛びかかった。ベストが引き裂かれ、白いシャツの袖に血がにじんでくる。いったん離れた狼は、助走もなしに跳躍すると、中尉の右肩に嚙みついた。一人と一頭はもつれあって草の上、岩の間を転がり、わたしたちのほうにやってくる。

「中尉さま！」

狼から身を引き剝がした中尉は、サーベルを左手に持ちかえたが、明らかに動作に切れがなくなっている。どうすればいい？　わたしが〈森の王〉と結婚すると言えばいいの？

ウーラント中尉はわたしのほうを振り向きもせずに言った。

「グリューンベルク嬢、どうぞゆっくり見物していてください」

突進してきた狼を避けて、中尉はサーベルを突きだしたが、盛りあがった根っこに足を取られ、バランスを崩した。灰色狼は中尉の左手に嚙みついてサーベルをもぎとり、舌なめずりする。尻餅をついた中尉は、狼が前進した分だけ後ずさった。何か投げつけるものはないかとわたしはあたりを見まわした。

「お嬢さま、動いてはなりません」

ひらひら狼は赤いケープの裾を前脚でつかんだ。蹴飛ばしても離れないからケープを脱ぎ捨てる。灰色狼は中尉を見おろし、楽しげに言った。

「どうやって殺してやろうか。喉笛を嚙み切るのは最後だ。簡単に死なせはしない。足の腱を切ってから、指を一本ずつ食いちぎってやろうか。それとも……」

風が吹き、わたしたちの頭上で狼の皮がはためいた。一枚がふわりと舞いあがって中尉のそばに落ちる。全身真っ黒な毛皮だ。中尉の手がその毛皮をつかんだ。武器がわりに灰色狼に叩きつけるつもりだったのかもしれない。灰色狼が身を低くし、中尉は毛皮を握ったまま横ざまに身を投げだした。

そのとき何が起こったのか、あとあと思い返してもよくわからなかった。黒い毛皮は命あるもののように動いて、中尉の体を包みこんだ。中尉は毛皮にくるまった姿で地面を転がり――。

身を起こしたとき、そこにいたのは一頭の黒い狼だった。ひらひらの――ではない、ちゃんと中身も詰まった狼だ。黒い狼はとまどったように頭を振ったが、灰色狼の咆哮《ほうこう》を受け、身がまえた。二頭の狼は木の下でにらみあう。

うなり声と前脚の応酬を何度か繰り返したあと、黒い狼が駆けだした。黒い矢となって草地をまっすぐ駆けていく。わずかに遅れ、灰色狼もダッシュした。黒い狼はごつごつした岩の一つに飛び乗った。灰色狼も跳び、空中から体当たりする。二頭は一緒に草の上を転がって、また離れた。

嚙みついては離れ、組み合っては離れる、何度もそれが繰り返された。どちらも毛皮を血の色に染めている。押さえこまれた黒い狼は、そのまま横に転がった。上下が入れかわり、灰色狼の背中が地面につく。黒い狼は身を引き剝がし、灰色狼よりも一瞬早く体勢を立て直すと、立ちあがろうとした灰色狼に飛びついた。黒い前脚が手のように動いて、灰色狼を投げ飛ばす。

「おおっ！」

ひらひら狼がしっぽを振った。黒い狼はうつぶせに倒れた灰色狼にのしかかり、前脚を相手の首にからみつかせた。

「あの御仁もなかなかやりますな。狼の前脚をあのように動かすのは至難の業でございますが」

「あなたいったいどちらを応援してるのよ？」

首を絞められながらも灰色狼はもがく。黒い狼は全身の体重をかけて灰色狼を押さえこむ。

「降参するか」

黒い狼の喉から中尉の声が出てきた。灰色狼はわずかに足先を動かしてもがき続ける。

「降参するか」

もう一度同じ問いが発せられたが返事はない。

「降参するか」

三度目に問われたとき、灰色狼の抵抗は弱くなっていた。三日月形にふくらんだしっぽが持ちあがり、力なく垂れる。後脚の間にしっぽが入るのをわたしは見た。

ひらひら狼が跳ねあがった。「勝負あり！　挑戦者の勝ちじゃ！」

黒い狼は灰色狼から離れ、草の上に身を投げだした。

「中尉さま！」

わたしは黒い狼に駆け寄った。不思議と恐怖は感じない。漆黒《しっこく》の毛並みは美しかった。木の枝にかかっていたときはただの古びた毛皮だったのに、今は毛先の一本一本までつややかに輝いている。撫でてもいいかしらと手を伸ばしかけたとき、黒い狼は前脚で顔をこすった。狼の頭が肩に落ち、とまどったような中尉の顔が現れる。

「グリューンベルク嬢？　わたしはいったい何をしたんですか？」

ひらひら狼がやってきて、わたしの横から顔を突きだした。

「ものども、見よ、新たな〈森の王〉が誕生した！」

中尉のそばに倒れこんだ灰色狼は、一度大きく痙攣《けいれん》すると動かなくなった。わたしはあっと声をあげた。風が渦を巻き、灰色狼の体はみるみる塵になっていく。塵がすべて吹き飛んだとき、まばゆい光の玉が霧の空へ駆けあがった。ややあって同じような光の玉が岩場のあちこちから浮かびあがった。中の一つが動きだすと、ほかの玉もそれに続く。十数個の光の玉は溶け合って大きな塊となり、最初の玉を追ってまっすぐ飛んでいった。

ひらひら狼の顔が天に向けられた。ウオーウ、ウオーウ、哀切な遠吠えが喉からほとばしる。去っていった王と仲間に別れを告げているのだわ、と思った。

4

ウーラント中尉が再び学校に姿を見せたのは、それから三日後のことだった。応接室に呼ばれていくと、いつもの飄々《ひょうひょう》とした笑顔でミュラー先生の前に座っていた。

「おかげんはおよろしいんですの？　出歩いたりしてもかまわないんですか？」

挨拶もそこそこに尋ねると、中尉はゆったり手を振った。

「もともとかすり傷でしたからね、どうということはありません。ミュラー先生、彼女の叔父上から伝言を預かってきましたので、少し話をさせてもらってもよろしいですか？　グリューンベルク嬢、よろしければ校庭の散歩にお付き合いください」

前庭を行ったり来たりするだけなら、という条件で、二人きりになることができた。ニオイアラセイトウが甘い香りを放つ花壇に沿って歩きながら、わたしは中尉の横顔をうかがう。あんなに血が流れたあとだもの、血色はまだよくないけれど、それにしては足取りは軽やかだ。灰色狼《おおかみ》に嚙みつかれた右肩も普通に動かしている。

「叔父からの伝言というのは何ですの？」

「申し訳ない、あなたとお話しするための方便で、彼の名前を使わせてもらいました」中尉は淡い水色の目でわたしの顔をのぞきこみ、くちびるの端をちょっと持ちあげて笑った。「あれは夢ではなかった——そうでしょう?」

「はい」と短く答え、あの日の続きを思い返す。

ひらひら狼の遠吠えが終わると、徐々に霧は晴れた。ごつごつした岩場の向こうから「おーい、おーい」とシュテファン叔父さんの声がする。わたしは大きく手を振った。

「叔父さん、早く来て! 中尉さまが!」

走ってきた叔父さんは、泉の水で傷口を洗い、止血に取りかかった。

「こいつは獣の咬傷《こうしょう》ですね。何に襲われたんです?」

事情を説明しようとするわたしを目で制し、中尉はさらりと言った。

「狼、いや、野犬に遭遇したのさ」

「こんなところに野犬が?」

「なあに、もう出てくることはない。グリューンベルク嬢、お怪我はありませんか?」

「はい、わたしのほうはまったく……」

ハンカチだけでは足りず、わたしのペチコートを引き裂いて包帯にする。ウーラント中尉は礼儀正しくペチコートの残骸から目をそらした。

「あいたたた、ケルステン、もう少し優しくできないのかい?」

「こういうことはさっさとすませたほうがいいでしょう。ロッテ、もう一本」

わたしがいないのに気づいてから、叔父さんはずっと霧の中を捜しまわっていたという。ヒルデブラント少尉やアマーリエともはぐれてしまい、堂々めぐりをしている気がしながら、それでも歩き続けた。

「妙ですね、この季節に霧とは」

「森ではいろいろなことが起こるのさ」

「はい、終わりました。早いとこドレスデンに戻って狂犬病の注射をしましょう。立てますか？　おぶっていきましょうか？」

「自分で歩けるとも！　いけない、ミュラー先生のことを忘れていた。霧の中ではぐれてしまったんだ。どこかで迷ってないといいんだが……」

岩場をあとにし、学校に向かって歩きだしたら、まもなくミュラー先生に会うことができた。中尉とはぐれたのがわかると、そこは年の功、木の根に腰をおろして休んでいたのだった。

「お互いに捜しまわるより、じっとしていたほうがいいと思ったんですよ。まあ、ヘルマン、怪我をしたの？」

「岩場で滑り落ちてしまいまして」中尉は上着をしっかり身に巻きつけて答え、シュテファン叔父さんの足を蹴飛ばした。

学校に帰り着くと、叔父さんはすぐさま馬車を呼び、自分は大丈夫と主張する中尉を軍病院に連れていった。

「もう、ロッテったら、いったいどこに行ってたの？」

アマーリエがぷんぷんしながらヒルデブラント少尉と一緒に帰ってきたのは、そのすぐあとのこと。わたしは先生たちに根掘り葉掘り尋ねられたが、中尉にこっそり指示されたとおり、「岩場で足を踏みはずしてしまわれましたの」と繰り返した。

「あの日、森に入ると、半時間もしないうちに濃い霧が出てきました。ミュラー先生の腕を放した覚えはなかったのに、気がつくと一人で森を歩いていた。足をとめると、背後から追い立てるような気配がする。ははあ、これはどこかへ行かせたがっているのだなと思って進んでいったら、あの皮だけの狼が出てきたのですよ」

「ひらひら狼が？」

「狼のくせに人語を操って、あなたが危ないからすぐ来てくれろと言う。岩場のそばまで来ると、あなたの声が聞こえてきました」

「それでちょうどいいときにおいでくださったんですのね」

「あいつは日曜日の晩も病院に現れましたよ。ここらの歴史をひとくさり語り、忘れ物だと言って例の黒い毛皮を置いていきました。夢うつつでかぶって寝たのですが、そのせいかどうか傷の治りが早くてね、ケルステンにあれこれ訊かれる前に病院を出てきました」

わたしはまっすぐ中尉を見あげた。

「ひらひら狼はわたしのところにも現れましたの。昨夜のことでしたわ」

「ロッテさま、ロッテさま」

昨夜は肩を揺すぶられて目が覚めたのだった。またリースヒェンが夢歩きをしたの？　と飛び起きたら、寝台の横に座っていたのはひらひら狼だった。思い切りにらみつける。

「なんでここにいるのよ。乙女の寝室に入ってこないでよ」

「失礼いたしました、お届け物がございましたので」

ひらひら狼は足もとから何かをくわえ、わたしの前に突きだした。

「なあに？　この間の赤いケープ？」

「いえ、あれはとことんお似合いになりませんでしたので、こちらのほうがよろしいかと」

広げてみると、まるまる一頭分の狼の毛皮だった。頭からしっぽまでちゃんとあり、灰色というより銀色と呼びたいようなつややかな色合いをしている。

「なんでこんなものをわたしに？」

「今夜は冷えますから、毛布がわりにお使いくだされればよろしいかと。先日のお働きはお見事でございました。わが主《あるじ》もこれで天に召されたことでございましょう」

「無法者の頭領クルトね。それともクルトの幽霊というべきかしら」

「肉体が滅びたのち、妄執だけが残って人の姿をとったものでございます。どう呼ぶのがもっともふさわしいか、それがしにはわかりかねます」

ひらひら狼は人間そっくりのため息をついた。

「無法者とおっしゃいましたが、それは町に住む人間から見た場合でございまして。われらの中には、確かに追い剝ぎもおりました。家畜泥棒もおりました。ですが大部分は、ごくまっとうな者たちでありました。木樵《きこり》、鉱石掘り、炭焼き、猟師など、森に住み、森から生活の糧を得ていた者たちでございました」

「猟師も？」

「さよう。わが主も猟師を生業としておりました。はるか昔のことではございますが」

眠たい頭の一部が高速で動きだす。クルトの正体ってもしや……。そう、そうかもしれない。結婚式の日、クルトは花婿の猟師さんを殺し、赤ずきんをさらったことになっている。だけどそのすぐあと自分も殺されるのよね。最終的に赤ずきんと狼の皮を手に入れたのは殿さまだ。勝者は自分に都合のいいよう歴史を書きかえることができる……。

ひらひら狼はゆっくり語り続ける。

「町や村に住む者からすれば、森に住む民は自分たちとは異なる存在に見えたことでしょう。ときに異端者と呼ばれることもありました」

「キリスト教徒ではなかったの？」

「洗礼は受けておりましたとも。ですが同時に古き神々を崇めておりました」

「古代ゲルマンの神々？」

「おう、ご存じでいらっしゃいますか」

「その人たちはどうなったの？」

「戦に敗れ、ちりぢりとなりました。今は古き神や女神を崇める者はおりません。老いたるナラの木を守る者も」

「ナラの木？　あの大きな洞《うろ》のあるナラの木のこと？　あの木の洞が精霊の国に通じているって本当なの？」

「信じる信じないはロッテさまにおまかせします。そういえばグリム兄弟が、似たようなことを書き残しておりましたな。どこやらの井戸の底には不思議なご婦人の家があるとか」

「ホレおばさんのことね」洞の底と井戸の底、いわれてみれば確かに似ている。

「そうそう、そんな名前でございました。ところで一つ確認をさせていただきたいのですが、新たな〈森の王〉にはどなたがおなりになったので？」

「はい？　それは中尉さまでしょ」

「中尉殿は違うことをおっしゃっておいでしたが、まあそこはよくお二方でご相談ください。さて、夜も更けました。それではそろそろ失礼を」

まわれ右したひらひら狼の背中にわたしは問いかけた。

「あなたはクルトと一緒に行かなくてよかったの？」

「……わが主とそれがしの道は、ずっと前に分かれております」

「そう。あと一つ訊きたいことがあるんだけれど、あの筋書きを作ったのはあなたなの？」

5

ひらひら狼は振り返った。闇の中で両眼が鬼火のように蒼く光る。

「はて、筋書きとは何のことでございますかな」

「ごまかさないでよ。ちょうどいいときに中尉さまを引っ張ってきたのもあなたなら、狼の毛皮を虫干ししていたのもあなたでしょ。クルトが解放されるには、〈森の王〉の地位を誰かに譲る、というか押しつける必要があったんだわ。そうでしょう?」

「わが主は安息を手に入れ、森は新たな王を迎える。何か不都合なことでも?」

「わたしは怒ってるの。なんで中尉さまをあんな危険な目に遭わせたのよ」

灰色のしっぽがぱたんと振られた。

「わが主の妄執を晴らすには、赤ずきんさまと結ばれるという方法もあったのですが」

「わたしは赤ずきんじゃないわよ」

「花嫁候補にそうおっしゃられると、やはりあの方法でいくしかないわけで……それにこう申してはなんですが、中尉殿はちゃんと勝利なすったではありませんか」

「そういう問題じゃないでしょう。あなたいったい誰の味方なの?」

「それがしは、しがない皮だけの狼です。怖い奥方にこき使われる身……いえいえ、なんでもありません。お休み中に失礼いたしました」

お腹の毛皮をそよがせながら、ひらひら狼は扉を開けて去っていった。怖い奥方って大きくなった赤ずきんのことかしら。赤ずきんの霊が天上から狼をこき使ってるの？　銀色の毛皮をしまわなくちゃと思ったが、戸棚のところまで行くのも億劫で、布団の下に入れ、そのまま眠ってしまった。


「朝起きたら、毛皮はなくなっていました。同じ部屋の子が取っていくわけはなし、きっと夢だろうと思っていたのですけれど」

「夢とは思えませんね。ひらひら狼のようにどこかへ歩いていったのではありませんか？」

「きっとそうですわね。また気が向けば向こうから出てくることでしょう」

ひらひら狼は何もかも語ってくれたわけではない。こんな想像をしたんですの、と言葉を選びながら中尉さまにお話しする。赤ずきんに執心したのは、無法者の頭領クルトではなく、殿さまだったのではないか。殿さまはクルトが花婿の猟師さんを殺めたという話をでっちあげた……。

「でも、クルトに猟師さんを殺せたはずはないんです。なぜならば……」

「二人は同一人物だったから」

わたしたちは目を見交わした。では中尉さまも同じ結論にたどりついていたのね。わたしはニオイアラセイトウの黄色い花々に目を落とした。

「この想像が正しければ、赤ずきんは花婿さんを殺した男の側室になったことになりますのね」

その点を考えると暗い気分になる。中尉は短い顎鬚《あごひげ》を撫でた。

「グリューンベルク嬢は、クルトのあの耳と鼻にお気づきになりませんでしたか?」

「耳と鼻……ですか? 大きな耳たぶだとは思いましたけれど」

「鼻のほうはいわゆる鷲鼻というやつだったでしょう。前にここで肖像画を見たことがあるのですが、モルゲンシュテルン男爵も大きな耳たぶと見事な鷲鼻の持ち主ではありませんでしたか?」

「まあ! 中尉さまのおっしゃりたいのは……」

「母親というものは、お腹の子どもを守るためなら、手段を選ばず行動するそうですね」

何代も経て、耳たぶの形、鼻の形が伝わるかどうかはわからない。でももしそうだったら……。

「一つおうかがいしてもかまいませんこと? 狼になったときのご気分はいかがでした?」

はしたないとは思いつつも、浮き立つ気持ちを抑えられずにお尋ねする。

「残念ながら、そこまではっきりとは覚えていないのですよ。四つ脚になっても違和感は特になく、世界が急に広がった感じを受けました。たぶん嗅覚が一気に犬並みになったからでしょう。見なくてもどこに誰がいるか、ちゃんとわかりました。人間に戻ったときのほうが、窮屈《きゅうくつ》な体に押しこまれたようで、一瞬とまどいましたね」

「まあ、そうですの……」

「わたしのことが怖くないのですか？　人狼《じんろう》といえば悪魔の眷属《けんぞく》に決まっていますよ」

わたしはちょっと考えた。ちょっとだけだ。答えはすぐに出た。

「中尉さまは中尉さまですわ。たとえどんなお姿になりになっても」

それに、わたしを助けるためにこうなってしまわれたんだもの。これから先、何があろうと、わたしだけは中尉さまの味方でいないといけない。そこでわたしは確認しておくべきことを思いだした。

「あの、〈森の王〉には誰がなったのかとひらひら狼に訊かれたのですけれど」

淡い水色の目が面白そうにわたしを見おろした。「あなたでしょう」

「どうしてですの？　クルトを屈伏させたのは中尉さまでしょう」

「わたしはあなたの代理で戦っただけですよ」澄ました顔で中尉は言う。「まあ今すぐ決めなくてもいいではありませんか。ところで、わたしからも一つ質問なのですが、わたしが無法者の岩場に着いたとき、あなたは縫い針であの男と戦おうとしていましたよね。あれはどこまで本気だったんですか？　まさか早縫い競争を挑むつもりだったとか？」

わたしは頬が赤くなるのを覚えた。そうだと言ってしまおうかしら。中尉の手が伸びてきて、そっとわたしの肘をつかんだ。

「正直におっしゃってください。わたしたちの間で隠しごとはなしにしましょう。一緒に階段を滑り落ちた仲じゃありませんか」

嫌な中尉さま。顔がさらに赤くなる。あのときのことを持ちだすなんて、

「ではお話しいたしますけれど……あの日、ちょうどわたし、叔父に頼んで買ってきてもらった針を一包み持っていたんですの。それで、あのう、お裁縫の時間に先生がおっしゃっていたんですけれど、針がうっかり手や足に刺さって、万が一血管の中に入ってしまうと、めぐりめぐって心臓に達して、命を落とすことがあるそうなんですの」

「それを？ それをあいつに仕掛けようとしたんですか？」

「はい。だって、ほかに何も思いつかなかったんですもの。今考えると、もう亡くなっている相手には効かなかったかもしれませんけれど」

中尉はいきなりうずくまった。右肩を押さえてひいひいと言う。わたしはあわてて隣にしゃがみこんだ。

「傷口が痛みますの？ お部屋に入りましょう。お医者さまをお呼びしましょうか？」

「いや、肩は平気です。素晴らしい、縫い針でクルトと渡り合うなんて、あなたは最高だ」

窓の中からミュラー先生がわたしたちのほうを見ている。もう、中尉さまったら、そんなに大笑いなさらなくってもいいじゃない。

第七章　月光文書とマイセンと

1

その翌朝、校舎に入ったわたしたちは、二階の裁縫室に集められた。作業台の上には古着が何十枚も積んである。もしかすると百枚以上かも。お裁縫のシュタイフ先生が古着の山に手を振って言った。

「キルシュバウムの孤児院から、至急襁褓《むつき》を縫ってほしいと依頼がきました。要領はわかっていますね。丁寧《ていねい》にほどき、極力無駄が出ないよう、よく考えて裁つのですよ。今日の放課後までに一人五枚仕上げてください」

わたしたちは早速作業に取りかかった。ここに届けられた服は孤児院に寄付されたもの。はっきりいえばそのままでは着られそうにないものばかりだ。強く引っ張ったら破れそうな古着を握って、わたしたちは思い思いの場所に陣取った。一針一針縫い目をほどいてから鋏《はさみ》を入れ、傷んでいない部分を縫い合わせて襁褓の形に仕上げていく。縫い目がごろごろしないよう、縫い合わせる場所も考えないといけない。

「拷問だ、わたしに一日中裁縫をしろだなんて」針で突いた指を吸い、ドルトヒェンがこぼした。

「適当にやっとけばいいわよ。ドルトヒェンの分くらい、わたしとアマーリエで縫いあげられるわ」

女学校で学ぶべきは助け合いの精神。先生が出ていくとおしゃべりの花が咲く。お天気のいい五月の朝、みんなでのんびり針を動かすのは、本を読む次に楽しいことじゃないかしら。ベルタとクララは小さい子たちを集めてやり方を教えている。ギゼラに振りまわされていないときは、クララもお姉さんらしく振る舞うことができるのだ。

「誰か来たわよ」

窓際からギゼラの声がした。立っていって外をのぞくと、若い男の人が坂を駆けのぼってくるところだった。その人が門番小屋に飛びこむと、入れかわりに今度はヨハンおじさんが校舎のほうへ駆けてくる。

「何か緊急の知らせかな」ドルトヒェンも窓枠に手をおいて身を乗りだした。

わたしたちが窓の外を注視していると、まもなく帽子をかぶった校長先生がヨハンおじさんと一緒に出てきた。早口で何か言いつけ、門番小屋で待っていた男の人を従えて坂をくだっていく。

「何かしら。きっとすごい事件が起こったのね」ギゼラがわくわくした調子で言い、胸の前で手を組み合わせた。

昼食の時間になっても校長先生は帰ってこなかった。からっぽの席を見ながら、わたしたちはかわりばえのしない食事をとる。居並ぶ先生たちの表情をうかがうだけでは、何があったのか見当もつかない。

詳しいことがわかったのは、午後遅くになってからだった。ギゼラとリゼッテが厨房《ちゅうぼう》のおばさんたちから聞いてきたのだ。

――昨夜ホテルに帰る途中、ヘンシェルさまが二人組の強盗に襲われた。通りがかりの青年に運よく助けられたが、犯人は逃走、ヘンシェルさまも川に落ちて大怪我を負った。昏睡《こんすい》状態に陥っていて、お命が危ないらしい……。

夕食のあと、ゾフィーさまお付きのマルテルさんからもう少し確かな情報を聞くことができた。ヘンシェルさまの怪我はすり傷ばかりでたいしたことはない。校長先生がつきっきりで看病しているのは、川に落ちて風邪を引きこんだから、というのだった。

ヘンシェルさまと次にお会いできたのはその週末のことだった。フランス語の本を探しに図書室に行ったら、ちょうどいらっしゃったの。わたしたちを見て、「やあ君たち！」と手を振ってくれる。少しやつれたように見えたが、お声は元気いっぱいだった。向かいの席にはウーラント中尉が座っている。お見舞にこられたのかしら。

「ヘンシェルさま、おかげんはいかがですの？」

「お風邪のほうはもうおよろしいんですの？」

わたしたちが口々に言うと、ヘンシェルさまは団栗《どんぐり》を見つけた栗鼠《りす》のようににっこりした。

「なあに、このくらいたいしたことないよ」ほかに誰もいない図書室の中を見まわし、「アネッテがすっかり優しくなってね」と小声で付け加える。

「まったく災難でしたな」

安楽椅子に身を預けて、ウーラント中尉はにやにやする。あまり同情しているふうではない。

ヘンシェルさまはふんと鼻を鳴らした。

「まったく、憲兵と名乗るのなら、あの強盗をさっさと捕まえてもらいたいもんだ」

「鋭意捜索中です」

「強盗に遭ったというのは、じゃあ本当だったんですか？」

ドルトヒェンが黒い目をきらめかせると、ヘンシェルさまは嬉々として語りはじめた。

「いやあ、本当に、あんな経験はなかなかできるもんじゃないよ。夕食をとりに外へ出て、そのあと軽く一杯やって帰ろうとしたら、川沿いの道に出たところで、いきなり裏道に引きずりこまれてね」

ヘンシェルさまを壁に押しつけたのは熊の親戚のような髭面の大男。もう一人、左の耳たぶがちぎれたプラチナブロンドの髪の小男もいた。「騒ぐな、声を出すな」と抜き身の短刀でヘンシェルさまの頬を叩いたのはその小男のほう。ヘンシェルさまが何度もうなずくと、小男はヘンシェルさまのポケットを探り、紙入れを引っ張りだした。中をあらため、ふんという顔をする。

「金目のもの、出せ、全部」

外国訛りでしゃべる小男は、ヘンシェルさまの上着の隠しから懐中時計を抜き取った。

「その時計は親父の形見だからやめてくれと言おうとしたんだが、舌がもつれて言葉が出てこない。小男は熊男に命じた。しけたやつだ、身ぐるみ剝いで川に放りこめ、とね。ああ、僕の人生もこれで終わりか、月光文書を見つけられないまま死ぬんだと目をつむったとき……」

――おい、貴様ら何をしている？

涼やかな声がして、続いて起こったのは殴り合いの音。

「うっすら目を開けると、金髪の若者が、熊男の腹にこぶしを叩きこんだところだった。若者は次に耳たぶのちぎれた小男に向き直った。小男が短刀をかまえて飛びだすと、若者はその腕をつかんで短刀を叩き落とす。ほれぼれするような早業だったよ」

裏道から飛びだした二人を若者は追い、ヘンシェルさまもそのあとを追った。

「時計を返せ、と小男に飛びついたんだが、投げ飛ばされて川に落ちてしまい……残念ながら時計は取り返せなかったが、金髪の若者がすぐ引きあげてくれて、ついでにホテルまで送ってくれた。いい人だったよ」

「颯爽《さっそう》と登場したその男は誰だと思います？　みなさんもご存じの人物ですよ」

中尉の言葉に、わたしたちは顔を見合わせた。

「中尉さまじゃございませんことよね」若者じゃないけど、と思いはしたが、念のため確認する。

「もしや、ヒルデブラント少尉ですか？」

ドルトヒェンが言えば、アマーリエがわずかに目を見開く。ヘンシェルさまはにこにこと言った。

「そうだよ、フォン・ヒルデブラント少尉だ。フォン・エーバーライン嬢のお知り合いだとこの中尉殿に聞かされて、びっくりしたところだよ。実に好青年だね。一緒に一杯やって意気投合した。今どきの若者には珍しく、月光文書の話を熱心に聞いてくれたよ」

「はあ」アマーリエは居心地悪そうな表情になる。婚約者の活躍を素直に喜んでもいいのにね。

「僕はね、あの二人組はただの強盗ではなかったと考えている。あいつらはロシアのスパイだよ。言葉にロシア訛りがあった。僕はロシア語はけっこうわかるんだよ。前に透きとおるような肌のロシア美人と交際したことがあって……いやいや、それはまあいいとして、とにかくあの連中も月光文書を探していて、それで僕の紙入れを奪っていったのさ。何か手がかりがないかと思ってね」

「なぜロシアのスパイが月光文書を欲しがりますの？」訝《いぶか》しげにアマーリエが尋ねる。

「月光文書にはドイツとロシアの戦争のことが出ているからさ。僕がもう少しで見つけそうだということが、連中の耳にも入ったんだろう。それで焦って僕を襲ったんだ」

二人組のロシア人……不審な外国人。ウーラント中尉はそらっとぼけた顔で金色の顎鬚《あごひげ》を撫でている。前に中尉さまがおっしゃっていたのはその二人のことじゃないの？　階段に脂を塗って、ゾフィーさまを危険な目に遭わせたのもその人たち？　でも、だからといって、ヘンシエルさままで襲撃したりするかしら。

腕組みをしかけたドルトヒェンは、殿方の前だと気づいたのだろう、あわててほどき、姿勢を正した。

「確率的にはただの物盗りである可能性のほうが高いと思いますけどね。でなければマイセンのテーブルウェアを狙う泥棒の一味とか。月光文書よりマイセンのほうが高く売れるでしょう」

「マイセンのテーブルウェアが本当に存在するかどうかは疑わしい」

ヘンシェルさまの発言に、わたしたちはえっと声をあげた。ウーラント中尉もこれは初耳だったようだ。

「それはどういうことですか、ヘンシェルさん」

「僕はキルシュバウムのお年寄りに話を聞いてまわったんですよ。マイセンのテーブルウェアが隠されているという話が出てきたのはわりと最近、はっきりいえば、うちの父がここを買い取って学校にしてからです。それまでは、単にマイセンの皿が数枚隠されているという話だった。こう言っちゃなんだが、女の子たちがおしゃべりに興じる中で、どんどん話がふくれあがったんじゃないかな」

アマーリエが両手で頬をはさむ。

「がっかりですわ。古いマイセンのテーブルウェア、この目で見たかったんですけれど」

「かといって根も葉もない話というわけでもないんだよ。四代目男爵がマイセン窯《がま》に複数回にわたって注文を出した記録は確かにあるし、そのとき作らせたという皿も男爵家に残っている。ただし、支払った額に比べて皿の数が少ないんじゃないかと言う人がいてね、そこから消えたマイセンの皿という言い伝えが生まれたのだろうと僕は考えている。まあでも、皿の数が少ないのはいくらでも理由はつけられる。割れた、盗まれた、おおっぴらにできない相手に贈った……」

「この校舎のどこかに眠っていると考えるほうがロマンチックですわ」アマーリエは譲らない。

「そういうもんかねえ。僕は月光文書のほうに、より心を惹かれるがねえ」

「運がよければ、同じところに隠されているかもしれませんね」とドルトヒェン。

「うん、だったらいいね。僕は当代のモルゲンシュテルン男爵にかけあって、昔の図面を写させてもらったんだよ。一寸刻みで校舎を調べていけば、きっとおかしなところが出てくる。そこに隠し部屋があるんじゃないかとにらんでいるんだ」

ヘンシェルさまが広げた城館の図面を全員でのぞきこむ。階段の位置は今も昔も変わらない。三階の舞踏室（昔は客間として使われていたらしい）は、この図面でも楕円形になっている。ふうん、最初に建てられたときは、ぼんぼんぼんと部屋が並んでいるだけで、廊下なんかなかったのね。いちばん奥の部屋に行くには、間の部屋を三つも四つも突っ切っていかないといけなかったんだわ。これはこれで興味深かったが、どこに隠し部屋があるものやら、わたしには見当もつかなかった。

「これは庭園の図面ですか？」ドルトヒェンが別の紙を取りあげた。「モルゲンシュテルン男爵も、庭園にはあまりエネルギーを注がなかったようですね。噴水もなければ数学的完璧さでもって刈りこまれた樹木もない。おや、これは……やっぱりそうだ、あの池だ。昔は男爵家の敷地の中にあったんですね」

「ザリガニの？」

と言いかけ、わたしは口もとを押さえた。わたしたち、表向きはあの池のこと知らないはずなんだわ。アマーリエがなめらかにあとを引きついでくれた。

「お散歩のとき、きれいな池のそばを通ったことがありますの。学校のすぐ近くなんですけれど、ヘンシェルさまも中尉さまもご存じでらっしゃいますこと？」

「ああ、知ってるよ。うん、昔はあの池のあたりまで、男爵家の敷地だったんだ。四代目男爵はね、あの池で鯉《こい》を飼っていたんだよ。ちゃんと記録に残っている」

「鯉ですか？」

ドルトヒェンとわたしは声を揃え、アマーリエは片方の眉をあげた。

「昔の修道院ではよく鯉を飼っていただろう。それを真似てやってみたんだね。うまくいけばこの地方の一大産業にするつもりだったんだろうが、淡泊な味があまり好まれなくてね、結局やめてしまった。残念だよ。僕はけっこう好きなんだが」

「うちの父もです。ぶつ切りにして揚げたものは父の好物でした」

故郷の町にいたときは、そこらの川で釣りあげることができた。ヘンシェルさまとわたしが鯉の調理法を語り合う傍《かたわ》ら、アマーリエは露骨に嫌そうな顔をしていた。そうそう、アマーリエはお魚が嫌いだったものね。

「鯉はどうもな……」

中尉がつぶやけば、「わたしもです」とドルトヒェン。ザリガニを食べる人が何言ってるのかしらね。

まもなくウーラント中尉は立ちあがった。

「お疲れになってもいけないので、そろそろおいとましますよ。そうだ、帰る前にモルゲンシュテルン男爵の肖像画を見せてもらってもかまいませんか」

「ご案内しますわ」

わたしが言うと、「では僕も一緒に」とヘンシェルさままで言いだす。ドルトヒェンとアマーリエもついてきて、結局全員で三階の舞踏室にあがっていった。

2

放課後の教室って不思議な感じ。なんとなくよそよそしいといえばいいのかしら、入っていくのが一瞬ためらわれる。ヘンシェルさまはそんなこと何も気にしないようだった。舞踏室の扉を開け、中尉を振り返って、「さあどうぞ」と差し招く。

「第四代モルゲンシュテルン男爵及びひらひら狼《おおかみ》ですね」ウーラント中尉は肖像画を見あげ、わたしに耳打ちする。「ほら、見事な耳と鷲鼻でしょう」

「これは複製でね、うちの親父が学校を開いたとき、男爵家から贈られたものなんだよ。四代目男爵は遺言で、この城館にはルンペルシュティルツヒェンが描いた自分の肖像画をずっと飾っておくようにと言い残した。親父がここを買い取った際、男爵の遺言をどこまで忠実に解釈すべきか話し合いの場が持たれ、結局先代の男爵閣下が複製画を作ってくれたと聞いている」

男爵の背後にかかった鏡の中では、額に傷痕のある画家が、無表情にわたしたちを見つめていた。ウーラント中尉はふと眉をひそめ、男爵の手もとに顔を近づけた。

「どうかなさいまして?」

わたしも後ろからのぞきこむが、中尉が何を見ているのかわからない。振り向いた中尉は照れたように笑った。

「男爵閣下のしている指輪が気になりましてね。仕事柄、つい妙なところに目がいってしまうのですよ」

男爵の左右の小指には、それぞれ小さな色石を連ねた指輪がはまっている。

「どういう色の取り合わせなんでしょう。あまり趣味がいいとはいえませんね」とドルトヒェン。左手の小指にはまっているのは、緑、青、白、赤という順に石を並べたものだ。右手の小指のほうは緑、青、黄、紫、赤。こちらは石が一つ多い。

「宝石の見本を並べてるみたいですわね」思いついたままをわたしは口にする。

「あたくし、英国人がこういう指輪をはめているのを見たことがございますわ」アマーリエが言いだした。「宝石の頭文字で、dearest《ディアレスト》とかregard《リガード》などという単語を綴るんですの。この指輪もそういう言葉遊びをしているのかもしれませんわね」

ドルトヒェンが早速身を乗りだす。

「よし、確かめてみましょう。まずは石が少ない左手の指輪から。緑は翠玉《スマラクト》ですね。青は青玉《ザーフィーア》かな。白いのは真珠《ペルレ》？　赤は紅玉《ルビーン》とすると」

「SSPR」言ってみてわたしはがっかりする。「SSで始まる単語なんかあって？」

「白いのは真珠じゃなくて蛋白石《オパール》じゃないかしら。中に五色の光が躍っているわ」

アマーリエが言ったが、ドルトヒェンはかぶりを振った。

「それでもSSORだろう。意味をなさない」

「逆から読むのかもしれませんよ」不意に中尉が言った。「われわれは今、左から右へ読みましたが、この指輪をはめている男爵から見た場合、左右が逆になります」

わたしはSSORを頭の中で引っ繰り返した。

「ROSS？　ロスのつもりかしら」

馬《プフェーアト》はロスとも言う。普通はRoßと綴るけれど、ß《エスツェット》のかわりにsを二つもってきたのかもしれない。ドルトヒェンは「うーん」となった。

「どうだろう。一応意味は通るが、すっきりしないな。右手にいってみようか。これも同様に男爵の側から見ると、赤、紫、黄、青、緑という順番になる」

「紅玉《ルビーン》、紫水晶《アメテュスト》、黄玉《トパース》、青玉《ザーフィーア》、翠玉《スマラクト》」

わたしは手帳を出して、アマーリエが言った宝石の頭文字を書きとめた。

「RATSS——ドイツ語の辞書に喧嘩をふっかけているようにしか思えないわ」

「すみません、考えすぎでしたわ」

アマーリエがヘンシェルさまと中尉に頭をさげる。中尉は軽く手を振った。

「お気になさらず。ついでにいうと、画家のほうも似たような指輪をしていますね」

中尉の言うとおりだった。小さな絵だから見過ごしていたけれど、鏡の中のルンペルシュティルツヒェンも絵筆を持った手に細い指輪をはめている。石は五つで、紫、青、赤、緑、濃い灰色という順番だった。男爵の指輪と似ているが少し違う。

「一応考えてみようかしら。紫水晶《アメテュスト》、青玉《ザーフィーア》、紅玉《ルビーン》、翠玉《スマラクト》、最後の石はずいぶん地味な色だけど……ああ、そうだわ、まんまるだから真珠《ペルレ》ね。南洋の真珠《ペルレ》でしょう」

「となると、ASRSP」

やはり意味をなさないとわたしは思ったが、ドルトヒェンは勢いよく頭を一振りした。

「諦めるのはまだ早い。似たような色の別の石かもしれないぞ」

ヘンシェルさまも小腰をかがめ、指輪に目を近づけた。

「男爵の右手の青い石と、左手の青い石は微妙に色が違いますな。右手のは緑がかった青色です。土耳古石《テュルキース》ではないですか」

「土耳古石《テュルキース》だったらRATTSとなります」と読みあげるわたし。「Tが二つね。黄玉《トパース》を二個はめてもいいのに、わざと石を変えたのかしら」

「Sの字もそうだな。左手の指輪には青玉《ザーフィーア》と翠玉《スマラクト》を両方使っている。なんとなくこの男爵の思考回路が見えてきたぞ。物事をややこしくするのが好きなんだ」

とドルトヒェンは決めつける。中尉はわたしたちの会話を面白そうに聞いていた。

「左手がROSSで馬、右手がRATTS――残念ね、最後のSがEなら鼠《ねずみ》になるのに」

Ratte《ラッテ》なら鼠だ。わたしが口にしたとたん、ドルトヒェンは飛びあがった。

「マーレ、宝石で言葉遊びをするのは、英国人が考えたことなんだろう?」

「ええ、たぶん」

「だったら英語読みすればいいんだ。となるとどうなる?　ルビー、アメジスト、トパーズ、ターコイズ、エメラルド」

驚いた！　最後がEに変わってラッテとなったわ。

「鼠と馬……何かの暗号みたいじゃないか。ヘンシェルさん、これ、マイセンのテーブルウェアか月光文書のありかを示してるんじゃないですか？」

ヘンシェルさまは灰色の口髭に手を触れたまま固まった。そこへアマーリエのなめらかな声。

「でしたら左手の指輪も英語読みしたほうがいいんじゃありません？　最後の翠玉《スマラクト》がEに変わるとしたら」

「Rose《ローゼ》」興奮を抑えきれずわたしは早口になった。「一階のあの大きな振り子時計、薔薇《ローゼ》と鼠《ラッテ》が浮き彫りになってましたわ。あの時計、いつからここにあるんですの？」

三日後、ヘンシェルさまは振り子時計が二重底になっていたのを発見した。隠されていたのは平たい薔薇《ばら》の木の小箱。中には一枚の茶色くなったメモが入っていた。

可愛いアルベルトへ

月光文書はグノームとザラマンダー、さらにたおやかなるウンディーネの手によって守られている。探してごらん。おまえならきっと見つけられるだろう。

そのあとに四代目男爵の署名があって、それでおしまい。表を見ても裏を見ても、ほかには何も書かれていなかった。

3

ザクセン軍団春の大演習が始まった。

「君の叔父上は軍医だったよな。軍医さんも大演習に行くのかい？」

「もちろんよ。演習の途中に怪我をする兵隊さんもいるし、負傷者運搬演習もこういうときに行うの」怪我人役を担架に乗せ、えっちらおっちら運ぶわけだ。

「軍医さんというのは徒歩？　馬？」

「成り立てのころは歩きだったって。今はちゃんとお馬さんに乗ってるわ」

もっと年をとって偉くなると、王さまのおそばにいて、模擬戦闘をのんびり見物していればいいらしい。

「あら、馬に乗れるなんていいわねえ。ヒルデブラントさまは歩きよ。といっても、歩兵連隊だから当然だけれど」

アマーリエの言葉にドルトヒェンはまばたきした。

「この前から引っかかってたんだ。君の婚約者殿は、なぜ貴族なのに騎兵じゃないんだ？」

軍団の花形は騎兵で、騎兵隊の将校は貴族で占められているというのは常識だ。アマーリエは優雅に肩をすくめた。

「新興貴族だから騎兵隊に入ることができなかったのよ」

そうそう、この間も愚痴《ぐち》めいたことをおっしゃってたわねえ。

身内に軍関係の人間がいるのはわたしだけじゃない。ギゼラとクララのはとこの一人はザクセン軍団の工兵隊にいるという話だった。

「大演習が終わったら面会に来てくれるんじゃない？」

「そんなことあるわけないでしょ」

「クララから呼べばいいじゃない」

「先生が会わせてくれるわけないわ」

ギゼラがさかんにクララをからかっているところをみると、前に降霊会のお告げに出てきた「しんせき」というのはその青年なのだろう。少なくともギゼラとクララはそう思っているわけだ。ええっと、あのときわたしは「けむくじゃら」と結婚するって言われたのよね。ちょっと待って、けむくじゃら？　急に顔がほてってくる。馬鹿ね、ロッテ、あれは単なるお遊びよ。別に真っ黒な毛の狼《おおかみ》云々なんて告げられたわけじゃないわ。

放課後になると、わたしもアマーリエとドルトヒェンに付き合って、音楽室で時間を過ごすようになった。アマーリエがワルツを弾くと、わたしとドルトヒェンは手を取り合って踊りまわる。間近でよくよく見ると、ドルトヒェンはけっこうな美少女だった。髪を結いあげ、うちの制服よりまともなドレスを着て道を歩いたら、行き合う殿方の九割以上が振り返るだろう。

ドルトヒェンが口を開くまでは、という条件つきだが。

「いいのかい？　われわれと一緒にいると、君も変人の仲間入りだぜ」

「かまわなくってよ。誰とお友達になるかまで、まわりからとやかく言われたくないわ」

ドルトヒェンにならって、わたしもアマーリエのことをマーレと呼んでみた。アマーリエはわずかに金色の眉をあげたが、黙ってその呼び方を受け入れた。


男爵のメモの発見から一週間以上過ぎたが、ヘンシェルさまの捜索は難航していた。小さな子たちは放課後になるとヘンシェルさまに付き従って、グノーム、ザラマンダー、ウンディーネを表すものがないか探している。わたしたち？　わたしたちは大きいからそんなことはしなくってよ。マーレの先導で学校をひとめぐりし、室内装飾の変遷について教えてもらっただけ。

マーレによると、この城館は、もともとバロック様式だったのを一部ロココ様式に改装したのだろうということだった。

「舞踏室はロココ様式なのね」よくわからないけれど、あてずっぽうで言ってみる。

「そうよ。あそこはほかの部屋と雰囲気が違うでしょう。壁には花綱《はなづな》と貝殻の浮き彫りがあるわ。どちらもロココ様式で流行したものよ」

「ギリシャ風の彫刻はないのかな。筋肉のつき方が観察できるようなやつが、一つ二つあってもいいと思うんだが」

「昔はあったでしょうけれど、動かせる絵や彫刻は男爵家が引き取ったんじゃなくて？」

わが校の創立者ヘンシェル先生は、ドレスデンのとある学校で雇われ校長をしていたが、大伯母さんから遺産が入ったのでこの城館を買い取り、質実剛健を旨とする女学校を立ちあげたのだという。城館だったころの名残はあちこちにあった。太い柱、壁を彩るアカンサスの葉の文様、色ガラスのはまった小窓、天井の漆喰《しっくい》彫刻。だが肝腎のグノーム、ザラマンダー、ウンディーネは見当たらない。土、火、水のモチーフまで広げて考えても同じこと。池にあるイルカ像はどう考えてもウンディーネとは関係なさそうだし。

「ウンディーネの彫刻を見つけたとしても、また次のヒントが置かれているだけじゃないのか？　モルゲンシュテルン男爵ならばやりかねない」

ドルトヒェンがぶつぶつ言えば、マーレは真顔で答える。

「そうねえ。あの男爵って、ドルトヒェンと似た思考回路の持ち主みたいだものね」

ドルトヒェンはじろりとマーレをにらんだが、反論はしなかった。

「ねえ、ドレスデンの滅亡っていつのことなのかしら」

ある晩編み物をしながら、ふと心配になってわたしは言った。予言なんてあんまり気にするほうではないつもりだけど、あそこの街にはシュテファン叔父さんがいるんですもの。ドルトヒェンはお下げをほどいて頭を振った。

「正確なところはわからない。ただ、ルンペルシュティルツヒェンは今後百六十年間の出来事について語ったというのだから、少なくとも二十世紀になってからだろう」

「ルンペルシュティルツヒェンは、本当に未来のことを知っていたと思う？」

「まさか。そんなのわかるわけなくってよ」

言下に答えたのはマーレ。ドルトヒェンは顎《あご》の下に手をおいた。

「わたしは一応三つの可能性を考えてみた。一つ」と人差し指を立てて、「文書の内容がまったくのでたらめだった場合。二つめは」二本目の指が立つ。「ルンペルシュティルツヒェンが、実際になんらかの予知能力を持っていた場合」

「なんのかんのいって、みんなそう信じているのかしら」マーレが嘆息する。「未来のことなんか、そんなに知りたい？ どのみち自分の思うようにはならないのに」

「最後の三つめ、本人に予知能力があったわけではないが、そういう能力を持っている存在に教えてもらったというケースも考えられる。精霊とか仙女とかだな」

「人ならぬものの存在をドルトヒェンは信じるの？」とわたし。

「いない――と頭から否定することはしない。アラスカにも南米の密林にも、そういうものがいるのはむしろ当然だった」

「ここはザクセンよ」きっぱりとマーレは言う。

「ザクセンにだって昔はいたはずだ。彼らがいないということが論理的に証明されるまでは、いると考えていいんじゃないか」

「悪魔だの吸血鬼だの人狼《じんろう》だのには会いたくないわよ」

マーレの言葉にわたしは思わず身を縮める。ドルトヒェンがよく光る目でわたしを見た。

「どうした、ロッテ？」

「な、なんでもないわ。そうだ、ルンペルシュティルツヒェンの正体について、四つめの可能性を思いついたわ。時間旅行者だったというのはどう？」

終わりまで読めなかった「ツァイト・マシーネ」のことが頭のどこかに引っかかっていたのかしら、自分でも思いがけないことをわたしは口にしていた。

「ルンペルシュティルツヒェンは未来へ行ってきたから、でなければ未来から来たから百六十年先のことまで知っていたの。ドルトヒェン風にいえば極めて論理的でしょう」

「ううむ、これはロッテに一本取られた」

「いっそのこと、ルンペルシュティルツヒェンの霊を呼んで、あなたの正体はと尋ねてみたらいいんじゃなくて？」

皮肉っぽいマーレの言葉に、ドルトヒェンはにやりとする。

「そういう手もあるな。そのうちギゼラあたりにやってもらおうか」

聖霊降臨祭（慧注　復活祭から五十日目のお祝いや）の日曜日がやってきた。特別礼拝のあと、わたしたちはまたザリガニをとりに例の池に向かった。お祭りのお菓子はいただいたけれど、それはそれ、これはこれ。わたしもドルトヒェンに釣り竿を借りてやってみた。ちゃんと三匹釣りあげることができたわ。

月曜日、シュミット先生とわたしの対決は、今日も引き分けに終わった。いつわたしが暗誦につまって先生に怒られるか、教室の中では半ば公然と賭けが行われている。賭け金はクッキー一枚または飴玉二つ。

「それ、わたしが賭けるわけにはいかないのよね」

「あなたは当事者だから無理」

「わたしたちは君が来週も再来週も暗誦できるほうに賭けている。元手なしで賭けてるんだから、頑張ってくれたまえ」

火曜日、シュテファン叔父さんから走り書きの葉書が届いた。――演習は順調に進んでいる。日本から来た留学生の世話係を仰せつかった。日本陸軍の軍医で、そこらの兵士よりきれいなドイツ語を話す。今日の午後、ウーラント中尉に行き合った。おまえによろしくとおっしゃっていた。

水曜日、大階段の絨毯がきれいになって戻ってきた。これでもう誰かが滑り落ちたりする心配はなくなったわ。この日は放課後ゾフィーさまのところでコーヒーをいただいた。

「ありがたい。この世に本物のコーヒーがあることなど忘れていました」

相好を崩したドルトヒェンは、「そんな情けないこと言わないの」とマーレに叱られた。口には出さなかったけれど、実はわたしも同じことを考えていた。食堂で出るのはタンポポの根やチコリを煎った代用コーヒーだ。それも毎回ぽっちりのミルクとたっぷりのお湯で薄められている。

男爵のメモの発見に、わたしたちも一役買ったことをお話しすると、ゾフィーさまは興味深そうに聞いてくださった。

「月光文書発見まで、あと一歩というところまで迫ってるんじゃありません？　わたくしも見ることができたらいいのに」

できますとも、と言う前に、ゾフィーさまはさらりと続けた。

「足の具合もよくなってきましたし、そろそろおいとましようと思うんですの。本当にお名残惜しいんですけれど……」

がっかりした思いが顔に出ないように気をつける。そうよね、ゾフィーさまはここにお住まいなわけじゃなかったんだわ。

「いつお発ちになるんですの？」

「すぐというわけではないの。あと半月ほどはこちらにおりますわ。そうだわ、その前に……」

4

「グノーム、ザラマンダー、ウンディーネ」金曜日の夜、談話室のいつもの席でドルトヒェンは厳かに言った。「あるいは地の精、火の精、水の精。ヘンシェルさんも探し、わたしたちも探してみたが、今もって謎の解明につながるものは見つかっていない」

「男爵家に引き取られた絵か彫刻の中にあったのかもね」とマーレ。

「だったらわれわれが簡単に見にいくわけにはいかないな。発想を変えよう。ここに大事な文書がある。他人には見られたくない。君たちならどこに隠す?」

「大事なのは文書そのものじゃなくて内容よね」わたしは靴の中で爪先をくねらせ、考える。「わたしだったら詩にして残すわ。うんと素朴で、誰もが知っているけれど、深い意味を考えたりしない詩の中に混ぜこんでおくの」

「いかにもロッテらしい。マーレならどうする?」

「壁掛けか何かにしておくわ。文字を織りあげるのはちょっと面倒ね。だったら模様の一部に見えるように刺繍しておくの。それでごくごく普段に使うのよ。大事なものだと使用人が考えたりしないように。ドルトヒェンは?」

「雑然とした書類入れの中に突っこんでおく。そこがいちばん安全だ」

「三人三様ね」

と編み針を動かしながらマーレ。黄色と青の縞の靴下は編みあがって、今編んでいるのは同色の手袋だ。わたしも自分の編み物を取りあげる。ベルタは少し離れたところで、小さい子たちにグリムのお伽噺《とぎばなし》を読んでやっていた。

「こう言われて、娘は井戸ばたへひきかえしはしましたけれど、どうしたらいいのかわからず、とどのつまり、心配がこうじて、糸まきをとりに、井戸へとびこみました。

娘は気がとおくなりました。が、目がさめて正気にかえったときには、きれいな草原にいました。草原には日があたって、なん千という花が咲いていました」

温かな声が語るのはホレおばさんのお話だ。リースヒェンは真剣な顔で聞き入っている。

「やっとのことで、ちいさな家のところへでました。家のなかからは、おばあさんが一人、外をのぞいていましたが、そのおばあさんは大きな歯がはえていたので、気味がわるくなって、逃げだそうとしました。すると、うしろから、おばあさんが呼びかけました、

『おまえはいい子だ、どうしてこわがるのかい？　おばあさんのとこにおいで。おまえさえ、うちの仕事を、なんでもきちんとやってくれるつもりなら、おばあさんがね、きっと、おまえをしあわせにしてあげる』」

女の子がホレおばさんの布団をふるうと羽毛が飛ぶ。その羽毛は人界に散って雪となる。つまり、ホレおばさんが住んでいる井戸の底は、同時に天上界でもあるわけだ。

「何かの意匠と思わず、素直に考えればいいのかな。土と火と水か……土と火と水」壁にもたれかかったドルトヒェンは、いきなり背筋を伸ばした。「わたしはなんと愚かだったんだ！　そうだ、素直に考えればいいんだよ。土と火はそれで結びつけられる。水は使うか？　水も少しは使うはずだよな」

立ちあがったドルトヒェンがいらいらと歩きまわるのをわたしとマーレは呆気にとられて眺めた。ドルトヒェンは談話室を一周し、わたしたちのところへ戻ってきた。

「だが、だったらなぜ風に言及しない？　風だって火を熾《おこ》すのに必要だろう。普通なら地水火風がセットのはずだ。錬金術的思考では駄目なのか？」

「ドルトヒェン、何言ってるの？」

マーレの呼びかけもドルトヒェンの耳には入らないらしい。

「水、水、水、風が出てこないのになんで水がここで出てくる？　わたしの読みが違うのか？　だがマイセンのテーブルウェアにまつわる言い伝えもある」

ドルトヒェンは勢いよくわたしたちの前に腰をおろした。ほかの子たちをうかがい、ささやき声で言う。

「この学校には、二つのものが隠されていると伝えられてきた。マイセンのテーブルウェアと月光文書だ。テーブルウェアはヘンシェルさんの言うとおり話が大きくなったものだとしても、皿が何枚か行方不明になったのはありそうなことじゃないだろうか」

わたしは無言でうなずき、マーレは「それで？」と問うように片方の眉をあげてみせる。

「前にヘンシェルさんと話していたとき、この二つは同じところに隠されているかもしれないとわたしは言った。あのときは単なる思いつきで言ったんだが、もう一歩進め、この二つが同じものだと考えてみたらどうだろう」

ドルトヒェンが何を言いたいか、このときわたしにもわかった。

「文書の内容を書きこんだお皿……」

マーレが息をのみ、ドルトヒェンは黒い目をきらきらさせる。

「不可能じゃないと思うんだ。百六十年間の出来事といっても、年表にすればたいした量じゃない。大皿に書きこむか、十年ずつ十六枚の皿に分けて書くか」

「お皿に字なんか書けるものかしら」疑わしげにマーレが言う。

「できると思う。肖像画や風景画を描いた皿やカップだってあるじゃないか。土と火、すなわちグノームとザラマンダーは、マイセン磁器を指していたんだ」

自信たっぷりにドルトヒェンは言い切る。吊りランプの灯りを受けて、赤い髪が燃えるように輝いた。

「ウンディーネはどういう意味？」とマーレ。「お皿じゃなくて水差しにでもしたの？」

とたんにドルトヒェンは肩を落とし、両手で頬をはさんだ。

「そこはよくわからないんだよな。水は土をこねるときに使うが、それをいうなら窯《かま》の中で火が燃え続けるには空気すなわち風も必要だ。地水火風に言及してくれていたら、まだ意味が通るんだが」

「地水火風、地水火風」わたしはドルトヒェンの真似をして唱え、はっとした。「男爵のメモを思いだして。確かこう書いてあったのよね。月光文書はグノームとザラマンダー、さらにたおやかなるウンディーネの手によって守られている。グノームとザラマンダーがマイセンの磁器を表すとして、ウンディーネは別扱いされている気がしない？」

マーレがくちびるを動かし、メモの文句を繰り返した。「そうね、そうとも取れるわ」

「ウンディーネといったら何かしら。水、川、泉」

「池、沼、湖もあってよ」

「土と火に関していえば、そこまでひねってあったわけじゃないわよね。わかってみれば、あというレベルよ。だからウンディーネも素直に解釈すればいいんじゃない？」

「といって、まさかそこらの井戸に皿を沈めたわけじゃあるまい」

あっと叫んで、わたしはドルトヒェンの肩をつかんだ。

「そこらの井戸じゃないとしたら？　城館からそれほど遠くない、自分の管理下にある池だったら？」

「ザリガニの池か！」

「もと鯉《こい》の池よ」

考えれば考えるほどありそうな気がしてくる。磁器だったら、ちょっとくらい水につけても大丈夫よね。大昔の壺が海底の難破船から出てきたなんて話も聞くんですもの。

「すごいぞ、ロッテ、きっとそうだ。早速今度の日曜日に」

「どうやって確かめる気？」再び編み針を動かしてマーレが言った。「あなたたちがしたいならとめないけれど、あたくしはあの池に入って探すなんてまっぴらですからね」

話し合った末、わたしたちはヘンシェルさまを引っ張りだすことにした。最後に殿方に頼るなんて情けないけれど、こっそり外出したあげく池にはまってずぶ濡れになったら、言い訳のしようがない。それにザリガニの池に月光文書が沈んでいるとしたら、発見の栄誉はこれまで頑張って探してきたヘンシェルさまに与えられるべきだろう。

「うちの叔父さんに話したら、喜んで手伝ってくれると思うんだけど」

「ザクセン軍団は巻きこみたくない」

「少尉さまに話すのもなしよ。はしゃぎすぎて手がつけられないわ、きっと」

となると、やはりヘンシェルさましかいなかった。翌日の午後、図書室で調べ物をしているヘンシェルさまを訪ね、ドルトヒェンが代表で切りだした。

「月光文書のある場所を一つ思いつきました。わたしたちだけでは行けないので、明日散歩に行くような顔をして連れていっていただけませんか？」

「ということは、校舎の中にはないと名探偵くんは踏んでいるのかな」

「はい」

「いいとも。何かいるものはあるかね」

「そうですね。水着があればいいかと思います。ついでに大きなタオルも」

ヘンシェルさまはほっほうという顔をしたが、特に何もおっしゃらなかった。

幸いなことに（と言っていいのかしら）、寄宿舎に戻ったら、この日曜日は行けないとシュテファン叔父さんから葉書が来ていた。大演習から帰ったとたん、今度はベルリン出張を命じられたんですって。ザクセン軍団も人使いが荒いわね。

「少尉さまも来るか来ないかはっきりしてくれたらいいのに。もしおいでになったら、あなたたちが出かけている間、あたくしはあの方と退屈な話をしてなくちゃいけないんだわ」

「ウーラント中尉が来たら、君もおいていくからな」

ドルトヒェンに言われ、わたしは赤くなりそうになった頰を押さえた。

「な、なんでここに中尉さまのお名前が出てくるの？」

「冷静なる観察の結果だ。君が来るまであの中尉殿がこの学校へ来たことはない。君が来てからしょっちゅう顔を見せるようになった。ヘンシェル先生の肖像画が見つかったあとも、なんのかんのいって出入りしている」

「憲兵隊のお仕事でこの近くにいらしてるのよ。ヘンシェルさまを襲った二人組のロシア人を捜してるんじゃなくて？」きっとそう。それ以外の理由なんてあるはずないわ。

日曜日の前半はゆっくり過ぎていった。教会、昼餐、そしてやっと面会客がやってくる。馬車に乗ってくる人、坂道を歩いてのぼってくる人。裁縫室の窓からわたしたちはいらいらと訪問客の顔ぶれを眺めまわした。

「よかった、ヒルデブラントさまはいないわ」十人余りの一団が入ってきたあと、マーレはほっとしたようにつぶやいた。

「お、ヘンシェルさんだ」ドルトヒェンが大きく手を振る。

ヘンシェルさまはミュラー先生に、わたしたちを散歩に連れだす許可を求めた。身内でも後見人でもないのだから無理かしらと一瞬思ったが、わたしたちの普段の行いがよかったのね、「今回は特別ですよ」と言ってミュラー先生はあっさり許可してくれた。

校舎を出たところでギゼラとクララに行き合う。「どこ行くの?」と訊かれ、ドルトヒェンは真面目くさった顔で返事をした。

「ヘンシェルさんのお供で毛虫の採集にいくところだ。君たちも一緒に来るかい?」

クララはきゃっと叫んで後ずさり、ギゼラははっきり後ろへ飛びのいた。

「あたしたち、用を思いだしたから、あんたたちだけで行ってきて。じゃあね」

森に入りザリガニの池を目指して歩きながら、ドルトヒェンは月光文書＝マイセンの皿という説を披露した。頭から否定されるのではないかと身がまえていたのだけれど、ヘンシェルさまは子どものように目を輝かせた。

「なるほどねえ、そういう考え方もできるな。水着を持ってこいと言われたから、何かあるなとは思っていたんだがね。ようし、調べてみよう」

ザリガニの池に着くと、ヘンシェルさまは早速上着を取って靴と靴下を脱ぎ、ズボンをまくりあげた。鴨の一家が不思議そうにわたしたちを見ている。

「では探してみるよ」

ヘンシェルさまは緑色によどんだ池に踏みこんだ。底の感触を足の裏全体で確かめるようにしながら一歩一歩進んでいく。水はすぐふくらはぎまで来た。

「おおっと、けっこう深いところもあるな」

「ヘンシェルさま、お気をつけて」

「転ばないようにご用心なさってくださいませ」

池の端からわたしたちは声援を送る。ヘンシェルさまは足をとめ、岸辺に戻ってきた。

「やはり服のままでは無理なようだな。お嬢さん方、失礼して水着に着がえさせてもらいますよ」

ヘンシェルさまをその場に残し、わたしたちは木蔭に引っこんだ。ドルトヒェンは近くの木の洞《うろ》に隠してあった小鍋とマッチと釣り竿を取ってくる。

「けっこう時間がかかりそうだ。われわれはザリガニパーティーの準備をしておこうじゃないか」

「もういいよ」というヘンシェルさまの声で池のほとりに戻った。首から膝まで覆う横縞の水着を身につけたヘンシェルさまは、先ほどより自信に満ちた足取りで池に踏みこんだ。まるまるしたお腹のあたりまですぐ水が来る。

「思ったより冷たくないね。これなら風邪をひくこともないだろう」

「ここで火を焚いておきますわ」

マーレは慣れた様子で枯れ枝に火をつけ、湯を沸《わ》かしはじめた。ドルトヒェンのほうはザリガニ釣りに取りかかる。浅瀬にいたザリガニを数匹わたしはつまみあげ、焚き火のそばに穴を掘って落としこんだ。鍋に入れるのはお湯が沸騰《ふっとう》してからね。

風が通りすぎ、水面にさざ波が広がった。緑の木々は池のぐるりに濃い影を落としている。焚き火の煙があまりあがらないよう用心しながら、わたしたちはヘンシェルさまを見守った。すでに胸までつかったヘンシェルさまは、「これは何だ？　魚か？」などと言いつつ、足で池の底をさぐっている。

「大丈夫ですか？」滑りかけたヘンシェルさまに、声を揃えてわたしたちは呼びかけた。

「う、うん」

体勢を立て直したヘンシェルさまは、今度は勢いをつけて頭から水に飛びこんだ。マーレがドルトヒェンの袖をつかんだ。

「発見なさったのかしら」

「きっとそうだ……待て、人が来る」

わたしたちはさっと木の蔭に身を隠した。ドルトヒェンは釣り竿を持ったままだ。池の中で立ちあがったヘンシェルさまは、木の間から現れた人物を見て大きく手を振った。

「これはこれは！　思わぬところでお目にかかりますな」

対岸にやってきたのは金髪の若者——平服のヒルデブラント少尉だった。

5

「もうっ、なんでこんなところに現れるのよ」

マーレは小声で毒づき、身を縮めたが、ヘンシェルさまは陽気な声で続けた。

「お散歩ですか？　森の散策にはいい季節になりましたな」

「煙のにおいがしたもので、気になりましてね」とにこやかに少尉は言う。「そんな格好でどうなさったのですか？　ここは泳ぎに適した場所には見えませんが」

「聞いてください！　僕はね、たった今大発見をしたのです。これ、この下に、月光文書が沈んでいるんですよ」

「池の底に、文書が？」

「あなたも入ってごらんになりませんか？　池の底が一部タイル張りになっているのです。これこそ月光文書を記したタイルに違いない！」

タイル！　お皿じゃなかったんだわ。考えてみるとそうよね、池の底に埋めるなら、タイルのほうがいい。マイセン窯《がま》がタイルも作っているなんて知らなかったけれど、四角にするだけなら、かえってお皿を作るより簡単だったかも。

風が木々の枝を揺すった。ヒルデブラント少尉は「ああ」と息を吐きだし、不意に真面目な表情になった。

「素晴らしい発見ですね。おめでとうございます」

「いやあ、どうも」

「その発見は、今のところあなたしかご存じないのですか？」

「は？　ああ……」

「そうですか、では」

少尉の手に黒い拳銃が現れ、次の瞬間雷のような音が轟《とどろ》いた。鴨の一家が激しい羽音をさせて飛び立ち、飛び立てないわたしたちは耳を押さえて地面に身を伏せる。火薬のにおいが薄れ、おそるおそる顔をあげると、池の中に立ったヘンシェルさまは左肩を押さえて体を左右に揺らしていた。指の間から赤いものが流れだしている。

「動かないほうがいいですよ。一発であの世へ行ったほうがあなたも楽でしょう」

少尉が拳銃をかまえなおしたとき、「ヒルデブラントさま！」と叫んで、マーレが飛びだした。池のあちらとこちらに立ち、ヘンシェルさまをはさんで向かい合う。わたしとドルトヒェンもマーレを追って池のほとりに出た。拳銃の弾は池を越えて届くだろうか。

「フォン・エーバーライン嬢？」少尉は拳銃をおろし、驚いた顔でマーレを見つめた。「あなたのような方が、いったいここで何をしているのです？」

「それはあたくしのほうがうかがいたいですわ」

少尉の指がゆっくり拳銃の上をなぞった。拳銃を隠しにしまうと、池をまわってわたしたちのほうにやってくる。ヘンシェルさまは自力で池の岸に這いあがったが、そこで力尽きたのかうずくまった。早く手当してさしあげなくてはと思うのに、体が動かない。

ヒルデブラント少尉はヘンシェルさまのそばを通りすぎ、あと残り四分の一周というところで足をとめた。眉根を寄せ、苦しげな表情で口を開く。

「あなたたちをこんなことに巻きこむつもりはなかった。ここであったことは忘れて、すぐお帰りなさい」

「ヘンシェルさまをどうなさいますの？」

うわずった声でマーレが叫ぶ。少尉は答えず、よく透《とお》る声で続けた。

「月光文書は世に出すべきではない、そう思われませんか？　未来のことなど、人は知るべきではありません。それがどのように人の運命を狂わすか……池に隠された秘密はそのままにしておきましょう」

それはそれで正論だった。だけど……。

「この前とはずいぶん違うことをおっしゃいますのね」わたしは腰に手を当てて言った。「この前は、確か、いつドイツが戦争をするのかお知りになりたいようなことをおっしゃってませんでしたかしら」

「それは……軍人としてはそう言わねばなりません。ですが、一人の人間としては」

「一人の人間として？　人間としての正しいあり方をおっしゃるなら、今すぐヘンシェルさまの手当をなさってくださいな」わたしの声もきんきんとうわずりそうになる。でも言わなくては。少尉の言っていることは何かおかしい。

わたしたちの背後で忍び笑いがした。はっと振り向くと、木の間から二人の男が姿を見せた。一人はぼさぼさの髪をした熊のような大男。顔の下半分は黒褐色の髭に覆われ、肩の肉は分厚く盛りあがっている。もう一人はプラチナブロンドの髪をした小男だ。広い額の下に光るのは陰険そうな目。左の耳たぶが半分ちぎれている。小男が口を開いた。外国訛りのあるドイツ語で言う。

「ぐちゃぐちゃうるさい小娘たちだ。おい、ヒルデブラント、いつまでこいつらをしゃべらせておく気だ」

「おまえらはあのときの！」

岸辺にうずくまったヘンシェルさまが叫び、「ぐるか」ドルトヒエンは切りつけるように言った。

「ヘンシェルさんを襲ったというのはこの二人だな。こいつらがヘンシェルさんを襲い、少尉殿が助ける振りをした。なぜ？」

「ヘンシェル氏と効果的に近づきになるためだよ、もちろん」落ち着き払ってヒルデブラント少尉は答える。「まさか本当に月光文書を見つけだすとは思っていなかったが、念のため監視をつけていてよかったよ。こんな大当たりを引きあててくれるとはね」

「こいつらはロシア人か？　月光文書を外国に売り渡すつもりか？」

少尉は曖昧《あいまい》な笑みを浮かべた。

「フランケンタール嬢でしたかね。頭のまわりすぎるお嬢さんは誰からも愛されませんよ。女はおとなしくて素直なのがいちばんだ」

ドルトヒェンはせせら笑った。

「マーレ、君の婚約者はえらく時代錯誤なことを言うんだな」

「婚約者ですって？」マーレは背筋を伸ばし、凛《りん》とした声で言った。「ヒルデブラント少尉、あなたとの婚約は、たった今解消します。あたくし売国奴とは結婚いたしません」

「では、あなたには死んでもらってもかまわないということだな」少尉の指先が金色の口髭をひねる。「ご心配なく。あなたの葬儀ではうちひしがれた婚約者を演じてみせますよ。銃は駄目だな。溺死か。池にはまった友人を助けようとして、みな溺死……それだとヘンシェルの死体が余るな。そうだ、こうしよう。ヘンシェル氏は女学生相手に不埒《ふらち》な振る舞いに及ぼうとしたが、抵抗され、首を絞めて殺した。わたしは彼女たちを救うべく発砲したが、間に合わなかった。ロシュコフ、イワノフ、こいつらの首を絞めろ」

二人の男がにやにやしながら近づいてくる。力は熊男のほうがありそうだけど、より不気味なのは小男のほうだ。わたしたちは一歩ずつ後ろにさがった。とうとう焚き火のところまで来る。小鍋の中の湯はしゅんしゅんと沸《わ》き、わたしが捕まえたザリガニは穴から這いだして池のほうへ戻ろうとしていた。

二人の男と向き合っているとめまいを覚えた。その一方で、妙に五感が研ぎ澄まされていくのを感じる。熊男が小男に、外国語（ロシア語？）で話しかけ、二人はにやにや笑いを一層ひどくする。

「くびり殺す前に、たっぷり楽しんでもいいんじゃねえか？　金髪は俺がもらう」と熊男。わたしたちに聞かせるために、わざとドイツ語で言っているに違いないわ。反対側から近づいてきた少尉がいらだったように言う。

「馬鹿な真似はするな。さっさとやれ」

ウオーウという声がどこからか響いてきて、男たちはさっとあたりに目を走らせた。

「今のは何だ？」と小男。

「狼《おおかみ》の声だ」と熊男。

「狼なんか、このあたりにいるわけがない」と少尉。

その一瞬、彼らはわたしたちのことを忘れていた。何をすればいいか、考えずともわかる。わたしは小鍋をつかむと、中のお湯ごと熊男の顔面に叩きつけた。狙いはわずかにそれたが、熊男は絶叫をあげ、両手で顔を覆う。そこへマーレが体当たりした。背中から池に落ちた熊男は吠えながら水を撥《は》ね散らかす。ドルトヒェンは足もとを這っていたザリガニをつまみあげ、小男に投げつけた。払いのけようとしたところへもう一匹、もう一匹。大きな爪が小男の耳をはさみ、鼻をはさむ。

「何だ、これは！」ザリガニを引き剝がそうとしながら小男は叫んだ。

「甲殻類《こうかくるい》の一種ザリガニだ」

小男の頭上から灰色の毛布のようなものが降ってきた。ひらひら狼だわ。ドルトヒェンも驚いただろうが、小男のほうがもっと驚いた。ひらひら狼に羽交い締めにされて地面を転がり、すさまじい叫びをあげる。

「手をあげろ！　動くな！」ヒルデブラント少尉が拳銃を取りだし、わたしたちのほうへ突きつけた。「なんという小娘どもだ、動くと撃つぞ！」

「わたしたちを撃ったら、さっきの筋書きが台無しになるぞ」

こぶしを握りしめ、だが声はあくまでも平静にドルトヒェンは言う。わたしは少尉までの距離を測った。少尉が引き金を引く前に、飛びつくことはできるだろうか。

——そうだ、跳べ！　喉笛に嚙みついて引き倒せ！

わたしの中でもう一人のわたしが言う。少尉の後ろで派手な縞模様が動いた。ヘンシェルさまだ。地面を這ってきたヘンシェルさまが少尉の後ろに迫っている。もう少し、もう少し。今立ちあがった。

気配を感じたのか、少尉は振り向き、拳銃の柄でヘンシェルさまを殴りつけた。わたしは駆けだし、地面を蹴って跳躍した。少尉の背中に飛びつき、首筋に爪を立てる。少尉はわたしを振りほどき、血走った目で飛びかかってきた。首筋に手がかかる。急に息ができなくなり、目の前が暗くなって——。

それから、また突然視界が明るくなった。わたしが激しく咳きこみ、身を縮めると、誰かの力強い手が背中をさすってくれた。

「グリューンベルク嬢、お怪我はありませんか？」

至近距離にウーラント中尉の顔があった。なぜここに中尉さまが？　と目をぱちくりさせたら、中尉はわずかに笑みを浮かべ、いつもの飄々《ひょうひょう》とした調子で宣言した。

「フォン・ヒルデブラント少尉、殺人未遂の現行犯で逮捕します」

わたしのそばにはヒルデブラント少尉が頭を抱えて倒れていた。誰かにしたたか殴られたようだわと思い、誰かというのは中尉さまねと推測する。

「ロッテ！」

ドルトヒェンとマーレが駆けてきた。気がつくと、まわりには中尉の部下らしき人がたくさんいて、ヘンシェルさまに応急手当を施したり、熊男と小男の二人組を縛りあげたりしていた。

ドルトヒェンがあたりを見まわして言う。

「ひらひら狼、いなくなったぞ」

「ひらひら狼なんかいるわけないでしょう。さっきのは普通の狼よ。前にここで見かけた狼が、あたくしたちを助けてくれたんじゃなくて？　ロッテもそう思うでしょう」

運よくそこで咳の発作に襲われたわたしは、何も言わずに手をひらひらさせてマーレへの返答としたのだった。

間奏三　八月

しばらく慧ちゃんから連絡がなかったけれど、八月に入るとＬＩＮＥが届いた。

〈試験終わった。お盆に帰って一週間ほどいる。続き叔父さんのアドレスに送ったからまた読んどいて〉

八月の十二日に慧ちゃんは帰ってきた。東京土産を持ってきてくれた慧ちゃんを茶の間に座らせ、あたしは用意しておいた二切れのケーキを出す。見た目はどちらもよく似ている。いちばん下はタルト生地、その上に白っぽいチーズクリームの層があって、いちばん上はカスタードクリームだ。表面にはうっすら焼き色がついている。

「こっちがクリームチーズ、こっちがカッテージチーズや。卵もウズラのを使ってる。味見してみて」

「いただきます」慧ちゃんは麦茶で喉を湿し、まずクリームチーズのほうにフォークを入れた。

「うん、うまいわ」

緊張が一気に解けた。お父さんお母さんにも味見してもらって、そこそこ自信はあったんだけどね。麦茶を飲んだ慧ちゃんは、今度はカッテージチーズのほうに手を伸ばす。

「こっちもうまい」

「お祖母ちゃんのチーズケーキに似てる？」

慧ちゃんは口を動かしながら、カッテージチーズのほうを指さした。

「こっちのほうが似てる。ただ、舌触りが……」

「ぼそぼそしてるよね。裏ごし二回したんやけど」

あたしも自分の皿を持ってきた。まずいわけじゃない。模試でいうとC判定の上のほうかな。でも……。

「お祖母ちゃんの味とはなんか違うよね」

「うーん」慧ちゃんは眼鏡の下でまばたきする。「お祖母ちゃんのはもう少しなめらかやったかな。あと、下のクリームに、もうちょっと酸味があったような気がする」

あたしたちは向き合って、ゆっくりじっくり味見した。慧ちゃんの記憶の中にある味を再現するのって難しい。あたし自身がもっと明確に覚えていればよかったんだけどなあ。

「桃香さんからは何か言うてきた？」

慧ちゃんに聞かれ、あたしは片手にフォークを持ったままスマホを取りだした。

「昔の日記調べてみたけど、具体的に何を使ったなんてことは、お祖母ちゃんも言わへんかったって。でもちょっと気になること言うてる」

——お祖母さまをお訪ねしたあの日、わたしはすごく硬くなっていました。日本語は通じると純くんに聞いていましたが、ドイツの方というので、どうご挨拶すればいいか、何をお話しすればいいのか、とても不安だったのです。

第一印象は、意外に小さい方ということでした。ほら、よく映画なんかに、がっちり肉のついたおばあさんが出てくるでしょう、あんな方を想像していたのです。なのにわたしより小さいくらいだったので驚きました。

客間ではなく、茶の間に通されました。純くんはすっかりくつろいだ様子で、「お祖母ちゃん、今日のお菓子何？」と言ってます。お祖母さまはすぐケーキとコーヒーを出してくれました。純くんが「うまいうまい」と言うと、お祖母さまのほっぺたにえくぼが浮かびました。髪の毛はもう半分白髪になっていたでしょう。きれいな青い目を見て、優しそうな方と思ったのを覚えています。

ケーキを食べ終えた純くんは子どものころのアルバムを探しにいき、純くんが戻ってくるまでの間、わたしはお祖母さまと差し向かいでケーキをいただきました。上がカスタードクリーム、下がチーズクリームだったというのはこの前言いましたよね。わたしが「おいしいです」と言うと、お祖母さまは、

「これは故郷の味……母の味なんです」

と柔らかな声で言われ、そのあとこう付け加えました。

「チーズケーキのつもりなんですけどね、ちょっと違う作り方をしてみたんですよ」

ここは「違う材料を使ってみた」だったかもしれません。ごめんなさいね、はっきり覚えてないの。そこへ純くんが戻ってきたので、その話はそれきりになりました。あのときちゃんと

聞いておけば、かりんちゃんの質問にもすぐ答えられたのにね。

そのあとお祖母さまにお会いしたのは、結婚式のときを含めて三回か四回でしょうか。もっとお話ししておけばよかったと悔やまれてなりません。お祖母さまのチーズケーキ、レシピがわかったら、わたしにも教えてくださいね。


時間をかけて一文一文丁寧《ていねい》に書いてくれたのが伝わってくる文章だった。慧ちゃんが読み終えるのを見計らってあたしは言った。

「お祖母ちゃんの言うたお母さんて、カネさんじゃないよね」

「実のお母さんのほうやろうな。ちょっと違う作り方ゆうのも気になるなあ」

「そうやろ。作る手順そのものは、そんなに変えようがないねんよ。とにかく混ぜて焼くだけやもん。となると、『違う材料を使ってみた』が正解やないんかな」

「ウズラ卵と思いたいけど、ほかの可能性も考えてみる？　チーズケーキの材料て何や？」

「まずチーズやね。クリームチーズかカッテージチーズ。それと卵とお砂糖は必須かな。ヨーグルトやサワークリームを入れる人もいるし、レアチーズなら生クリームや牛乳も使う」

「あの酸味はそれやったんかな。ヨーグルトかサワークリーム」

「そうやね。今度はちょっとヨーグルトでも入れてみようかな。慧ちゃん、ロッテのあの話、あとどれくらい？」

「三分の一……もないな。あと四分の一ちょっとや」

「じゃあ慧ちゃんが訳し終わるまでに、あたしも完成させないとね」

その晩あたしはこれまでにもらった訳にもう一度目を通してみた。ロッテは今なら同人誌を作るタイプかも。マーレは最初とっつきにくく見えたけど、意外と純情で可愛いとこがある。あたしのお気に入りはドルトヒェンだ。こういうわが道を行くタイプ、今なら絶対下級生のファンがつくと思うんだけどな。

ロッテもドルトヒェンもマーレもあたしより年下なのに、すごくしっかりしている。昔の人って寿命が今より短い分、早く大人になったのかな。受験の悩みがないのは羨ましいけど（ロッテのように自分から大学へ行きたいというのは例外だよね）、そのかわり婚約だの結婚だのを早くから考えなあかんかってんなあ。

明け方、夢うつつの中でおかしな歌を聞いた。

――ウズラの卵、卵はまだら、まだらの卵、卵はウズラ……。

あれだ、慧ちゃんが幼稚園のときに作ったってやつ。ウズラの卵のまだら模様は一つ一つ違っていて、同じものは決してないんだろうな。まだらという言葉、最近どこかで見た覚えがあった。ロッテの話の中に出てきたっけ。「卵＋まだらの牛か馬」というおかしな名前を持つドレスデンのお菓子。読み方はアイアなんとかだろうと慧ちゃんは書いていた。

もしかして……。

タオルケットを引き寄せたはずみに目が覚めた。起きあがって窓を開けると、夏の朝のなまぬるい風が部屋の中に入ってくる。机の上のスマホをつかんでもう一度寝ころんだ。「卵まだらの牛」で検索してみたが、出てきたのは卵料理のレシピばかり。プリントアウトしたものを見ればドイツ語の綴りはわかるけど、寝ころんだままそこまでするのは面倒だった。

スマホを手にあたしはぐずぐずしていた。もしかすると、という思いはだんだん強くなる。

「別にええやん、失敗したって」

声に出して言ったあと、あたしは入力した。

「チーズケーキ　まだらの牛」

ダメだ。いきなり畜産関係に飛んでしまった。気を取り直して再度入力。

「チーズケーキ　まだら」

今度は魚のマダラが出てきた。ほかに使えそうなキーワードはないだろうか。ええい、これならどうだ。

「チーズケーキ　ドレスデン」

一瞬後、チーズケーキの画像が現れた。ドレスデン名物アイアシェッケ、意味は「まだらの卵」。クアルクというフレッシュチーズで作ると説明があった。

これだ、お祖母ちゃんのチーズケーキはこれに違いない。ウズラの卵ではなくまだらの卵。写真を拡大すると、チーズの白い層の上に黄色いクリームの層がのっている。

それからあたしはもう一つのことに気づいて、スマホを落としそうになった。「まだらの卵」が故郷の味ということは、お祖母ちゃんはドレスデンの出身だったのだ。

第八章　神戸から来た人形

1

「わたしは愚かだった。考えなしだった」音楽室の出窓にどすんと座ったドルトヒェンは両手で顔を覆った。「大人たちにしゃべったら、こうなることはわかりきっていたのに！」

マーレはピアノの前に座り、無言でシューマンの曲を弾きはじめた。わたしはドルトヒェンの隣に腰をおろす。

「そんなに悪いほうに考えなくても、せいぜい一、二週間のことでしょ。軍があのタイルを全部掘りだして持っていけば、もとどおりになるわよ」

月光文書と思われるタイルを発見してから一週間。わたしたちはいつものルートでザリガニの池に出かけ、ぷんぷんしながら帰ってきたところだった。

だってね、池に近づくと金網が張りめぐらされていたんですもの。乗り越えられない高さじゃないけれど、上が有刺鉄線になっているから、服にかぎ裂きができてしまう。

人の声がしたので木蔭に身を隠したら、男の人が四人対岸にやってきた。一人はウーラント中尉で、二人は中尉よりずっと年上の殿方だ。残りの一人（この人がいちばん若い）は少し後ろに控えているところを見ると、どちらかの殿方のお付きなのだろう。全員平服だけど、どう見ても軍人さんだった。ウーラント中尉が上役を案内してやってきたとしか思えない。

中尉が金網の入口の南京錠を開け、男の人たちは中に入った。いちばん年上の偉そうなおじさまが、ステッキの先で池の中を指す。声は聞こえないけれど、あのあたりか、と訊いているのだろう。ウーラント中尉が返事をすると、もう一人のおじさまが何か言う。

中尉の視線がわたしたちのほうに向けられた。ここで無断外出が見つかったら面倒だわ。わたしたちは即座に撤退し、学校の塀の内に戻ってきたというわけ。

ドルトヒェンがふんと鼻を鳴らした。「日曜日なのに仕事とはな。ご苦労なことだ」

わたしは素早く考えをめぐらす。

「日曜だから目立たないと思ったんじゃなくて？　普段の日に軍人さんがうろうろしていたら、恐ろしく目立つでしょう」

「金網で囲った時点で、あの池には何かあると宣伝しているようなもんだぞ。マーレ、シューマンのその曲って、そんなに陽気なものだったっけ」

「そうよ、気分は最高！　婚約は正式に解消になって、あたくしは自由の身。あの人はどこか信用できないっていうあたくしの第一印象は正しかったんだわ」

わたしとドルトヒェンは、しばらくマーレの弾くピアノの音に耳を傾けた。やがてまたドルトヒェンが口を開く。

「おい、あれはウーラント中尉じゃないか？」

窓からのぞいてみたら本当に中尉さまだった。わたしが手を振ると、音楽室の下までやってくる。

「そこにいらしてください。あとでうかがいます」

待つほどもなく扉をノックする音がした。

「こんにちは、お嬢さん方」入ってきた中尉は、わたしに茶色い紙包みを二つ手渡した。「こちらはケルステンくんから預かってきました。こちらはわたしから。どうぞみなさんで召しあがってください」

「まあ、ありがとうございます」

シュテファン叔父さんの包みは前と同じく腸詰めとチーズだろう。今日はあまりにおいの強くないものを選んでくれたみたい。中尉の包みは甘い香りがするからチョコレート。

「みなさん、今日の午後はずっとこちらに？」

「ええ、もちろん」ドルトヒェンが真面目くさった顔で答える。

「おかしいですね。先ほど例の池のそばで、みなさんによく似た方々を見かけた気がするのですが」

わたしもドルトヒェンに負けずに澄まして言った。

「幽体離脱ですかしら。あの池のことが気になって、心が迷いでていったのかもしれませんわ」

ピアノの前でマーレが咳きこみ、中尉は目を細めてくすりと笑った。

「ではそういうことにしておきましょう。幽体離脱で何かごらんになりましたか？」

「中尉さまは、軍の上官らしき方々を案内しておいででした」わたしは霊媒を気取って、厳かに言った。「池のまわりには金網が張りめぐらされていました。てっきりもう掘りだしにかかったものと思っておりましたのに」

「大きな組織というものは、動きだすまでに時間がかかるのですよ」

少しばかり無念そうに言った中尉は、潜水夫を使って池を調べている最中だと教えてくれた。水草に覆われたタイルの一部に文字や絵が見つかった。どうやら本当に月光文書らしいということで、壊さないよう取りだす方法を今考えている——。そのあと中尉は恨めしげな表情で付け加えた。

「わたしももぐる羽目になりましたよ。水泳にはまだ早い季節でしたがね」

「実物をごらんになったんですの？」思わず中尉の顔を見つめるわたし。

「ええ。どういえばいいのかな、池の底にタイル張りのバスタブが沈んでいるとお考えください。マイセンかどうかはわかりませんが、白地に青でいろいろ描かれていました。あれは誰が考えたのかな。原画はルンペルシュティルツヒェンが描いたのかもしれませんね」

「タイルでしたらデルフト焼のほうが有名でしょうに」とマーレ。

「モルゲンシュテルン男爵もオランダまで注文を出すのはためらわれたでしょう。秘密を知っている人間をあちこちに増やしたくはなかったでしょうからね」

「ですが、いくら内緒にしても、陶工の目には触れることになったでしょう」ドルトヒェンが疑問を投げかける。

「簡単な予防策として、おそらく何回かに分けて注文したのではないかと思いますよ。ざっと見ただけですが、一つの出来事につき五枚のタイルが用意されていました。真ん中のタイルには、王らしき人物の肖像とか、二つの軍勢が戦っているところなどが描かれていて、その絵に関する説明は上下左右の四枚のタイルに書かれています。文章は細切れになっており、四枚突き合わせないと意味をなしません。さらにラテン語で書かれているので、下っ端の陶工やタイル張りの職人は見ても何のことやらわからなかったでしょうね」

なるほどね。下絵・下書きは男爵側が用意し、五回に分けて注文すれば秘密は保たれる。どういう順序でタイルを並べるかは、注文主しか知らないのだから。わたしは中尉の視線をとらえて言った。

「何が書いてありましたの？　一つくらい教えてくださいましな」

「一九一四年」とつぶやいた中尉は、疲れたような表情になって目を閉じた。「いや、そのあとはやめておきましょう。わたしのラテン語はかなり錆びついていますから、正しく読み取れたかどうか自信がありません。お嬢さん方、月光文書のことは誰にも話していませんね？」

「はい。先生にもほかの友達にも言っていません。知っているのはわたしたちだけですわ」

一週間前、ウーラント中尉はわたしたち三人に箝口令《かんこうれい》を敷いた。月光文書に本当に未来の出来事が書かれているなら国家機密だ。わたしたちがその場にいたことは伏せられ、ヘンシェルさまはたまたま密猟者に出くわして撃たれたのだということにされた。

ヘンシェルさまは今、ドレスデンの軍病院にいらっしゃる。お命は助かったけれど、傷口がふさがるまでしばらく入院しなければならないらしい。耳たぶのちぎれた小男ロシュコフと熊男イワノフは、ヒルデブラント少尉とともに憲兵隊に拘束され、取り調べを受けている。

「おらたちはただの貧乏な移民です。少尉どんに金で雇われただけです」

最初はそう主張していたというのだけれど、二人の宿を捜すとさまざまな証拠の品が出てきたんですって。そう、あの二人はヘンシェルさまが疑っていたとおり、ロシアのスパイだったの。中尉さまは前々からあの二人を追っていたに違いないわ。でなければヒルデブラント少尉を――裏切りの証拠をつかむために――。


「フォン・エーバーライン嬢、ヒルデブラント少尉に何か伝言があれば承りますが」

「別にございませんわ」陽気にマーレは言った。「あの方とのご縁は切れましたの。お気遣いいただかなくてもけっこうですのよ」

「少尉殿は、お金目当てで月光文書をロシアに売り渡そうとしたんですか？　どうもそこが納得いかないんですよ。あの人の実家はお金持ちだと聞いていたんですが」

ドルトヒェンに訊かれ、中尉は窓の外に目を向けた。しばしの沈黙ののち、口を開く。

「実家はともかく、彼自身はけっこうな借金を抱えていました。博奕《ばくち》の借金や、あと、これはフォン・エーバーライン嬢の前では言いにくいのですが……」

「あたくしは別にかまいませんことよ」

「なんと言いますか、とあるオペラの歌姫と、あー、個人的に親密な交際をしていたようでして。ですから表向きの動機は金目当てということになるでしょう。ただ、その裏にはもう一つ別の動機もあったようです。これは彼の言葉の端々からわたしが推測しただけなのですがね。――彼は戦争を欲していたんですよ」

聞き間違いかと思った。「わかりませんわ。なぜそんなことを?」

「昇進の機会をつかむためでしょう。騎兵隊に入れなかったというのが、彼の中で大きなわだかまりになっていたようですね」

そんな理由で戦争を望む人がいるなんて。戦争は出世のための手段じゃないでしょうに。

「月光文書の噂を耳にした彼は、その価値に気づいた。自分からロシアに売りこんだのか、ロシア側から接触があったのかはまだはっきりしませんが、ヒルデブラント自身は、将来起こる戦争についての情報が月光文書に記されていると確信していたようです」

ドルトヒエンが顔をしかめた。

「次の対戦国はロシアになるかもしれないのに、ロシアに情報を売るなんて、どういう神経してるんでしょうね」

「ロシアと戦争をすることになったら、彼としてはむしろ望むところだったでしょう。華々しい活躍の場が与えられるという意味においてですが」

マーレが身を震わせた。「ドレスデンの滅亡を引き寄せるかもしれませんのに?」

「もしかすると」ヒルデブラント少尉をかばうわけではないが、わたしは言っていた。「ヘンシェルさまとは別の意味で、月光文書に取り憑かれていたのかもしれませんわね。うまく言葉にできませんけれど、こんな感じじゃないでしょうか。戦争が起きる？　だったらさっさと起こしてしまえ。ドレスデンが滅びる？　だったらさっさと滅ぼしてしまえ」

「ああ」中尉が息を吐きだす。「いつ起こるかわからない戦争をずっと待っているよりは、自分が起こしてしまったほうがいいというわけですか」

「はい。少尉さま、心の奥では、戦争の予言を恐れていたんじゃないでしょうか」

「そんなこと、いちいち考えてあげる必要はないわ」鍵盤の上に指を滑らせ、マーレはきっぱり言った。「あの方の話はこれでおしまい。よくって？」

ヒルデブラント少尉がマーレと婚約したのは、うちの学校に出入りする口実が欲しかったからかもしれない。それだけのためだったとは思いたくないけれど。ウーラント中尉を送って正門まで歩いた。ドルトヒェンとマーレは来なかったので、わたしだけ。

「どうぞフォン・エーバーライン嬢の支えになってあげてください。気丈に振る舞っていても、内心はショックだったでしょう」

マーレに支えはいらないわと思ったが、わたしは素直に「はい」と答えた。殿方の幻想を崩さないほうがいい場合もあるのだ。

「階段に脂を塗ったのも、あのロシア人たちのしわざでしたの？」

「いや、あれはまったくの別件だと思いますよ。おそらく生徒の悪戯《いたずら》だったのでしょう。学校や先生に不満を持っている人がいたら気をつけていてください。大事なのは犯人を捕まえることではなく、新たな事件を起こさないことです」

食事内容に不満を持っている生徒を挙げていったら、ほぼ全員が容疑者になる。中尉はあたりを見まわし、わたしの耳にささやいた。

「ひらひら狼《おおかみ》がまたやってきましたよ。あなた方を助けにいくのが遅くなって申し訳ないとうなだれていました」

「ひらひら狼のせいではありませんのに」

「あいつは前々から月光文書のありかを知っていたんじゃないかと思いますね。食えないやつだ。ほかにも秘密を抱えているに違いありません。そのうちしっぽをつかんでやりますよ」

坂道を徒歩でくだっていく中尉を見送って踵を返す。シュテファン叔父さんよりも中尉さまにお会いすることのほうが、なんだか最近多くなってるわ。お話ししてると、ずっと年上の方だってこと、つい忘れてしまう。

校舎の玄関の前で、ひょろりと背の高い青年と行き合った。「こんにちは」と挨拶して行きすぎようとしたら、

「あ、あの……グリューンベルク嬢……ですよね」

と声をかけられた。どなたですか、と言う一瞬前に思いだす。ベルタのお兄さんのアントンさんだ。

「はい。こんにちは、ダールマンさん。ベルタに会いにみえられたんですの？」

「ええ、今会ってきたのですが……すみません、ちょっとお話しさせていただいてもよろしいですか？　ベルタのことで」

そう言われたら断るわけにはいかない。アントンさんは早口で言った。

「最近ベルタの様子がおかしいとお思いになりませんか？　何やら心配事を抱えているようなのですが、訊いても何も言ってくれないのです。グリューンベルク嬢にお心当たりはありませんか？」

わたしはここ数日のベルタの様子を思い浮かべた。何か変わったことがあったかしら。

「申し訳ありません、わたくしではなんとも……それとなくベルタに訊いてみましょうか」

「ああ、そうしていただければありがたい。よろしくお願いします」

夕食のあと、そっとベルタの様子をうかがった。いわれてみれば、刺繍《ししゅう》をしているベルタの目の下には青黒い隈が浮いている。

「ベルタ、なんだか疲れた顔してない？」

「なんでもないわ。昨日よく眠れなかったからそのせいよ」

はっきり打ち消されると、それ以上踏みこんでは訊けない。

「何かわたしにできることがあったら遠慮なく言ってね」言葉を選んでそれだけ伝えるしかなかった。

「ありがとう、ロッテ。一つ訊いていい？　コンツェ嬢がお発ちになるって噂を聞いたんだけど」

「ええ、いつとはまだはっきりうかがってないけれど、もうすぐらしいわ」

「そう、残念ね」ベルタはかすかな吐息をつき、花の刺繍の上にかがみこんだ。

2

ゾフィーさま出立の日が決まった。二週間後だ。お別れの昼食会があると聞いて、「普段より豪華なお献立！」とゾフィーさまと特に関わりのなかった子たちは大喜びした。

お餞別《せんべつ》の準備でわたしは忙しくなった。なんでもお持ちの方にお贈りするのって何がいいのかしらね。マーレからアドバイスをもらい、ゲーテの詩をリネンに刺繍《ししゅう》して小さな額を作ることにする。編み物のほうは当分お休みだ。

「わたしも何か差しあげても失礼じゃないかしら」

ベルタが言うので、大きくうなずいてみせた。

「もちろんよ。きっとお喜びになるわ。何を作ってさしあげるの？」

「そうね……匂い袋とか考えているのだけれど」

ゾフィーさまは、前にリースヒェンがお話ししたからくり人形のことを忘れてはいなかった。ある日の午後、キルシュバウムの人形店のご主人が、たくさんの箱を荷車に積んでやってきた。一階の小教室が臨時の店舗に早変わりする。ゾフィーさまが買い物をなさっている間、わたしたちも自由に人形を見ていいことになっていた。

「あなた方は見るだけですよ。買い物をしてはいけません」

先生には厳しく言われていたが、中にはこっそりお小遣いを数えている子もいた。わたしたちが外出できるのは日曜だけで、お店は日曜には閉まっている。長いことこの学校にいても、みんな飾り窓をのぞいたことしかなかったのだ。

授業のあと、ドルトヒェン、マーレ、わたしの三人が小教室に赴くと、長机にはすでにたくさんの人形が並んでいた。リースヒェンが持っているのと同じお昼寝熊さんもいれば、赤ずきんと狼《おおかみ》を同じ台の上に並べたものもあった。店主のクルップさんはサンタクロースのモデルになれそうな福々しい丸顔のおじさんだ。そばに控えている若い男の人は息子さんだろう。

「どうぞお手にとってごらんください。横の棒を引っ張るかつまみをひねるかすれば、からくり仕掛けが動きます」

お小遣いを持っていないわたしたちは触るのを遠慮し、ゾフィーさまが動かすのを見せてもらう。カタンカタンという軽い音とともに熊の首が伸びあがると、ゾフィーさまは声を立てて笑った。

「まあ！　話には聞いていましたけれど、本当になめらかな動きだこと」

「見事な細工でございますわねえ」マルテルさんもそばで感心している。

クララとギゼラ、リゼッテたちがぞろぞろ入ってきた。ギゼラはリースヒェンの人形のこと、ずいぶんからかってたのにね。目が合うと、ギゼラは言い訳するように言った。

「あたしは別に欲しいわけじゃないのよ。クララが見たいっていうから仕方なくついてきた生徒だけでなく先生も入れかわり立ちかわりやってくる。新しい人が入ってくるたび、若いほうのクルップさんは愛想よく声をかけていたが、ベルタがリースヒェンの手を引いてやってくると、ぱっと立ちあがった。

「ベルタさん、お久しぶりです。アントンくんとは最近お会いになりましたか？」

息子さんのほうは一生懸命話しかけているのに、ベルタはうつむき、言葉少なに答えるだけ。お父さんはじろりと二人を見たが、すぐゾフィーさまに向き直った。

若いクルップさんはリースヒェンに微笑《ほほえ》みかけ、切り株に座った熊の人形を取りあげた。

「さあ、お嬢ちゃん、よく見ていてくださいよ」

つまみをひねると熊の首がまっすぐ上に伸びて、口が大きく開く。口の中は赤く塗られていて、お昼寝熊さんよりちょっと怖い。お次は赤ずきんと狼の人形だ。狼の目が飛びだすと、向かい合わせに立つ赤ずきんは怯えたように両手で顔を隠した。小鳥はカタカタはばたき、兎《うさぎ》は長い耳をそよがせる。頭の七つある鼠《ねずみ》（くるみ割り人形のお話に出てきたやつね）は、一斉に小さな頭を振る。人形が一つ動かされるたび、小教室の中にため息が満ちた。

「えー、モルゲンシュテルン男爵のお抱え画家ルンペルシュティルツヒェンが、この人形の生みの親でありまして……」

店主は滔々《とうとう》と小さなからくり人形について語った。材料は主にブナの木を用いていること、飛びだす目は鹿《しか》の角の内側にある白い部分を使っていること。

「最初に作られたのは、お昼寝熊さんでございまして、今でも人気が高うございます。顔が一点一点違いますので、どうぞお気に召す子をお選びください」

「なんで首が伸びるんですか？」

ドルトヒェンの問いに、店主はにこやかに答えた。

「からくりの糸が内部にあって、足や手の動きと連動しているのですよ」

ドルトヒェンの知りたい答えとは微妙にずれている気がしたけれど、そこへ校長先生がやってきて、その話はそれきりになった。

ゾフィーさまは、親戚やお友達のお子さんに、またマルテルさんのお孫さんにと、三十個ばかりお買いあげになった（校長先生も三個！）。店主は笑み崩れんばかり。

「はい、はい、ありがとうございます。ではのちほど、きちんと包装してお届けいたします。動かなくなりましたら、いつでも修理に応じますので」

シュテファン叔父さんから小包が届いたのは、翌日の午後のことだった。部屋に戻って早速開けてみると、軽い上等のモスリンが一巻きと厚紙でできた小箱が入っていた。まず最初に叔父さんの手紙を開く。

ロッテへ
元気でやってるか？　モスリンはウーラント中尉からだ。正確にいうと中尉殿のご母堂から俺のところに送られてきた。中尉殿に確認したら、この前の包帯の礼だとさ。固辞したが、どうしてもと言われるので受け取った。

実際のところ、あの岩場で何があったんだ？　中尉殿は詳しいことを話してくれない。おまえは何か知ってるんだろう？　例のロシアのスパイがらみか？　いい、いい、どうせ中尉殿に口どめされてるんだろうから、これ以上は訊かない。だが何か心配なことがあったらすぐ俺に言うんだぞ。

モスリンを広げてみてびっくり。ペチコートならたっぷり三枚取れる。今度中尉さまにお目にかかったら、よくよくお礼を申しあげることにしましょう。今考えると、ペチコートを包帯にするなんて、とんでもなくはしたないことだった。中尉さま、お母さまには詳しいことをおっしゃってないといいんだけれど。

小箱のほうは日本から来た留学生にもらったものだ。この前の葉書にちょっと書いただろう。名前はヤマモトというんだが、その男が大演習で世話になった礼だと言って、これを持ってきた。おまえのことをどこかから聞きこんだらしく、「姪御さんに差しあげてください」と言う。もっと小さな子と勘違いしているようだったが、訂正はせずにおいた。横から突きでている棒を引っ張ってみろ。

そこまで読んで厚紙の箱を開ける。中には木の箱の上に寝そべった人形が入っていた。手に持った楕円形のもので顔を隠している。ゆったりした袖の服はキモノかしら。木肌の色を生かした素朴な作りだったが、頭の下の枕は鮮やかな朱色に塗られていた。枕の横には開いたままの本が置いてある。

「お人形さん?」リースヒェンがそばに寄ってきた。

「ええ、日本のものみたい。ええっと、この棒を引っ張ってみればいいのね」

次の瞬間、わたしはきゃっと叫んでいた。人形の首がするする伸びて、小さな頭が持ちあがったのだ。頭の動きにつれて左目が飛びだす。片足が台の上を滑って大きく開き、平たい楕円形のものはカタンと足のほうへ振られた。なあに、これ、熊が人に変わっただけで、リースヒェンの持っているからくり人形にそっくりじゃない。

リースヒェンが手を打ち、笑い声をあげた。ドルトヒェンとマーレ、それにベルタもやってきて人形をのぞきこむ。

「これどうしたんだい?」

ドルトヒェンに訊かれ、大急ぎで手紙の残りに目を通した。

「シュテファン叔父さんが、日本から来た留学生にもらったものですって」

「日本の……留学生?」ベルタの肩がびくっと動いた。

「ええ。名前はお化け人形、お化けというのは、日本の精霊とか妖精のことですって。コーべという町で最近評判のお人形……あら、コーべって、リースヒェンの生まれたところ?」

リースヒェンは青い目をきらきらさせた。「そう。ねえ、触っていい？　触っていい？」

「いいわよ」

大事そうにリースヒェンは木箱を持ちあげた。箱の中に棒を押しこむと首が縮んで、手足も最初の位置に戻る。棒を引きだすと首が伸びて左目が飛びだし、バタンカタンと手足が動く。一連の動作をリースヒェンはうっとり見つめた。

「これ、きっと、ろくろ首」

「ロクロクビ？」

「そういう精霊がいるの。首がにゅうっと伸びるの。首が伸びるだけ。悪いことはしない」

リースヒェンは一つ一つ教えてくれた。頭に櫛《くし》をさしているので、これはろくろ首のおばあさん。手に持っているものはうちわといって、扇《おうぎ》のようなもの。うちわが動くのは、着物の前がはだけたのを隠すため。

「日本にもこんなものがあるんだな。リースヒェン、知ってたかい？」

ドルトヒェンに訊かれ、リースヒェンはかぶりを振る。マーレが言った。

「キルシュバウムの人形をお手本にして、向こうで作られたんでしょうね」

きっとそうだろうとわたしたちはうなずきあった。海を渡ったドイツ人の中に、お昼寝熊さんを持っていった人がいたに違いないわ。でも模倣にしても見事だこと。手の指、足の指まで細かく彫りだされ、赤い舌は別に作ってはめこんである。

「エーミールさんが見たらきっと興味をお持ちになるわ」そうつぶやいたベルタは、わたししたちの問いかけの視線を受けて頬を赤くした。「ほら、昨日いらしてたでしょう、クルップ人形店の息子さん。兄の同級生だったの」

ご本人はそれ以上の関係になりたがっていたようだけれど、ベルタをからかっちゃいけないわね。

「なんで出てくるのが左目だけなんだろうなあ。それにこのからくり仕掛け、分解してみたいなあ」

ドルトヒェンがとんでもないことを言いだすので気が気でない。ギゼラとクララが戻ってきたので、わたしはもう一度お化け人形の説明をすることになった。

3

日の当たる六月の出窓は、詩の推敲《すいこう》をするには最高の場所じゃないかしら。

その日の放課後は、たまたまわたしが真っ先に音楽室に着いた。いつもの出窓に腰かけて手帳を引っ張りだし、桜の花と梨《なし》の花、林檎《りんご》の花を詠んだ詩を手直しする。

「何を書いてるんだ?」

ドルトヒェンの声がして、わっとわたしは飛びあがりそうになった。あわてて手帳をポケットに滑りこませる。訝《いぶか》しげにわたしを見たドルトヒェンは、お下げ髪を後ろに払ってにやりとした。

「わかったぞ、詩だな。君は詩人か。なるほど、シュミット先生相手に毎週丁々発止とやっていたのはそういうわけだったんだな」

「え、ええ」ここでごまかしたり否定したりするのは自分自身を否定すること。はっきり答えるしかない。

「心配ない。学校中に触れまわったりはしないよ。君が嫌ならマーレにも言わない」

「ええと、そうね、マーレには言ってもかまわないわ」

「どんな詩を書いてるんだ？　よかったら聞かせてくれないか」

ちょっと考え、「野葡萄《ぶどう》」と題をつけた短い詩を披露する。

「野葡萄を口にふふめば
舌を押し返す弾力……」

十二行の詩を暗誦すると、ドルトヒェンはひゅうっと口笛を吹いた。

「いいじゃないか。難しい言葉もないし、何が言いたいかちゃんとわかる」

まあそんなものよね、褒め言葉って。そのあとドルトヒェンは思いがけないことを言いだした。

「君は詩より長いものは書かないのか？」

「お伽噺風《とぎばなし》のお話は、ちょっと書いてみたことがあるけれど」

「今思いついたんだが、最近この学校であったことを小説にしてみたら面白いんじゃないか。名前はそのままでは出せないから仮名にして、学校のある場所も少し変えて」

「ええっ？　わたしにできるかしら」

あったことをそのまま書くだけでも相当な長さになりそうだ。犬の声がして下をのぞくと、疾風を連れたゾフィーさまが花壇の脇に立ってらした。真っ白なブラウスの胸もとに、今日も例のロケットがきらめいている。ゾフィーさまがこの学校にいらっしゃるのもあと数日。声をおかけしようとしたら、ベルタが花壇の向こうから小走りでやってきた。

「コンツェ嬢……」

小さな声で呼びかけたベルタは、白い紙に包んだものを差しだした。お餞別《せんべつ》……虫除けの匂い袋……などという言葉がきれぎれに聞こえてくる。

「いい香りだこと。あなたが刺繍《ししゅう》をなさったの？」

ゾフィーさまの声はよく透《とお》る。立ち聞きしているみたいと気づいて窓辺から離れようとしたとき、ベルタのかぼそい声がわたしたちのいるところまでのぼってきた。

「この中にはちょっと珍しい花も入ってますの。香りがいいだけでなく……肺病に効くといわれています」

ゾフィーさまが答える前に一拍間があった。

「……そんな花があったんですの？　存じませんでしたわ」

「この前森へ行ったとき見つけて……なんでしたら場所をお教えいたしますわ」

疾風が駆けだし、ゾフィーさまとベルタも話をしながら行ってしまった。二人の姿を見送ってわたしは首をひねった。

「肺病に効く薬草なんか聞いたことあって？」

「あるわけない」赤い頭を一振りしてドルトヒェンは断言する。「もしあれば、とっくの昔にあちこちで栽培されている。おおかた田舎のばあさん連中の迷信だろう」

そうよね、わたしもそう思う。結核の治療法は、残念ながらまだかぎられている。空気のきれいなところで、しっかり栄養をとって養生する、それしかない。ベルタのような人が迷信を信じているなんておかしなこと。ギゼラあたりが聞きつけたら、チゴイネルにさらわれたせいだと言いかねない。

マーレがやってきて、わたしはもう一度「野葡萄」を暗誦した。そのあと小品をさらに三つ。音楽室を出るときには、最初の詩集に二人への献辞を入れることを約束させられていた。

「閨秀《けいしゅう》　詩人ロッテ・グリューンベルク。いい響きじゃないか」

「将来名前が変わったらどうするの？」

マーレは遠い先の心配をしてくれる。ドルトヒェンは自信たっぷりにこう言った。

「旦那の名字のあとに、グリューンベルクをくっつけて筆名にすればいい。そうしたら学友たちにも、すぐに君だとわかるだろう」

それが土曜日の午後のこと。翌日がどんな一日になるか、このときのわたしたちには知るよしもなかった。


わたしたちの持ち物は、各自一つずつ与えられた戸棚に入れてある。教科書と雑誌を持ちだされた直後は、わたしも気をつけて鍵をかけるようにしていたのだけれど、たいして貴重品があるわけでなし、だんだん疎《おろそ》かになっていた。だから自分の不注意といえばそのとおりなのだけれど……。

最初にあれっと思ったのは、日曜の朝、制服を取りだしたときだ。いちばん下の棚に置いてあったお化け人形の紙箱が見当たらない。そのときは時間もなかったし、自分の勘違いかと思ってそのままにしておいた。教会から帰ってお昼をいただいたあと、思いだして戸棚を調べたら、箱の場所が変わっていた。もっと奥のほうに突っこんであったのだ。

　誰かが触ったのかと怪しみ、念のため厚紙の箱から出してみる。異変は一目でわかった。手に持ったうちわが根もとから折られている。横の棒を引っ張ると首はちゃんと伸び、手足も動いた。本体のからくり仕掛けは大丈夫なようだ。

「どうした、ロッテ？」

　いつの間にかドルトヒェンが傍《かたわ》らに立っていた。無言で壊れたお化け人形を見せる。

「ふむ、ここにこの人形があることを知っていたのは？」

「うちの部屋の人全員。そしてギゼラが知っていたということは」

「校内の全員が知っていたのと同義だな」ドルトヒェンは舌先でくちびるを湿した。「誰かが勝手に遊んで、壊れたのを言いだせずそのままにしていったのかな？　それとも故意に」

　ベルタが入ってきたのを見て、ドルトヒェンは続きの言葉を呑みこんだ。

「どうしたの？　あなたたち今日は裁縫室に行かないの？」

　朗らかに言ったベルタは、わたしの手の中の人形を見て、「あら」と声をあげた。

「まあ、そのお人形、壊れたの？」

「え、ええ」

「クルップさんのお店に持っていってみたら？　似たようなからくり人形ですもの、きっと直してくれるわよ」

「そうね。じゃあ今日叔父さんが来たら……ああ、駄目、日曜だからあのお店も閉まってるんだったわね」

「うちの兄に預けたらどうかしら。帰るとき、クルップさんの自宅に寄ってもらうの。とりあえず直るかどうかだけでも調べてもらったら？」

それではあまりに申し訳ないと思ったが、ベルタが強く勧めるので、甘えさせてもらうことにした。

「ありがとう、ベルタって本当に頼りになるわ」

ベルタはつと目を伏せる。

「そんなことないわ。わたしなんか……じゃあ、この籠に入れといて。もうすぐ兄が来るから渡しておくわね」


久々に面会に来てくれたシュテファン叔父さんは、沈痛な面持ちをしていた。

「ヒルデブラントの話は聞いた。まさかロシアと通じていたとはな。今でも信じられんよ。婚約していたあの娘さんは……」

「アマーリエなら元気よ。婚約者といっても、二、三回しか会ったことがなかったそうだから、衝撃も少なかったみたい」

「ならまだよかった」

「ヘンシェルさまは軍病院においでなのよね。どうしていらっしゃって？」

「弾はすぐ摘出した。傷口はきれいなもんだ。俺の担当ではないが、おまえが世話になっていると聞いて挨拶にいった。あと数日で出られるだろう」

憲兵隊としては、月光文書を安全な場所に移し終えるまで病院に閉じこめておきたいところだろうけれど、それは口にできなかった。

「あの人形は気に入ったか？」

「え、ええ。実は、手に持っていたものが壊れちゃって……」

どうして壊れたかは言わずに、ベルタの親切な申し出のことに話を持っていく。アントンさんの顔を見たら挨拶しようと思っていたのに、気がついたらベルタの姿も見えなくなっていた。

リゼッテがお祖母さんらしき人に連れられて門を出ていった。きっとキルシュバウムの町を散歩するのね。二人と入れ違いに、軍服姿の若者が門から飛びこんできた。シュテファン叔父さんが足をとめ、大声で呼びかける。

「おおい、ベルクマン上等兵、どうした？」

「あれ、軍医殿ではありませんか」

走ってきた上等兵は小粋にさっと敬礼した。坂道を駆けてきたのか、額には汗の玉が浮かんでいる。着ているのは憲兵さんの制服だ。ある予感を覚えてわたしは口を開いた。

「ウーラント中尉さまの御用ですの？」

「はい。ここの校長先生はどちらにおいでですか？」

待つこと十分。校長先生と話しにいった上等兵が出てきたのを見て、叔父さんは手招きした。

「何かあったのか？　わたしも手伝おうか？」

小声で話す二人をわたしは少し離れたところからうかがった。耳を澄ましても意味のある単語は聞き取れない。ようやく話が終わり、叔父さんがわたしのところに戻ってきた。

「ロッテ、俺はベルクマン上等兵に協力して森に行く。おまえは寄宿舎に引っこんでいろ」

「どうしたの？　何があったの？」

「ほかの生徒には言うなよ。ヒルデブラントとつるんでいたロシア人が逃げた。まっすぐ国境に向かったとは思うが、いったんどこかに潜伏するかもしれない。念のためこの近辺を捜索する」

「どっち？　どっちが逃げたの？　大きいほう？　小さいほう？」

「……どっちもだ」

4

ベルクマン上等兵と出ていく叔父さんを見送ると、わたしはすぐ音楽室に走った。

「大変よ、大変！」

分厚い本を膝にのせていたドルトヒェンも、熱心に新しい曲をさらっていたマーレも、わたしの話を聞くと顔色を変えた。

「逃げられたって、いったい憲兵隊は何やってたんだ？」

「ごく初歩的な手に引っかかったんですって。牢屋の床に倒れたロシュコフを見て牢番が駆け寄ったら、熊男イワノフに殴り倒された」

「どこへ逃げたんだろう」

「うちの叔父さんは国境に向かったんじゃないかって言ってたけど」

「国境にはもう非常線が張られているだろう。逃げたと見せかけて、ドレスデンに潜伏したとは考えられないかな。スパイならあちこちに隠れ家を持っているもんだ」

マーレがきりのいいところまで弾いて手をとめた。

「あたくしたちに仕返ししにきたりしないかしら」

「われわれの名前を知ってるかな。ああ、そうだ、ヒルデブラント少尉に聞いてるか。となるとヘンシェルさんも危ない」

「軍病院にいらっしゃるんだもの、ヘンシェルさまのほうが安全よ」とわたし。

きゃんきゃんという犬の声がして、わたしたちは窓に駆け寄った。茶色い弾丸になって走ってくるのはゾフィーさまの疾風だ。興奮した様子でそのあたりにいた子に飛びつこうとしている。わたしたちは大急ぎで階段を駆けおり、庭に飛びだした。クララが転び、手をつないで走っていたギゼラも引き倒される。

「来ないでよ、来ないでったら！」

手を振りまわしてギゼラが叫ぶ。疾風はさらにきゃんきゃん吠え立てた。

「疾風、おいで！」

ドルトヒェンが強い口調で呼ぶと、疾風は短い脚でそろそろと近づいてきた。ドルトヒェンは疾風の頭を軽く叩き、首輪をさっとつかむ。

「ワンちゃん、落ち着くんだ。部屋から勝手に出てきたのか？　いけない子だね」

疾風はドルトヒェンの制服の裾をくわえ、ぐいと引っ張った。

「こら、ちぎれる！」

ドルトヒェンが叱ってもやめない。疾風を抱きかかえたドルトヒェンを先頭にゾフィーさまのお部屋をお訪ねすると、出てきたのはマルテルさんだった。

「あらまあ、疾風だけ帰ってきたんですの？　どうしたんでしょうねえ。こんなこと初めてですわ」

「この子を連れてお散歩にでも行かれたんですか？　いつお出かけになったんですか？」ドルトヒェンは素早く確認する。

「ついさっき……あら、もう一時間くらいたってますわね。裏の森へお散歩に行かれたんですよ。お供しますと申しあげたんですけれど、疾風がいるからかまわないとおっしゃって。まあ、どこではぐれておしまいになったんでしょう」

「それでしたら、わたしたちで少しそのあたりをお捜ししてみます」とドルトヒェン。「疾風をお借りしていいですか？」

校庭に戻ると、疾風はまたしてもわたしたちの制服の裾をくわえ、次々引っ張った。もう間違いない。ゾフィーさまに何かあったのだ。

「まさか、まさか、ロシュコフたちに出くわしたわけじゃないわよね」自分で口にして、わたしは血の気が引くのを覚える。

「怪我をして動けなくなって、人を呼びに疾風を寄越したのかもしれない」そう言いながら、ドルトヒェンも強張った顔をしている。

「どうしましょう、どなたか先生にお話しする？」

マーレに言われ、わたしは決断した。

「先生にお話ししていたら時間がかかるわ。わたしが捜しにいく」

ドルトヒェンとマーレは顔を見合わせたが、それも一瞬のこと。ドルトヒェンがにやりと笑った。

「きわめて論理的な選択だ。よし、行こう」

「門から出るのは面倒ね。だったらいつもの道を使いましょう」マーレはさっさと歩きだした。

「無理に一緒に来なくてもいいのよ。先生に怒られるのはわたしだけで十分」

「君は何を言ってるんだ。行くなら三人一緒だ」

「ロッテさん、ロッテさん」

後ろからマルテルさんの声がして、わたしは駆け戻った。小走りでやってきたマルテルさんは、はあはあ荒い息をつく。

「今、思いだしました。お嬢さまは、ベルタさん、ほら、黒髪のしっかりしたお嬢さんと、何かお約束していたみたいなんですよ。わたしには内緒とおっしゃってましたけれど、お二人で植物採集に行かれるようなご相談をなすっていました」

「わかりました。ではベルタも一緒に捜しますわ」

カスターニエの木を目指して歩きながら、わたしは今の話を二人に伝えた。

「ベルタのところには、お兄さんが来てたはずなんだけど」

「三人で森を散歩しているのかな」

自信なさそうに言うドルトヒェンの隣で、マーレは少しほっとした表情になった。

「ベルタのお兄さまがいらっしゃるならまだ安心だわ」

疾風を抱きかかえてカスターニエの木によじのぼり、葉をかきわけて塀を越える。地面におろした瞬間、疾風は身震いしてワウと吠えた。マーレが身をかがめ、背中を軽く叩く。

「さあ、疾風、あたくしたちを案内なさい」

女の子に運動は必要ないなどと言うのは誰だろう。何かあったとき、頼りになる殿方が常にそばにいてくれるわけではないのに。短い脚で疾風は走る。制服の裾をひらひらさせてわたしたちはあとを追う。ダンスの授業で鍛えてくれたミュラー先生に感謝だ。ちょっと走ったくらいで息があがることはない。誰も余計なことは言わず、前に進むことに専念する。疾風はときどき足をとめ、わたしたちを振り返った。

叔父さんや憲兵さんに会えたら助けを求めようと思っていたのに、こういうときにかぎって誰にも出会わない。〈お祖母さんの家の跡〉を過ぎ、さらに走る。マーレがさっきから脇腹を押さえている。ドルトヒェンの呼吸も乱れがちになった。わたしもだいぶしんどくなってきたけれど、とまったら動けなくなりそうで、機械的に足を動かし続けた。

ふと疑問が湧いてきた。ゾフィーさまは、なぜベルタと出かけることをマルテルさんに内緒にしていたのだろう。それに植物採集とはどういうこと？

――この前森へ行ったとき見つけて……なんでしたら場所をお教えいたしますわ。

ベルタの声がよみがえってきて、わたしは木の根につまずきそうになった。なんとか体勢を立て直し、リズムを乱さないようにする。肺病に効く花、とベルタは言った。どう考えても迷信だと思うのだけれど、ベルタは真面目に言っていた。ゾフィーさまのほうにその花を欲しがる理由はあるだろうか。お身内にどなたか胸を病んでいる方がいらっしゃる？

そのときわたしは思いだした。オーストリア＝ハンガリー帝国のお世継ぎフランツ・フェルディナント大公は、胸を病んでおいでだという話を。

降霊会の場で銀貨はDOPPELと綴った。あのあとに続くのが、やはりAだったのなら。Doppeladler《ドッペルアードラー》――双頭の鷲。

そんなことはない。ハプスブルク家に嫁ぐには、どこかの王侯クラスでないと。こういっては申し訳ないが、ボヘミアの伯爵令嬢程度では釣り合わない。でも、だからこそ、秘密の恋人としてお付き合いしていたのだとしたら。

大公殿下というご身分なら、最高の治療を受けられるだろう。滋養のあるものだってふんだんに召しあがれるはずだ。だが、肺結核というのは、そう簡単に完治する病ではない。いったんは押さえこんだかに見えても再発することがある。恋人の病に効く薬があるなら、頭では迷信とわかっていても、心のどこかですがりたくなるのではないか。

疾風が急に静かになった。身を低くして枯れ葉の上を這っていく。わたしたちも足音を忍ばせてあとに続いた。木の間隠れに丸太小屋が現れた。あそこだというふうに疾風が振り向く。

「木樵《きこり》小屋……かな」

ドルトヒェンが小声で言った。

扉は閉まっており、窓には鎧戸《よろいど》がおりている。一刻も早くご無事を確かめたいけれど、ロシュコフとイワノフがゾフィーさまたちを人質に立てこもっていたらどうしよう。用心しいしいわたしたちは小屋に近づいていった。

小屋まであと十歩のところまで来たとき、きしみながら扉が開いた。身を隠す暇もない。だが細い隙間から顔をのぞかせたのはベルタだった。

「あなたたち、どうしたの？」

「まあ、ベルタ、無事だったの？」

わたしは両足から力が抜けそうになった。ベルタははにかむような笑みを浮かべる。

「どうしてここがわかったの？　ああ、その犬ね。お利口だこと」

疾風はベルタを見あげ、ううっとうなった。マーレが首輪をしっかりつかんで訊く。

「コンツェ嬢もこちらにおいでになるの？」

「え、ええ。ちょっと足をひねってしまわれたので、ここにお連れしたの」

「君のお兄さんも一緒かい？」

「ええ。どうぞ入って。犬は入れないでね」

「伏せ」とマーレが命じると、疾風は従った。ベルタは扉をもう少し開け、自分は脇にしりぞく。小屋の中は薄暗かった。最初にドルトヒェン、次にマーレ、最後にわたしが入る。

「兄さん、わたしのお友達が来てくれたわよ」

第九章　ドレスデン滅亡

1

いきなり後ろから突き飛ばされ、わたしたち三人は団子になって冷たい床の上に転がった。

身を起こしたわたしたちは同時に息をのんだ。ベルタのお兄さんがわたしたちに拳銃を突きつけている。小屋の中は薄暗かったけれど、どこか上のほうから入ってくる光が、黒い拳銃をかまえたアントンさんの姿を浮かびあがらせていた。アントンさんの足もとに転がされているのは、手を縛られ、猿ぐつわをはめられたゾフィーさま。

「手を挙げろ。おかしな真似をしたら撃つ」

わたしたちは素直に従った。だってほかにどうしようもないでしょう？　ゾフィーさまの様子はなんだかおかしい。焦点の合わないぼんやりした眼差しをなさっている。

「ベルタ、この子たちの手を縛れ。前じゃない、後ろで縛るんだ。足は片足ずつ隣のやつと縛り合わせろ」

ベルタが縛り終えるまで、アントンさんは拳銃をかまえ、わたしたちに狙いをつけていた。

わたしはドルトヒェンとマーレにはさまれ、右足はドルトヒェンの左足と、左足はマーレの右足と一緒にくくられる。わたしたち三人が並んで床に座ると、アントンさんは少しほっとした表情になった。

「扉にかんぬきをかけろ」

ベルタはかんぬきをかけただけでなく、中からつっかい棒もした。疾風が外で不安げなうなりをあげている。ああ、もう、さっき疾風がベルタを見てうなったのには、ちゃんとわけがあったのね。

こんなこと現実とは思えない。わたしはそっと小屋の中を見まわした。脚の短い丸椅子が二つ三つあるだけの簡素な小屋だ。壁際には薪が積んである。

「あなたたち、ロシア人とぐるだったの？　ゾフィーさまに何をしたの？」

今感じている恐怖が声に出ないことを祈りながら言ってみる。わたしの声が聞こえたのか、ゾフィーさまは顔をゆっくりこちらに向けた。胸もとには金のロケットが鈍く光っている。

「ロシア人？」アントンさんが立ったまままばたきをした。「ロシア人がどうかしたんですか？　コンツェ嬢には阿片《あへん》チンキを少々多めに飲んでもらっただけです。なんでこんなところに来たんです？　あなたたちまで巻きこむつもりはなかった」

この前ヒルデブラント少尉も同じようなことを言った。あれはわたしたちを油断させるための嘘だったと思うのだけれど、アントンさんの場合はどうなのかしら。ベルタがわたしたちを見、ゾフィーさまを見て、不安そうな顔になる。

「兄さん、どうしましょう」

縛られた状態でもマーレは背筋を伸ばし、傲然と言った。

「馬鹿な真似はやめてさっさとあたくしたちを解放なさい。今ならまだたいした罪にはならなくってよ。あなたたち、コンツェ嬢に何か恨みでもあるの？」

マーレ、アントンさんを怒らせないで！　と心の中で叫ぶ。幸いアントンさんは、それほど短気な性格ではなかったようだ。

「そうじゃない。この方には何の恨みもない」

「だったらなんでこういう真似をするんです？」ドルトヒェンが質問を引きついだ。「あなたたちは肺結核に効く花があると言って、コンツェ嬢を森に連れだした」

アントンさんがぎょっとしたようにドルトヒェンを見た。

「ど、どうしてそれを……」

「失礼、ベルタがコンツェ嬢に話しているのを聞いてしまったものでね。そのときは意味がわからなかったが、今のこの様子を見れば明らかだ。ここでコンツェ嬢のお命を奪うつもりなんですか？　よかったら、どうしてそんな真似をするのか聞かせてもらえませんか？」

アントンさんは眉根を寄せ、じっと考えこむ顔になった。

「そうだな、まだ日は高い。いざとなれば引き金を引けばいいだけだ。僕としても、ただの殺人鬼とは思われたくない。こんなことをした理由をお話ししましょう。コンツェ嬢、あなたは」丸椅子に腰をおろしたアントンさんは、ここで言葉を切り、舌先でくちびるを湿した。

「どういえばいいんだろう。あなたは……あなたとあなたのご夫君は、ある事件の被害者となることが決まっています」

「ゾフィーさまに旦那さまはいらっしゃらないわ」

そうわたしが指摘すると、アントンさんはかすかにかぶりを振った。

「今は、まだ。正確な年は覚えていないのですが、ここ何年かのうちに、コンツェ嬢はオーストリアの帝位継承者、フランツ・フェルディナント大公とご結婚されます」

ゾフィーさまがわずかに目をみはった。アントンさんの声が耳に届いたのね。青白かった顔にわずかに赤みがさす。わたしのほうは、驚きよりもああ、やっぱりという気持ちが強かった。ベルタが丸椅子を持ってきて、アントンさんの隣にうずくまるように座る。足もとには花を入れた小さな籠があった。わたしのお化け人形はあの中かしらとふと思う。ベルタに預けたのはつい二時間ほど前のことなんだわ。まさかあのあと、こんな午後が待っているなんて思いもしなかった。

「貴賤結婚です。あなたはハプスブルク家の正式な一員とは認められず、あなたの子どもに帝位継承権は与えられません。結婚して十何年かたってからだと思うのですが、大公殿下とあなたはサライェヴォという町に旅行に行かれます。そして——そこで二人揃って暗殺される」

ひっとわたしは息を吸いこんだ。

「オーストリアはセルビアに宣戦布告し、ロシアはセルビアに味方します。ドイツはオーストリアの側についてロシアに宣戦布告、戦争が始まります。この戦争は、すぐに世界中を巻きこんだ大戦争になり、一千万人以上もの人が命を落とすことになります」

「どうしてそんなことをご存じなのです？　月光文書をごらんになったのですか？」

マーレが鋭い声で問うと、アントンさんはうつむいた。

「いいえ、月光文書とは何の関係もありません。僕は知ってるんです。ドイツは戦争に敗れ、皇帝陛下は退位しました。みじめな敗戦国には多額の賠償金がしょわされ、すさまじいインフレと食糧難の時代が続きます。やがてその中から現れたのが総統閣下――」

「総統閣下？」

ドルトヒェンが鸚鵡《おうむ》返しに問い返す。アントンさんは静かにうなずいた。

「総統閣下です。もう一度戦争が起こります。一回目と同じく、世界中を巻きこむ戦争です。わがドイツはパリを落としました。ロンドンを爆撃しました。だが、そのうち敵が攻勢に出て……連中はドレスデンに爆弾を降らせ、あの美しい町は一夜にして瓦礫《がれき》の山となったのです」

月光文書の終章、ドレスデンの滅亡――。

「どうしてご存じなんですか？」

問いかけたわたしの声は情けないほど震えてしまった。アントンさんはわずかに頰の筋肉を動かした。今のは微笑《ほほえ》んだつもりかしら。

「歴史の授業で習ったこともあれば、ニュース映画で観たこともあります。ただし、最後のドレスデンの滅亡は、この目で見届けたことですけどね」

わたしたち三人の目がアントンさんに注がれる。小屋の外では疾風がきゃんきゃん鳴いている。アントンさんは座ったまま、ベルタの肩に手をまわした。

「僕は、僕たち兄妹は、一九四五年のドレスデンからやってきたんです」

「どうやって?」ささやき声で真っ先に訊いたのはわたしだった。「五十年も先の未来から、どうやっていらしたんですの? ツァイト・マシーネとかいう装置を使ったんですか?」

ベルタの肩がびくんと動き、アントンさんは目をしばたたいた。

「どうやって来たのか自分でもわかりません。炎に追われ、小さなベルタを抱えて、古井戸の中に飛びこんだところまでは覚えています。だいぶ深いところまで落ちたと思ったのに、中には柔らかな草が茂っていて、無事に着地することができました。上が静かになったので、明るいところを目指してのぼっていったら、なぜかこの森に出てきました。井戸の底にいた僕たちは、いつの間にかナラの木の洞《うろ》の中にいたんです」

アントンさんは手のひらを広げ、そこに残る火傷《やけど》の痕をじっと見た。

「僕たちが担ぎこまれたのは、ヒュープナー先生の診療所でした。僕もベルタも怪我をしていましたが、先生のおかげで一命をとりとめることができました。先生にはありのままをお話ししました。そのときは、自分たちがいるのが十九世紀だとは思いもしませんでしたからね。ヒュープナー先生も半信半疑だったでしょうが、頭から否定されることはありませんでした。チゴイネル云々という話をこしらえたのは先生です。親がいない、洗礼の記録もないというのをどう説明するか、先生もだいぶ頭を悩ませて、ああいう話をでっちあげたんですよ。町の人の中には、僕たちが精霊の子どもであると信じている人もいましたが」

そう言ってアントンさんは薄く笑った。肩と手首をくねらせたドルトヒェンは、「きついな」

とつぶやいて舌打ちする。

「なるほど、あなたたちは一九四五年のドレスデンからやってきたと。それはわかった。すぐには信じがたい話だが、でたらめであると否定する根拠もないから、いったん信じておくことにしよう。それで、あなたたちの出自とコンツェ嬢に危害を加えることがどう結びつくんです？」

小声で答えたのはベルタだった。

「運命を……変えてみたいの。コンツェ嬢が今日ここでお亡くなりになれば、サライェヴォで暗殺されることはなくなるわ」

「その場合は、別の女性が大公妃となるだけじゃないか？」

ドルトヒェンの言葉など耳に入らぬ様子で、ベルタはうわごとのように言い続ける。

「あの暗殺事件が起こらなかったら、戦争は起こらないかもしれない。起こっても、ごく小さな紛争ですむかもしれない。最初の戦争がなければ、二回目の戦争も起こらないかもしれない。そうしたらドレスデンが爆撃されることもなくなるわ」

わたしはドルトヒェンとマーレの間で身をよじった。細い縄が手首に食いこむ。

「ベルタ、あなたたちの言ってることおかしいわよ。ゾフィーさまの暗殺を防ぎたいなら、犯人を先に捕まえておけばいいだけじゃない」

アントンさんの顔色がさっと変わった。「知らないんだ」

「ご存じない？」

「そんな取るに足りない人間の名前、歴史の時間に聞いたかもしれないが忘れてしまった」

「だから、その暗殺が起こらないようにするため、コンツェ嬢をこの場で殺めると？　馬鹿な」

ベルタはきっとドルトヒェンをにらみつけた。「どうして馬鹿なと言い切れるの？」

「論理的に考えてみたまえ。コンツェ嬢をこの場で殺めることで、君たちの望みどおり二度の戦争が起こらなかったとする。となるとドレスデンが破壊されることはなくなり、君たちがこの時代に来ることもなくなる。となるとどうなる？　君たちがいないのだから、コンツェ嬢は暗殺され、戦争はやはり起きることになる」

わたしはなんとかドルトヒェンの話についていこうとした。マーレも隣で首をひねっているから、理解できなかったのはわたしだけではないのね。額を押さえたアントンさんに、ドルトヒェンは問いかける。

「今日この場でコンツェ嬢のお命を頂戴するなら、なぜ石塀が崩れた日、お助けしたんです？」

「あのときは、この方が誰だか知らなかった」

「階段に脂を塗ってコンツェ嬢を呼びだしたのは……」

「僕だ」素早く言うアントンさん。「あのときはまだ決心がつかず、事故に見せかけられたらそのほうがいいかと思っていた。だが、コンツェ嬢がもうすぐお発ちになると聞いて心を決めた。やるなら今しかない。コンツェ嬢、ドレスデンの滅亡も二度の世界戦争も、あなたに直接責任があるわけではありません。あなた方の死はただのきっかけでした。あなたがここで亡くなっても、かわりの大公妃が立って、暗殺事件はやはり起きるかもしれない」

「それでも、運命を変えられるかどうかやってみたいの」ベルタがかぼそい声であとを引き取った。「あの日、学校はお休みだった。母は卵を手に入れて、ジャガイモのパンケーキを作ってくれた。なのにわたしは……アイアシェッケが欲しいとだだをこねたの。材料はもう手に入らないのがわかっていたのに、なんであんな馬鹿なことを言ったのかしら」

「戦争が終わったら、アイアシェッケを作ると母は約束してくれました。僕とは血がつながっていないけれど、優しい母でした。エキゾチックな顔立ちの大層美しい人でした……。春までには戦争も終わる、東部戦線にいる父も帰ってくる。母と三人でそんなことを話したのを覚えています。そのあといつもどおり床に就いて、ですがあの晩はすぐ空襲警報で叩き起こされました」

「オーバーにくるまって、地下の防空壕に急いだわ。気持ち悪いくらい人でいっぱいだった。防空壕の中にいても、ドン、ドンとものすごい音が響いてくるの。天井が崩れて生き埋めになったらどうしようとずっと考えていた」

「爆発音がやんで外に出ると、街は一変していました——」

「あなたたちは知っていて？　人の手足がどんなに簡単にちぎれるものか。黒焦げになった人の臭いがどんなものか。知るわけないわよね。あなたたちはあの場にいなかったんですもの。燃える髪の毛を後ろになびかせて走っている人を見たわ。じいっと見てたら、わたしたちの上にも火の粉が降ってきた。叩き消してもきりがないの。手はすぐ真っ赤になった」

「そのときすでに通りは瓦礫でいっぱいで、火の手もあがっていました。とにかく少しでも安全なところへ行こうと、母とベルタの手を引いて駆けだしたら、頭上の窓から火が噴きだしました」

「身を伏せたけれど、火の粉と瓦礫はどんどん飛んできて、熱風で息ができなくなった。一瞬風が弱まって顔をあげたとき、人形が燃えながら空を飛んでいくのを見たわ。しばらくたって、あれは人間だったんだと気がついた」

「瓦礫の彼方に聖母教会の丸屋根が見え、そちらへ向かおうとしたのですが、すでに僕たちは火に囲まれていました。僕たちだけじゃない、何百人もの人が、あのときあの火の檻の中にいたでしょう。どちらに進んでも炎は壁となって僕たちの行く手に立ちふさがりました。煙と熱風で窒息しそうになりながら、どこかに脱出口はないかと僕たちは走りまわりました。だけど炎はどんどん大きくなって……」

「母はわたしたちの目の前で、炎の渦に吸いこまれて亡くなったわ。わたしたちだって、本当なら死んでいるはずだった」

「時を巻き戻して、あの日にあったことをすべてなかったことにできるならば……」

すすり泣くアントンさんの肩に、ベルタはそっともたれかかった。

「ときどき思うの。わたしたち、本当に助かったのかしら。井戸の底で死にかけて、長い夢を見ているだけではないかしらって」

2

ゾフィーさまとわたしの目が合った。何か訴えかけるように、ひたとわたしを見据えている。ためらいながらわたしは言った。

「ええっと……ゾフィーさまの意見も聞いてみるべきじゃなくて？　せめて猿ぐつわだけでもはずしてさしあげてよ」

アントンさんがうなずくと、ベルタがひざまずいて猿ぐつわを取り去った。ゾフィーさまは何度も大きく息を吸い、「ありがとう」とかすかな声で言う。冷たい板の床に転がされたままでも、ゾフィーさまは堂々として気品があった。

「まずはお母さまのこと、お悔やみ申しあげます」

阿片《あへん》チンキのせいか、普段よりゆっくりしたしゃべり方だった。反射的にだろう、アントンさんもベルタも会釈《えしゃく》を返す。

「お話はうかがいました。少し確認させていただきますけれど……わたくしが今日ここで死ねば、大公殿下が暗殺されることはなく……二度の戦争も起きないということでよろしいのかしら？」

頼りなげな声で返事をしたのはアントンさんだ。

「わかりません。ごく小さな変化として歴史に呑みこまれていくのか、それとも次に続く出来事になんらかの変化を及ぼすのか……」

「でも、やってみる価値はあると思ったんです」

そう言ってベルタは床に目を落とす。ゾフィーさまはちょっとの間ベルタを見つめ、口を開いた。声は先ほどより明瞭になっている。

「では、どうぞ、お撃ちなさい」

「ゾフィーさま！」両手を縛った縄がほどけないかとわたしは手首をくねらせた。「早まったことはおっしゃらないでください。運命を変えるだけなら、ほかにもいろいろな方法があるでしょう。そのときご旅行に行かれないとか」大公殿下とご結婚なさらないとか。

ゾフィーさまは晴れやかな笑みを浮かべた。

「ロッテさん、このお二人はわたくしに、素晴らしいことを教えてくださったの。あの方は、大公殿下は、胸の病でお亡くなりになることはございませんのね。わたくし、それをうかがっただけで十分ですわ。それに、わたくしが今日ここで死ぬことで、たくさんの方のお命が救われるのなら……」

熱い涙がわたしの目からあふれだした。ゾフィーさまはまことの大公妃だ。見も知らぬ人々のため、己の命を差しだそうとなさっている。

「ただし、ダールマンさん、こちらのお三方は、わたくしを捜しにきてくれただけですから、このまま学校に帰らせてあげてください。よろしいですわね。それだけは、あなたの名誉にかけて誓ってください」

もの柔らかなのに鋼鉄の強さを秘めた声。アントンさんが丸椅子の上で背筋を伸ばす。

「ち、誓います。こちらの娘さんたちは必ず無事にお帰しします」

「けっこうです。わたくしの死については、そうですね、銃の暴発とでもしてくだされぱいいでしょう。みなさんもよろしいですわね」

ゾフィーさまは床の上で目を閉じ、立ちあがったアントンさんは真っ青な顔で銃をかまえた。

「やめて！」

「やめろ！」

「やめなさい！」

時間にして五分少々だったろうか。あんなに長い五分間は、これまでの人生で経験したことがなかった。足を開き、腰を落として拳銃をかまえたアントンさん。胸の前で手を組みアントンさんを見つめるベルタ。必死で身をよじり、縄を解こうとするわたしたち。ゾフィーさまは目をつむったまま、静かに聖書の一節を唱えている。小屋の外では異変を察知したのか、疾風がくうーんくうーんと不安そうな声をあげていた。

「無理だ」

アントンさんがつぶやいて銃をおろした。背中をまるめ、銃を隠しにしまい、小屋の外に出ていく。糸の切れた操り人形のように、ベルタがその場にしゃがみこんだ。ゾフィーさまは一度目を開き、起きあがろうとしたが、再び床に身を横たえる。気を失ったようだ。

「立てるか?」ドルトヒェンがささやいた。「兄貴が戻ってくる前にベルタを人質にする。わたしとマーレは右足から、ロッテは左足から出すんだ。一、二、一、二と掛け声をかけるから、それに合わせてくれ」

わたしたちは互いの肩にもたれ合い、そろりそろりと身を起こした。ベルタは放心した顔で床に座りこんでいる。傍《かたわ》らには花を入れた小さな籠。

「行くぞ、一、二!」

マーレの足と結ばれた左足から前に出す。一瞬引きずられてこけそうになったが、すぐ体勢を立て直した。一、二、一、二、小声でカウントしながらわたしたちは突進した。距離にして十歩余り。ベルタが顔をあげたとき、わたしたちは喊声《かんせい》をあげて飛びかかった。腕は使えないが、三人分の体重をかけてベルタを押さえこむ。

ベルタの爪がわたしの頬を引っかいた。肩をぶつけ、ベルタの動きを封じようとする。ベルタの手が床の籠に当たった。横倒しになった籠。撒き散らされる花々。きゃっと言ったベルタは、わたしたちを押しのけて籠に飛びつこうとしたが、その前に花の下からわたしのお化け人形が転がりだしてきた。

「ベルタ、それって!」

わたしが叫ぶと、ベルタは人形をつかんで後ずさりした。わたしたち三人が助け合ってなんとか上半身だけ起こしたとき、ベルタは壁に背をあずけ、手の中のお化け人形を見つめていた。台の箱には斜めに罅《ひび》が入り、動くほうの足は体から引き抜かれ、一本の糸でぶらさがっている。ベルタに預けたときはここまでひどい状態ではなかった。

「ベルタ……それ、あなたが……」

ベルタはぐいと顎《あご》を持ちあげ、わたしを見た。「ええ」

「なぜ……どうして……」

「わたし、日本人は嫌いなの」

初めて聞くベルタの冷ややかな声に、わたしは凍りついた。

「リースヒェンのこと？　あんなに優しくしてたのに」

ベルタの表情がわずかに揺らぐ。

「リースヒェンはいいのよ。あの子はお母さまを亡くしたかわいそうな子ですもの。わたしが嫌いなのは、留学と称して、わざわざ日本からやってくる手合いのほう」そこでベルタは口ごもった。「わたしの……知り合いに、日本人の留学生に騙されて捨てられた人がいるの。結婚の約束をしていたのに、国に帰ってそれっきり。この人形を見ると、なんだかむしゃくしゃして……」

「最初に壊したのも君なのかい？」とドルトヒェン。

「ええ」ベルタは素直にうなずいた。「ばらばらにして森に捨ててこようと思ってたの。だけど意外と壊れないものなのね」

「ふむ、人形に当たるのは筋違いだが、その気持ちはわからないでもない。ついでにここで訊いておくか。教科書がなくなったのと同じ晩に、ロッテの雑誌を持ちだしたのは君なんだろう?」

「え、どういうこと?」わたしはドルトヒェンからベルタへ、ベルタからドルトヒェンへと目を動かした。「あれってギゼラのしわざじゃなかったの?」

「ギゼラと軽く話してみた。君の教科書を隠したのは認めたが、雑誌のことは知らないと言った。ギゼラの読みたがるようなものではないから、信用していいと思う」

「だからってベルタが……」

「犯人がなぜそんなことをしたか考えるんだ。単純な悪戯《いたずら》や嫌がらせとは思えない。特定のページだけちぎられていたんだからね。ここはごくごく素直に考えればいい。犯人は『ツァイト・マシーネ』という小説を読みたかったんだ」

ベルタは目を伏せた。

「そうなの。ごめんなさいね、ロッテ。ドルトヒェンの言うとおりよ。あの晩、ギゼラがあなたの教科書を持ちだすのを見て、あとをつけたの。最初はこっそり戻しておくつもりだったのだけれど、あなたの雑誌も一緒に持ちだされて、破られたことにすればいいんじゃないかと思いついたの」

「言ってくれれば貸してあげたのに」

「ええ、あなたならそう言ってくれるとわかっていたわ。でも……」

「ベルタは時間旅行に興味を持っていることを誰にも知られたくなかったのさ」

「そこまでお見とおしなのね、ドルトヒェン。あの雑誌に時間旅行の方法が書かれているのなら、もとの時代に帰ることができるんじゃないかと思ったんだけれど……読んでみたら、まったく関係ない話だったわ」

小屋の中に沈黙がおりてくる。ドルトヒェンが頭を一振りした。

「だったらもう一つ訊いておくか。ヘンシェル先生の肖像画がなくなった晩、コンツェ嬢を呼びだしたのは、お兄さんではなく君のしたことなんだろう？　なんであんな妙な手紙にしたんだ？　伝言を伝えるだけのためにわざわざ校舎に呼びだすなんて不自然だろう」

「あなたたち実物の手紙を見たの？　その様子だと見てないのよね。あの文面は、わたし、けっこう知恵をしぼって考えたのよ。あの呼びだし状を書いたときは、コンツェ嬢が本当に大公妃になられる方かどうか、百パーセントの確信はなかった。だからこう書いたの。FFとおっしゃる方からの伝言をお預かりしましたって。FFという頭文字に心当たりがなければ、たぶん無視されるわね。いらっしゃったら本物。そこまで考えたとき、ふっと閃《ひらめ》いたの。ここでコンツェ嬢がお亡くなりになったら、歴史はどうなるのかしらって」

「ベルタ、じゃあ本当にあなたが階段に脂を塗ったの？」

わたしの声は悲鳴に近くなる。ベルタは青い目をわたしに向けた。いつもは温かなその瞳が、今は底無しの湖に見える。

「そうよ。試してみてもいいかと思ったの。階段から落ちたとしても、必ずお亡くなりになるわけじゃないわ。お亡くなりになったら、それはコンツェ嬢の運命がそう定まっていたからよ。あのときちょうど絨毯を洗いにだしていたでしょう。夕食のあと、みんなが談話室にいるときに、さっと塗ってきたの。誰にも気づかれなかった」

「ロッテの名前を使ったのは、ロッテに罪を着せようとしたからじゃないんだな」

「そこまでは考えなかったわ。ううん、心の底では思っていたのかしら、別にそうなってもかまわないって。ロッテ、あなた前に大学のことを言ってたでしょう、覚えてて？　あなたもみなしご、わたしもみなしご、似たような境遇といえないこともないのに、あなたの前には輝かしい未来が広がっているんだとあのときわかったの。あなたはきっと、これからなんでも手に入れていくのよね。立派な旦那さまも、可愛い子どもも、温かな家庭も。わたしの前にあるのは女教師としてあの学校に縛りつけられた一生なのかと思ったら、なんだかすごく不公平な気がしたの」

ベルタは手の中の壊れたお化け人形に目を落とした。

「日本人が嫌いというのも単なる言い訳で、本当はあなたに意地悪したかっただけかもしれないわ。自分でもよくわからない。もうこんな話やめましょう。ねえ、なんでこの小屋にコンツェ嬢をお連れしたかわかる？　ここ、夏しか使われていないの。誰かいたらやめようと思っていたけれど誰もいなかった。だから外から窓を打ちつけたの。兄さんは拳銃を持ってきた。わたしは最初から別の方法を考えていた」

「火──か？」

「ええ。あなたってやっぱり頭がいいのね、ドルトヒェン。コンツェ嬢をこの木樵小屋《きこり》に閉じこめて火をつけるの。煙を見て誰かが助けにきたらわたしたちの負け。歴史は変わらない。だけど助けが間に合わなかったら……」

「やめて、ベルタ、そんな恐ろしいこと！　まさか本気じゃないでしょう？」

ベルタの面に透きとおった笑みが浮かぶ。「そう思う？」

そのとき、わたしたちの背後で、カタンと小さな音がした。

3

ベルタが息をのんだ。今度はガラガラという大きな音が響きわたる。わたしたちは首をひねって、何が起きたのか確かめようとした。壁に寄せてあった薪の山が崩れ、薄闇が人の形となって立ちあがった。薪の山を踏み越え、小窓から射しこむ光の中に出てきたのは、頭をすべて剃りあげ、顔の左半分を白いガーゼで覆った異形の大男。口もとには嫌なにやにや笑いを浮かべている。その体格とにやにや笑いに見覚えがあった。

「イワノフ！」

マーレの声とわたしの声が重なった。間違いない、髪も髭もないが、熊男のイワノフだ。手には抜き身の短刀が握られている。

「おうおう、誰かと思ったら、俺をこんな男前にしてくれた姐《ねえ》ちゃんたちじゃねえか。いろいろ面白い話を聞かせてもらったぜ」

イワノフは身をかがめ、足もとにあった細長い瓶をつまみあげた。中のにおいを嗅ぎ、ひゃっひゃっとおかしな声で笑う。ベルタが悲鳴をあげた。

「やめて！　その瓶に触らないで！」

イワノフは小屋の真ん中に瓶を放った。ガラスが割れ、とろりとしたものが床に流れだす。大股に小屋を横切ったイワノフは、マッチを擦り、床に放った。一瞬後、小さな炎が立ちあがる。

油だ、イワノフが倒したのは油の瓶。

イワノフはわたしたちの横を駆け抜け、ベルタの腕をつかんだ。

「この娘っ子は歩く月光文書だな。ちょうどいい手土産だ。来い！」

イワノフは乱暴にベルタを引っ張って外に出た。もがきながらベルタが叫ぶ。

「放して！　やめて！　火を消して！」

わたしたちは三人四脚で扉に駆け寄った。肩をぶつけるがびくともしない。外からつっかい棒でもされたみたいだ。

「ベルタ、ベルタ！」

重たい木の扉に身を押しあて、わたしたちは絶叫した。ベルタの悲鳴。アントンさんの叫び声。そこに疾風のきゃんきゃんいう声がかぶさって――。

ゴオンと銃声が轟《とどろ》き、二人と一匹の声はいきなり断ち切られた。

「嘘……嘘でしょう、こんなこと」

マーレが床にくずおれ、わたしとドルトヒェンも一緒に倒れこんだ。耳を澄ましても、小屋の外からはもう何も聞こえない。

床の上でゾフィーさまがうめきをもらした。再び身を起こして三人四脚で前進し、ゾフィーさまの体を扉の前に引っ張り寄せる。炎はすでに床の油に沿って広がっていた。刻一刻と炎が成長していくさまをわたしは信じられない思いで見つめた。中にいるのは手足を縛られた者ばかり。たった一つしかない扉は動かない。窓は？　窓は釘づけにしたとベルタは言った。どのみち炎を飛び越えていかないと、もう窓には行きつけない。

「あたくし、こんなところで死ぬ気はなくってよ」

昂然と叫ぶマーレの声でわれに返る。

「そうよ、わたしだって死ぬつもりはないわ」

「わたしもだ。アラスカで凍え死にしかけたことはあるが、焼け死ぬ予定などない！」そう言ってドルトヒェンは咳きこんだ。「身を低くしろ。煙を吸うな。もう少しで縄から手が抜けそうだ」

わたしたちがなんとか手を引き抜こうともがいている間に、炎は床を舐め、薪の山に燃え移った。わたしは小屋の中を見まわした。煙出しの小さな窓が上のほうに開いている。マーレだと胸が引っかかるだろうが、わたしなら出られるかもしれない。踏み台になるものをつかんで炎の中を突っ切っていけたらという条件つきではあるが。

煙のにおいで頭がくらくらする。助けて、シュテファン叔父さん……助けて、中尉さま。でも二人ともわたしたちの居場所を知らない。自分でどうにかするしかないんだわ。

頭を振り、ぎりっと奥歯を嚙みしめる。こんなところで死んでたまるもんですか。まだ最初の詩集も出していないのに。

体の中で何かが弾けた。コルセットの紐が大きく息をしたはずみに切れたようなといえばいいかしら。わたしはよろめき、ドルトヒェンとマーレを引きずって床に倒れこんだ。皮膚が裏返るような奇妙な感覚に襲われる。痛いわけではない、吐き気がするわけでもない、ただちくちくする感じが肌の上で点滅していて……。

だしぬけにさまざまなにおいが鼻孔に飛びこんできた。煙のにおい、油のにおい、小屋の外に広がる緑の木々のにおい。手がするりと縄から抜ける。脚もだ。自分の手が銀色の毛皮に包まれているのを見て驚いた。ドルトヒェンとマーレは、目をまるくしてわたしを見つめている。体が急に軽くなった気がして、わたしは一歩前に踏みだした。

「ロッテ、君は……」

制服やペチコートの重なりから抜けだし、身を震わせると、煙出し窓までの距離を目測してわたしは走った。伸び縮みする炎を飛び越え、窓枠にしがみつく。完全な成功とはいえなかった。わたしは片手だけで煙出し窓からぶらさがっていた。

「ロッテ……ロッテ、頑張って！　頑張るのよ！」

マーレの声にあと押しされ、もう一方の手——前脚を伸ばして窓枠をつかみ、足で——後ろ脚で壁を蹴るようにして、少しずつ体を持ちあげる。ようよう後ろ脚まで窓枠にのせ、わたしは煙出し窓の外へ鼻面を突きだした。炎がしっぽの先を焦がそうとしている。考えている暇はない。煙出し窓に体を押しこみ、跳んだ！

「やった、左手が抜けたぞ！」

背後で高らかに響くドルトヒェンの声。三回転して地面から跳ね起き、小屋の入口に走る。つっかい棒を前脚でむしりとり、扉を開ける。

煙がどっと流れでて、ゾフィーさまを抱えたマーレとドルトヒェンが現れた。ぜいぜい息をしている三人を引きずったり後ろから押したりして、小屋から少しでも離れようとする。地面に倒れこんで深呼吸を繰り返したあと、はっと気づいて今来た道を駆け戻った。燃えさかる小屋の横手にアントンさんが倒れていた。額には血がにじんでいるが、とりあえず息はある。ほかにどうしようもないから、上着の裾をくわえ、三人のところへ引きずっていった。

「ロッテ、君は何者なんだ?」

草の上にうずくまり、肩で息をしながらドルトヒェンが言った。ドルトヒェンの膝にはありがたいことにわたしの服一式がのっている。

「人か? 人狼《じんろう》か? そんな魅力的な毛皮を持っていたとは知らなかったよ」

「わたしも知らなかったわ」と言ったとたん、答えが閃《ひらめ》いた。「ひらひら狼《おおかみ》だわ! この毛皮はひらひら狼にもらったの。あのすっとぼけ狼、こうなることがわかっていて、わたしのところに置いていったのね」

「どうやら話してもらうことがたくさんありそうだな。人狼の変種か? 毛皮を内蔵するタイプ? 持ち運びの必要がないから楽といえば楽だが……」

「ちょっと、そんなこと話してる場合じゃないでしょ!」マーレが声をあららげた。「どうするの、ベルタはあのままでいいの?」

「ベルタ……」アントンさんがうめきながら身を起こそうとした。

「起きられますか？　どこか撃たれたんじゃないんですの？」

わたしが話しかけると、こぶしで目をこする。

「撃ったのは僕です。当たらなかったし、拳銃は取られてしまったけど。これは幻覚か……狼がしゃべっている」

「幻覚です」とっさにごまかすドルトヒェン。「彼女はただの犬です。狼犬です」

疾風が短い脚でとことこ駆けてきて、横たわるゾフィーさまの顔を舐めた。どこかへ隠れていたのね、要領のいいやつ。わたしを見て不思議そうな顔をしたが、吠えかかってはこない。犬と狼は仲が悪いはずなのに。ゾフィーさまがぼんやり薄目を開く。わたしは風の中に鼻面を突きだし、ベルタのにおいをつかまえようとした。

「あっちだわ」前脚でわたしは南東の方角を指さした。「ベルタとイワノフはあっちにいる。すぐ追いかけるわ。あなたたちはゾフィーさまをお守りしていて」

「そのままの格好でいいのか？」

「ええ。追跡にはこのほうがいいわ」

「待ってくれ、僕も」額の傷を押さえ、ぼんやりした表情のまま、アントンさんが立ちあがった。「さっきの男がベルタを連れ去ったんだろう。僕も行く」

「ついてくるのはかまわないわ。でも待ったりしないから」

走る、走る。四肢で大地を蹴り、肺の中に新鮮な空気を入れる。少し行ったところに壊れたお化け人形が落ちていた。わたしが鼻面を寄せると、「クルップの店の？」とつぶやいてアントンさんは上着のポケットに入れた。人の踏み固めた道からそれ、獣道を突っ走る。アントンさんは頑張ってついてきたが、途中から遅れがちになった。

イワノフとベルタの位置はわかっていた。森の中をヘンシェル女学校のほうへ移動している。ベルタを連れているからか、進む速度はそれほど速くない。もうすぐ〈お祖母さんの家の跡〉というところで二人に追いついた。木の後ろに身を隠し、音を立てないよう接近する。どこへ向かっているのだろう。わたしたちの学校？　そうじゃない、ザリガニの池に決まっている。わざわざこの森へ舞い戻ってきたのは、月光文書をまだ狙っているからに違いない。ベルタは猿ぐつわをかまされ、さっきまでのわたしたちのように手を縛られていた。目には光がなく、ただ惰性で足を運んでいるかのよう。

イワノフはアントンさんの拳銃を持っている。それに短刀も。わたしもベルタも怪我をしないようにするにはどうしたらいいかしら。木から木へ身を隠しつつ二人に忍び寄る。とりあえず作戦は決まった。背後から飛びかかってイワノフを打ち倒し、ベルタを連れてさっさと逃げる。それしかない。

〈お祖母さんの家の跡〉に着いた。イワノフはベルタの腕をつかみ、草地の縁に沿って移動していく。木の間の道に再び入ったら飛びかかろう。わたしはそっと二人のあとをついていったが、この作戦はもろくも崩れ去った。

「ベルタを返せ！」

いつの間にか追いついてきたアントンさんが、木の枝を振りまわしながら飛びだしたのだ。

振り向いたイワノフは舌打ちし、拳銃を取りだした。

「くたばりぞこないが何言ってやがる」

ほとんど狙いもつけずに引き金を引く。至近距離での銃声に、わたしは耳を押さえた。音が消えてからおそるおそるのぞいてみると、アントンさんは足を撃たれ、あの大きなナラの木の下にうずくまっていた。作戦を練り直す暇はない。木の蔭から走りでたわたしは、横手からイワノフの右腕に飛びついた。

イワノフが絶叫する。腕から鮮血が噴きだす。拳銃が手から滑り落ちたのをわたしは前脚で遠くへ放り投げた。イワノフは短刀を取りだし、左手に握った。

「来い、狼め！」

来いと言いながら自分から飛びかかってきた。目を突かれそうになってあわてて飛びのく。距離をとったところでうなり、威嚇した。返事はロシア語の悪態（たぶん）だ。こちらには爪と牙があるけれど、接近戦でないと使えない。近づけばわたしのほうが短刀で切られる。人間ってなんて凶暴なの。

風の中にとある気配を感じた。気配……におい。わたしは怯えた顔をして、じりじり後ずさった。

「はっ、狼め！　恐れ入ったか？」右腕から血を流しつつ、イワノフは追ってくる。「とどめだ！」

背中をまるめ、両手で短刀を握って突っこんでくるイワノフ。血走った小さな目をわたしは見た。

4

次の瞬間、イワノフの巨体がどう、と地面に打ち倒された。馬乗りになってイワノフの体を押さえこんでいるのは黒い狼《おおかみ》だ。もがくイワノフ。爪と牙を振るう狼。イワノフの喉笛に噛みつこうとしたところで、黒い狼ははっと身を引いた。かわりに肩口に牙を突き立てる。短刀がイワノフの手から落ちた。狼は落ち着き払った顔でイワノフの腕に前脚をかける。骨が折れるくぐもった音がして、イワノフは白目を剝き、気絶した。

黒い狼――ウーラント中尉はイワノフから離れ、わたしのところに近づいてきた。漆黒《しっこく》の毛皮にはめこまれた水色の目が訝《いぶか》しむようにわたしを見る。

「グリューンベルク嬢？」

「はい、中尉さま、ありがとうございます」

しっぽを振ったとたん、急に緊張が解け、狼の姿のままわたしは尻餅をついた。姿が変わっても、中尉さまにはわたしだとわかるのね。ああ、そうだわ、お鼻があるんですもの。疾風もにおいでわたしとわかったから、吠えかかってこなかったんだわ。

中尉の鼻面がわたしの頰に寄せられた。「どこかお怪我でも？」

「いいえ、たいしたことはありません」顔が赤くなりそうになって、あわてて答える。

「どうしてそんなお姿に？　ひらひら狼が持ってきた例の毛皮ですか？」

「はい、たぶん」

黒いしっぽが大きく振られた。

「よくお似合いですよ。ゆっくりお話をうかがいたいところですが、それはのちほど。先にすべきことを片づけます」

木蔭に引っこんだ中尉は軍服姿で戻ってきた。イワノフの傍《かたわ》らに膝をつき、ベルトを抜き取って手際よく縛りあげる。それから黒い毛皮を小脇に抱え、アントンさんのほうに向かった。手を縛られ、猿ぐつわをされたままのベルタが、アントンさんの顔に頬をこすりつけている。わたしを見るとアントンさんを守るように身を投げかけた。

「失礼」中尉はベルタの猿ぐつわを取り、いましめを切ると、血に染まったアントンさんのズボンを切り裂き、傷の具合を調べた。撃たれたのは膝の下だ。手早くハンカチで止血する。

「イワノフに撃たれたのですね。なあに、このくらいで死にゃしませんよ。衛生兵を呼びましょう」

「叔父も近くにいると思いますわ」

「それは助かります。ところでこの青年は？　こちらのお嬢さんはヘンシェル女学校の生徒さんですね」

「友達のベルタと、お兄さんのアントンさんですわ」

座りこんだベルタは青い目をいっぱいに見開き、わたしたちの会話を聞いていた。中尉は穏やかな声で話しかける。

「お怪我はありませんか？　この狼のことは気にしないでください。あなたを襲ったりはしません」

ベルタは蒼白な顔でかすかにうなずいた。何か言おうとするのだが、言葉が出てこない。何度も咳きこみ、怯えたようにわたしを見る。

「中尉殿、中尉殿」

憲兵さんが二人駆けてくるのを見て、わたしはナラの木の後ろに身を隠した。ウーラント中尉が立ちあがって手を振る。

「こっちだ。イワノフは捕らえた。ロシュコフは？」

「捜索中であります」

「引き続き捜せ。あと担架を持ってこい。怪我人がいる。ケルステン軍医がいたらすぐ来るよう伝えてくれ」

二人が駆け去ると、わたしはまた木の後ろから顔を出した。

「こいつも死なせるわけにはいかないからな」

不本意そうにつぶやいて、中尉はイワノフの肩を乱暴に縛る。手伝えることはないかと近寄ってはみたものの、この格好でできることはなかった。ええと、わたし、どうすれば人間に戻れるのかしら。中尉みたいに毛皮を脱げばいいのかと前脚で顔をこすってみたが、何も起こらない。

ベルタはさっきからわたしの顔にちらちら目を走らせている。わたしは少し距離をおいたところから、ベルタに向かい、ゆっくりしっぽを振った。

「緑の目……」ベルタが何度もまばたきする。「それに、さっきの声……」

正体を明かしたほうがいいかしら。なんでこんな姿になったのか、説明は難しいけれど。わたしがベルタに歩み寄ろうとしたそのとき――。

ドーン！

すさまじい音とともに大地が揺れ、わたしはよろめいた。

ドーン！　ドドーン！

重く鈍い音は続けざまに森の奥から響いてくる。ザリガニの池の方角だ。前脚で耳を押さえ、わたしは地面に突っ伏した。音が消えても、まだ耳の中はうわんうわんいっている。

「おおっと、これはこれは」耳がまだもとに戻らぬうちに、しゃがれた声が聞こえてきた。「嬉しいねえ、こんなところで中尉さんにお目にかかれるとは。憲兵隊での手厚いもてなしありがとさんでした。いつまでも厄介になってるのは心苦しいんで、そろそろ国に帰らせてもらいますよ。おっと、中尉さん、銃を抜くのはおよしなせえ」

身を低くしたまま薄目を開けると、草地の端に小男のロシュコフが立っていて、ガラスの瓶を高々と掲げていた。瓶を満たすのは何か黒っぽいもの。ウーラント中尉はわたしの斜め前に立ち、背中を強張らせている。ベルタは？　ベルタとアントンさんは、わたしの右手、ナラの木の下だ。アントンさんがベルタをかばうように身を起こした。

「中尉さん、おわかりのようだね。そうさ、爆弾だよ。手製だが威力のほどは証明済み。さっきの音を聞いただろう。おいらが放ればバッコーン！　で一巻の終わりさ。おいイワノフ、起きろ、行くぞ！」

ぐるるると喉の奥でうなりをあげ、イワノフが起きあがる。あれだけの怪我をしているのに動けるなんて、あの男のほうが人狼《じんろう》よりよっぽど人間離れしているわ。

「中尉さんの後ろにいるのは犬かい？　怖い顔をしてるねえ。狼犬？　しっかり押さえといてくだせえよ。おいら犬は大好きなんだ。無闇に怪我はさせたくねえ」

上体を縛られたまま、イワノフは背中をまるめてのろのろと歩きだした。イワノフが草地を出たら、ロシュコフはあの爆弾をわたしたちに投げつけるだろう。わたしは息をつめて間合いをはかった。ロシュコフが爆弾を投げる前に飛びつけるかしら。ベルタとアントンさんは、じりじりと後ろにさがっている。そうよ、ナラの木の蔭に隠れて、早く！

「グリューンベルク嬢、無茶はなさらないように」ウーラント中尉のかすかな声。「伏せて頭をかばって。ご自分が助かることだけを考えなさい」

中尉さまは？　と問い返したいのをわたしはこらえた。ロシュコフの背後に灰色の影が忍び寄っている。あれはひらひら狼だ。そうだ、もう少し前へ。噛みつけ、引き倒せ、鋭い牙を喉笛に突き立てろ！

残念ながら、ひらひら狼に気づいたのはわたしだけではなかった。イワノフがロシア語で何か吠え、ロシュコフは首をねじった。中尉が拳銃を撃つ。前のめりになったロシュコフの手からガラス瓶が落ちそうになる。イワノフが身を低くして突進し、ひらひら狼がロシュコフに体当たりする。再び銃声が轟《とどろ》き、イワノフの巨体はバレエダンサーのようにくるくるまわった。ロシュコフが倒れながら何か叫ぶ。そして——ガラス瓶は森の上の蒼穹《そうきゅう》にまっすぐ放りあげられた。

「伏せろ！」

ウーラント中尉がくるりと向きを変え、わたしにぶつかってきた。長い長い数秒ののち、爆発が起こった。さっきの爆発音を百倍にしたような大きさだ。音だけではない、熱風とともに小石やガラスや木片のようなものが次々降ってくる。

そして、すべての音が消えた。

今の衝撃で音がこの世から蒸発してしまったんだわ、と思った。中尉の体の下で身を縮める。動こうとすると、中尉の腕がわたしを押さえつける。中尉の心臓の鼓動がわたしの背中にじかに伝わってきて、目の前が真っ白になった。

ちょっとの間、わたしは気を失っていたらしい。気がつくと耳もとで中尉の声がしていた。

「グリューンベルク嬢、グリューンベルク嬢」

ああ、じゃあ音はこの世からなくなったわけじゃなかったのね。耳鳴りがしているけれど、中尉の声もちゃんと聞こえる。

「まだ耳がわんわんするでしょう。しばらく横になっているといい」

わたしは身をねじって仰向けになり、ゆっくり上体を起こした。差しのべられた中尉の手につかまろうとする。と、いきなり中尉は手を引っこめた。わたしに背を向け、足もとから黒い毛皮を拾いあげる。

「これをどうぞ。いや駄目だ、狼になったら大変だ。ええっと、だったらこれを！」

毛皮と軍服の上着が続けざまに飛んできた。両手で受けとめ、そこであることに気がつく。前脚が手に戻っているということは、わたしは人間の姿に戻っているということで、それ自体は歓迎すべきことなんだけれども、変身したとき制服は脱ぎ捨ててきたはずだから、今のわたしは……。

きゃあっと叫び、両手で胸を隠す。こちらに背中を向けた中尉の様子をうかがい、大急ぎで軍服の上着に袖を通した。中尉は直立不動の姿勢で一人しゃべっている。

「爆弾はあの二人の頭上で爆発しました。「あー、お若いご婦人は見ないほうがいいですね。とりあえず彼らが脅威になることはもうありません。おや、ひらひら狼のやつはどこに行ったのかな。爆発に巻きこまれたはずはないと思うんだが」

「おーいロッテ、無事かぁ？」

ドルトヒェンの声がしたと思ったら、左手の木の間から鮮やかな赤毛の頭が飛びだした。

「さっきの音は何だったんだ？　爆弾？　おや、中尉殿」

ドルトヒェンは草の上に横座りしたわたしを見――軍服の上着は着ているけれど、足は剝きだしね――中尉に冷ややかな目を向けた。

「中尉殿、あなたがこのような方だとは思わなかった」

ウーラント中尉はあさっての方向を見あげたまま激しく手を振る。

「違う！　誤解だ！　これには少々わけがあって」

ドルトヒェンはくちびるの端を持ちあげてふっと笑った。

「わかってますよ。ちょっとからかってみただけです。ロッテ、君の服を持ってきた。中尉殿を困らせないようさっさと着たまえ」

困らせてるのはどう見てもドルトヒェンじゃない。スカートを広げたドルトヒェンを衝立がわりに、寄宿舎暮らしで身につけた早業で一式身にまとう。靴を履いて立ちあがったとき、中尉の部下の憲兵さんが走ってきた。ふう、間一髪。

「中尉殿、ご無事でしたか。今の爆発は？」

「ロシュコフの爆弾だ」どこかしらほっとしたように中尉は言った。「ロシュコフとイワノフはそこで死体になっている。運ばせろ。その前の爆発はどこであった？　被害状況は？」

憲兵さんは、急にしゃちほこばった口調になった。

「ご報告いたします。ロシア人密偵ロシュコフが、わが軍団管理下にあります通称鯉《こい》の池に爆弾を投擲しました。池には大きな被害が出た模様であります」

「月光文書が！」

「ザリガニが！」と叫んだのはわたし。

森の奥からマーレがゾフィーさまに肩を貸して現れた。ゾフィーさまの足もとには疾風が嬉しそうにまとわりついている。

「もう、ドルトヒェンたら、先に走っていってしまうんですもの」

さらに憲兵さんの来たほうから、シュテファン叔父さんまでやってきた。

「こらロッテ、なんでここにいるんだ？　学校にいろと言っただろう。中尉殿、遅くなりました。怪我人はどこですか？」

「ご苦労、そこのナラの木の下だ」

そこでウーラント中尉の声が途切れた。爆風を受けた側の葉っぱはほとんど吹き飛んでいたが、それでもナラの木はしっかりと立っている。だけど……。

「おかしいな。あのでかい木の下にいたはずなんだが」

血の痕はナラの木の洞《うろ》の中に続いていた。爆発を避けようとしてもぐりこんだのだろう、すでに半乾きになっている。親切な憲兵さんが一人、洞の中へおりていってくれた。

「底無しの洞？　そんなことないですよ。底はちゃんとあります。光のかげんで底がないように見えただけじゃないですか？　はい、こんなものが落ちていました」

のぼってきた憲兵さんが差しだしたのは、ベルタの靴の片方だった。

第十章　もう一つの暗号

1

それから数日間は慌ただしく過ぎていった。

憲兵さんだけでなく、町の人総出で森の中を捜してくれたが、ベルタとアントンさんは見つからなかった。爆発に巻きこまれて吹き飛んだのではないかと、そのうち誰からともなく言うようになった。逃げようとして、運悪く直撃弾を受け、肉も骨も一瞬でばらばらになってしまったのだ——。その場にいなかった人たちにとっては、それがもっとも合理的な解釈だった。

ひらひら狼《おおかみ》もあれっきり出てこない。おそらくベルタたちと一緒に洞《うろ》の中に飛びこんで——

それで、そのあとどうなったの？

ゾフィーさまとも相談し、わたしたちは木樵《きこり》小屋であったことの大部分は内緒にしておくことにした。ベルタが学校へ戻ってきたとき、誰からも白い目で見られることのないように。ちょうどいいと言ってはなんだけれど、すべてロシュコフとイワノフに押しつけることができた。

煙で痛めた喉が治ると、ゾフィーさまは予定どおりボヘミアへ向けて出立なさった。

「あなたたちにお会いできてよかったわ。ベルタさんとお兄さまが見つかったら、必ず教えてくださいね」

ゾフィーさまはわたしの手に一枚のメモを押しこんだ。

「今まで黙っていてごめんなさい。コンツェというのは仮名でしたの。これがわたくしの本当の名前。ぜひお手紙くださいね」

わたしはメモを広げ、流麗な文字に目を走らせた。「ゾフィー・ホテクさま……」

ゾフィーさまは身をかがめ、わたしの耳にささやいた。

「あの方のお父上が、先日ご病気でお亡くなりになられましたの」

「まあ、それでは」

わたしはゾフィーさまの目を見つめた。ゾフィーさまは静かにうなずいて馬車に乗りこんだ。まもなくフランツ・フェルディナント大公は、正式にオーストリア＝ハンガリー帝国の帝位継承者にお立ちになる。一つの歴史が動きだす。ベルタとアントンさんが告げた未来について、ゾフィーさまは何も語らなかった。穏やかな笑みを浮かべ、見送るわたしたちに馬車の中から手を振ってくれた。


学校は変わらない。最初の混乱が終わると、いつもどおりの時間割で授業が行われた。フランス語と英語、歴史と地理とドイツ文学。お裁縫はたっぷり、数学と自然科学は少々。音楽の時間には全員で合唱し、ダンスの時間がくれば相変わらず女の子同士で練習する。

驚いたことに、ドルトヒェンもマーレも、わたしが人狼《じんろう》になったことを誰にも語ろうとはしなかった。

「笑わないでね。あたくし、あのときおかしな夢を見たの。ロッテが狼になって小屋の戸を開けてくれた夢」マーレは夢の中の出来事として片づけることにしたらしい。

「煙のせいで朦朧《もうろう》としていたんだな」重々しくうなずいたドルトヒェンは、二人きりになるとわたしの肩を叩いた。「で、その毛皮はどういう経緯で君のところに来たんだい?」

結局ドルトヒェンには、絶対秘密と誓わせた上で、ロッテお祖母さまのことや岩場での出来事を話すしかなかった。ただし、中尉さまが黒い狼になったことは内緒ね。あれはわたしの秘密ではないんですもの。中尉さまがクルトを倒してくださったの、とだけ言っておく。

「あなた、わたしのことが怖くないの?」

「わたしはアラスカ育ちだからね。狼にはちゃんと敬意を払うよ」

ひらひら狼がしゃべったことを覚えているかぎり正確に繰り返すと、ドルトヒェンは「ふーむ」とうなった。

「怖い奥方? 誰だろうな。あの狼をこき使っている女性がいると思うと愉快だが、まあ君の言うように赤ずきんと考えておくか」

自分が異形の存在になったことについて、本当ならもっと悩むべきなんだろうけれど、頭の芯がぼうっとしてあまり考える気にならなかった。生きるか死ぬかという目に遭ってみると、人狼になることなんかたいしたこととは思えない。これが一回こっきりのことだとしたら、そう気にすることもないしね。

でも、もし、一回こっきりのことではなかったら……。わたしが気を失っているうちに、銀色の毛皮は消えてしまったが、今どこにあるのだろう。腕の皮膚をつまんでみたが、毛皮の存在は感じられなかった。

ドルトヒェンに教えられ、グリム兄弟の『ドイツ伝説集』をめくってみた。お伽噺《ときばなし》じゃなくて伝説集のほうね。人狼の話がいくつかある中に、女性の人狼の話が一つ載っていた。狼の姿になって羊の群れを襲った女は、羊飼いに斧を投げつけられる。逃げた狼を追っていった羊飼いが目にしたのは、服を裂いて止血しようとする女の姿だった。その後彼女がどうなったのかは書かれていない。人狼として告発されたのか、このときの傷がもとで死んだのか。

寝つかれぬ夜、闇の底で目を見開いて考える。あの日の午後、わたしは狼だった。狼の爪と牙を持ち、狼の運動能力を持っていた。わたしがちゃんとロシア人たちに立ち向かっていたならば、もう少し違う結果になったのではあるまいか。

ウーラント中尉が学校に姿を見せることもなくなったが、一度だけいらしてわたしたち三人と立ち話をしていった。ザリガニの池の底に埋められていたタイルは、一つ残らず砕け散ったという。憲兵隊が欠片を拾い集めているが、どこまで内容を判読できるかわからない。ロシュコフとイワノフの二人は、月光文書を手に入れられない場合は破壊するよう命じられていたのだろう、と中尉は言った。

「町の噂ですと、ナポレオンのアルプス越えを描いたものや、ヴィルヘルム一世の肖像画があったそうですが」

ドルトヒェンの追求に、中尉は曖昧《あいまい》な笑みを浮かべた。

「噂というのはどんどんふくれあがっていくものですからね。まああまり本気になさらないほうがよろしいでしょう」

申し訳ないのだけれど、まだ中尉さまの顔をちゃんと見られない。中尉さまもわたしとは目を合わせないようにしている。

池を囲む有刺鉄線のついた金網は、まもなく撤去されるということだった。


「ああ、つまんない」まだ明るさの残る六月の晩、ギゼラが言いだした。「何か面白いことしましょうよ。降霊会、付き合わない？　クララ、リースヒェン、ベルタ」

そこまで言って、ギゼラははっと口を押さえた。編み物を置いてわたしは立ちあがる。

「いいわ。わたしがベルタのかわりに入るわ」

丸テーブルを囲んで座ると、ドルトヒェンにマーレ、リゼッテたちがまわりに集まってきた。アルファベートの書かれた紙を広げたギゼラは、いつもの貝ボタンを取りだした。

「さあ、今日は赤ずきんちゃんに何を質問する？」

「ベルタがどこにいるか訊いて」

あどけないリースヒェンの声に、みな無言で顔を見合わせた。泣きだしそうなクララの向かい側で、ギゼラはぐいと顎《あご》を持ちあげる。

「ようし、やってやろうじゃないの。赤ずきんちゃん、赤ずきんちゃん、おいでください。あたしたちの質問にお答えください」

貝ボタンに指をのせ、じっと待った。談話室の中は静まり返っている。わたしたちの手の下で、ボタンがゆっくり円を描きだした。

「あなたは赤ずきんちゃんですか?」

〈ヤー〉

「あたしたちの質問にお答えいただけますか?」

〈ヤー〉

「最初の質問です。ベルタは……アントンさんと一緒にいますか?」

単刀直入に訊くのはギゼラでも怖かったのだろう、まわりくどい問いかけになった。貝ボタンはくるくるまわりながら、紙の端に滑っていく。

〈ナイン〉

ギゼラは人差し指を強くボタンに押しつけ、次の質問を発した。

「アントンさんは……生きていますか?」

貝ボタンは答えるのをためらうようにまわり続けた。わたしはテーブルを囲んだ顔をそっと見まわす。ギゼラもクララもリースヒェンもくちびるを引き結び、真剣な表情をしていた。ついにボタンが動いた。

〈ナイン〉

「アントンさんは、死んだんですね」

念を入れて訊き方を変えるギゼラ。ボタンは無情に紙の上を突っ切っていく。

〈ヤー〉

ギゼラは喉にからんだ声でいちばん肝腎な問いを発した。

「ベルタは……生きていますか？」

貝ボタンは紙の中心に戻り、小さな円を描いている。ボタンがヤーのところへ動くのをわたしたちは待った。嘘でもいい、ヤーと答えて。今のわたしたちには、もう少し希望が必要なの。

ぱりん。

かすかな音がして貝ボタンが真っ二つに割れた。ああ、というため息が部屋に満ちる。リースヒェンの体が左右に揺れた。倒れそうになったのを急いでクララが横から支える。

「ねえ、何か書くものちょうだい」

不意にリースヒェンがはっきりした声で言った。ドルトヒェンがリースヒェンの手に鉛筆を握らせると、リースヒェンは紙の真ん中にこう書き綴った。

〈生きてない〉

ギゼラの質問に対する答えだと理解するのに、ちょっと時間が必要だった。

「ベルタは、し、死んだの？」くちびるを震わせてクララが言う。

〈死んでもない〉

談話室の中にどよめきが走り、わたしもえっと声をあげていた。リースヒェンの顔をのぞきこむと、夢遊病で歩いていたときのようなぼんやりした眼差しをしている。ギゼラがかすれ声でもう一度質問を投げかけた。

「じゃあ、じゃあ、ベルタは生きてるってこと？」

リースヒェンは一文字一文字丁寧《ていねい》に綴った。

〈生きてない。まだ〉

「まだ生きてない？」

ドルトヒェンがつぶやいたとたん、わたしには今の答えの意味するところがわかった。要するにまだ生まれていないということね。木樵小屋であのとき聞いたことが正しければ、ベルタは、ええと、一九三八年か三九年あたりに生まれるんじゃないかしら。あら、でもまだ生まれていないというなら、アントンさんも同じだけれど。

わたしが首をひねっている間に、ドルトヒェンが鋭い口調で問いかけた。

「あなたは本当に赤ずきんちゃんですか？」

「赤ずきんちゃんがおりてるんじゃないの？」

怯えたようにクララがつぶやく横で、リースヒェンは半分目を閉じたまま、なめらかに手を動かす。黒い巻き毛が頬に落ちかかった。

〈赤ずきんはわたしの一部
赤ずきんのお祖母さんもわたしの一部
この子のお母さんもわたしの一部〉

リースヒェンは顔をあげ、正面に座るわたしを見た。ベルタとよく似た矢車菊の色の瞳。その目が一瞬金色に輝いた。

〈あの毛皮はわたしからの贈り物
大切に使ってくれたら嬉しい〉

「あなたは……」

ドルトヒェンが次の問いを発する前に、リースヒェンはくたりとテーブルに突っ伏した。鉛筆が転がって談話室の床に落ちる。

「リースヒェン、リースヒェン！」

悲鳴をあげてクララがリースヒェンの肩を揺さぶる。リースヒェンは頭を持ちあげ、目をこすった。

「あれぇ、わたし寝てたの？　じゃあ今の……夢？」

「どんな夢を見てたの、リースヒェン」

わたしが訊くと、リースヒェンは幸せそうな笑みを浮かべた。

「お母さまの夢よ。真っ白なお着物を着て、光に包まれたお母さまがいらしてね、わたしの手をとって何か書いていかれたの」

「お母さま？」

鸚鵡《おうむ》返しに言ったドルトヒェンは、腕組みをして何か考えこむ表情になった。わたしの胸の奥に、とある名前が浮かんできた。木樵小屋の中でアントンさんが言ったことや、ずっと前にひらひら狼が言ったことを思い返す。ひらひら狼は、あのときあの名前をうっかり口に出したのかしら。それとも……わざとヒントを残してくれたの？

翌日わたしはミュラー先生とシュミット先生のところへ行った。一つ二つ質問し、シュミット先生の古い写生帳を見せてもらう。

「これがそのマリアさま……」

簡素な祠《ほこら》の中に安置されたマリアさまの像は、灰色の石を刻んだものだった。目鼻や衣の襞はだいぶ磨り減っているが、ほっそりした優しげなお姿だったのは見てとれる。

「牧師さまはいい顔はなさいませんでしたけどね、この像を撫でると子宝に恵まれるといって、こっそりお詣りする人はけっこういましたよ」とミュラー先生。

「小さなロッテさんは、森に行くたびお花を差しあげていましたね」とシュミット先生。「ああ、あれからもう五十年もたったなんて信じられませんわ」

2

そして、また日曜日がめぐってくる。

昼餐のあと、わたしたちは校庭でヒュープナー先生を待っていた。今日の午後、少し時間を作ってほしいと連絡があったのだ。森から帰った日、二言三言お話ししたが、そのあとは今日までお目にかかる機会はなかった。

「ベルタのこと、きっと訊かれるわね。どこまでお話しする?」憂鬱《ゆううつ》そうにマーレが言う。

「ゾフィーさまのことをお話しするわけにはいかないわよね。先生たちに申しあげたとおり言うしかないでしょう」とわたし。

ステッキをついてヒュープナー先生がやってきた。駆け寄ったわたしたちは膝を曲げて挨拶する。

「こんにちは、みなさん」

ヒュープナー先生はさすがにやつれた顔をしていた。座って話せるほうがいいだろうと、庭の四阿《あずまや》にご案内する。薔薇《ばら》の花に囲まれた四阿はひっそりしていた。聞こえるのは花虻《はなあぶ》の眠たげな羽音ばかり。

「あの子たちの捜索は打ち切りとなりました」型どおりの挨拶のあと、ヒュープナー先生は静かに言った。「これ以上町の人の手を煩わせることはできません。しばらくは行方不明という扱いになりますが、そのうちちゃんと葬儀を出さないといけないでしょう。もともと神の与えてくださった子どもたちです。神の御許にお返ししたと考えてあきらめるしかありません」

ベルタの葬儀。わたしたちは何も言えず、こぶしを握りしめた。ルートヴィヒ・ウーラントの短い詩がふっと浮かんでくる。

かすかなるあとをとどめて逝《ゆ》きし子は、
かりそめのこの現《うつ》し世の客人《まれびと》か。
いずくよりいずくに行きしそは知らざれど――
ただ神の御手《みて》より御手《みて》に摂《と》取られてゆきぬ。

「あなた方は、あの最後の日、あの子たちと一緒にいたのですね。あの子たちがどんな様子だったのか、よろしければ教えていただけませんか？」

あらかじめ打ち合わせておいたとおり、ドルトヒェンが代表で話をする。コンツェ嬢の犬が自分だけ帰ってきたので、何かあったのかと思い、三人で捜しにいった。コンツェ嬢はアントンさん、ベルタと一緒に森を散策していたが、途中めまいがしたとかで、木樵《きこり》小屋に入って休憩なさっていた。ところがその小屋に、牢屋から逃げだしたイワノフがひそんでいて……というものだ。おおむね真実だから、不自然なところはたぶんない。イワノフに連れ去られたベルタを追いかけるところは、ドルトヒェンにかわってわたしが語った。もちろん狼《おおかみ》になったことは口にせず、駆けだしたアントンさんにわたしがついていっただけというふうにぼやかしておく。

――はい、アントンさんは膝の下を撃たれましたけれど、ウーラント中尉が止血してくださいました。死ぬような怪我ではないとおっしゃって……。

――爆発が起こったとき、二人はナラの木の下にいました。はい、ベルタが支えれば、あの洞《うろ》に逃げこむことはできたと思います。

ヒュープナー先生はほうと息をついた。大きな手がステッキの上で落ち着かなげに組みかえられる。

「あなた方から見て、あの子たちに何かおかしなところはありませんでしたか？ イワノフですか、そのロシアの密偵と何か内緒話をしていたなどということは……？」

え、とわたしたちは目を剝いた。ヒュープナー先生の顔は硬く強張っている。

「あなたたちにはお聞かせしたくなかったが、実は、心ないことを言う輩《やから》がいるのです。アントンとベルタは、そのロシア人とつながりがあったのではないか、早くいえば、ロシアの密偵だったのではないかと」

「そんなこと、絶対にございませんわ」

マーレが断言すると、先生はステッキの頭を握りしめた。

「だが、あなたたちは何か隠しごとをしている。そうではありませんか？　わたしも伊達《だて》に年をとっているわけではないのですよ」

「……申し訳ありません、おっしゃるとおりです」ドルトヒェンは神妙な顔で言った。「はしょったところをお話しします。最初からそうしておくべきでした。マーレ、ロッテ、かまわないだろう？」

先生が衝撃を受けないよう、ドルトヒェンは淡々と語る。あの日、二人がゾフィーさま相手に何を計画していたか。やがてドルトヒェンの声は途切れがちになり、ヒュープナー先生は両手で顔を覆った。

「あの子たちがそんな愚かなことを……」

「実行はしませんでした」わたしはそっと言う。「コンツェ嬢も表沙汰にするつもりはないとおっしゃいました。このことを知っているのは、コンツェ嬢とわたしたちだけです」

「あなたたちは……二人の言葉を信じたのですか？　未来から来たということを」

「百パーセント信じているかと訊かれたら悩むところですが」平静な口調でドルトヒェン。

「筋は通っていると思いました。先生もある程度までは信じてらっしゃるのでしょう？」

花虻がわたしたちの顔のそばを飛びまわる。遠くから女の子たちの笑い声が流れてくる。ドルトヒェンは、ベルタがわたしの雑誌を破ったことやお化け人形を壊したことについては語らなかった。それでいい。あれはベルタとわたしたちだけが知っていればいいこと。

「わたしはあの子たちの傷の手当をしました」ひとりごとのように先生は言う。「瓦礫《がれき》の山を越え、炎に追われて逃げてきたという話と矛盾する傷はありませんでした。あの子たちの話を信じたというより、わたしは自分の目が見たものを信じたのです」

澄んだ声で歌いながら、下級生の子が三人、薔薇の茂みを抜けて四阿にやってきた。

「こんにちは、ヒュープナー先生」揃って仲良くお辞儀をする。

「こんにちは」先生は三人に微笑《ほほえ》みかけ、ステッキを手に立ちあがった。「おしゃべりをしにここへきたのかな？ いいとも いいとも。わたしはそろそろ失礼することにしよう」

薔薇の花の間を抜け、来た道をたどりながらわたしは言った。

「お帰りになる前に、マーレのピアノをお聞きになりませんこと？」

疲れ切ったお顔の先生をこのままお帰しするわけにはいかないと思ったの。ドルトヒェンと二人、両側から腕をからめて、半ば強引に三階にお連れする。舞踏室の前を通りかかったとき、ヒュープナー先生は足をとめた。

「モルゲンシュテルン男爵の肖像があるのはここでしたな。みなさんが指輪の暗号を解いた話は聞きましたよ。久しぶりに見せてもらってもいいですかな」

楕円形の舞踏室はしんとしていた。校庭のざわめきもかすかに聞こえてくるだけ。ヒュープナー先生は鷲鼻の男爵を見あげ、月光文書発見の手がかりとなった小指の指輪に目を向けた。

「なるほど、これがRose《ローゼ》とRatte《ラッテ》という暗号になっていたんですね」

「男爵さまがお考えになったものでしょうか」

とマーレが言えば、ドルトヒェンは首をかしげる。

「どうだろう。画家の思いつきかもしれないぞ」

男爵の背後には小さな鏡がかかっていて、絵筆を持ったルンペルシュティルツヒェンが映っていた。頬は鋭く削げ、額には斜めの傷痕。その顔を見ていると、心の奥が妙にざわついた。どこかでこんな顔を見たことがあったように思う。

「ルンペルシュティルツヒェンの指輪は、結局のところ暗号でもなんでもなかったのかしら」マーレが言った。「月光文書の謎はもう解けたからいいようなものの、気になるわ」

「そうだな」とドルトヒェンもうなずく。「画家から見ると紫、青、赤、緑、灰色という順番か」

「虹の五色というわけでもないわね」とわたし。

「紫水晶《アメテュスト》、青玉《ザーフィーア》、紅玉《ルビーン》、翠玉《スマラクト》、真珠《ペルレ》」この前と同じようにマーレは言った。「男爵の指輪と同じように、翠玉《スマラクト》をEと考えるなら」

「ASREP」宝石の頭文字を声にして、わたしは絵に目を近づける。「ねえ、この青い石、ちょっと色が変じゃない？　酸っぱい青色といえばいいのかしら、青玉《ザーフィーア》よりも黄みがかった青よ」

「男爵の右手の指輪と同じで土耳古石《テュルキース》じゃないか」

とドルトヒェン。わたしは手帳を広げ、ATREPと書いた。

「紅玉《ルビーン》と翠玉《スマラクト》は間違いないと思うのだけれど」マーレが続ける。

「端っこの灰色のやつは本当に真珠《ペルレ》でいいのかな」

「別の石だって言うの？　まんまるだし、独特の照りがあるから、南洋の真珠《ペルレ》で間違いなくってよ」

「そういう意味じゃなくて、この真珠にはほかにも呼び方があったんじゃなかったかな」

「そうね。真っ黒じゃないけど、黒　真　珠《シュヴァルツェ・ペルレ》ともいうわ」

「黒　真　珠《シュヴァルツェ・ペルレ》だと最初はSね」わたしはPを消してかわりにSを書きこんだ。「となると綴りはATRES」

「やっぱり意味をなさないわね」ため息をついたマーレは、不意に背筋を伸ばして目を輝かせた。「わかったわ。こんなことに気づかなかったなんてどうかしてる。これもエメラルドと同じで英語読みすればいいのよ。英語だとブラックパールになるから」

「ATREB」書き直したものを読みあげて、わたしははっとした。「逆さまから読むと、BERTA《ベルタ》になるわ。これって偶然かしら」

3

ドルトヒェンはわたしの手から手帳を奪い取った。

「本当だ、ベルタという綴りになる」

わたしは近くにあった椅子の背をつかんだ。何かにつかまっていないと倒れそうだった。なぜこの画家の顔に見覚えがあったかわかったのだ。

「グリューンベルク嬢、どうしました、気分が悪いのならそこにかけて……」

「大丈夫です、先生。二人とも思いだして。木樵《きこり》小屋の外に倒れていたとき、アントンさん、額に傷を負っていたでしょう」

まずドルトヒェンが、続いてマーレが息をのんだ。

「アントンさんは、そのあと足を銃で撃たれたわ。前にヘンシェルさまが言ってらしたわよね。ルンペルシュティルツヒェンて人、額に傷があっただけじゃなく、足も悪かったって。ナラの木の洞《うろ》を抜けて過去に来た人が、もう一度過去に行くのってありえないことかしら」

ヒュープナー先生の手からステッキが落ちた。先生はそのままよろめくように、ルンペルシュティルツヒェンの小さな自画像に顔を寄せた。

「似ている、確かに似ている」

ドルトヒェンが口を開いた。

「アントンさんは画学生だ。そうですよね、ヒュープナー先生」

マーレが胸の前で指を組み合わせた。

「アントンさんなら未来のことを知ってるわ。ナポレオンのことも、ドレスデンの滅亡も」

わたしはもう一つ大事なことに気がついた。

「ベルタを追いかけていったときのことは話したかしら。途中の道にね、わたしのお化け人形が落ちていたの。アントンさんは拾いあげて上着のポケットにしまったわ。ナラの木の洞に入ったとき、アントンさんのポケットにはお化け人形があったのよ」

マーレがあえいだ。わたしの言いたいことがわかったのだ。

「日本から来たからくり人形？　あれはお昼寝熊さんを真似て作られたんじゃなくて？」

「逆だったとしたら？　お化け人形が過去に運ばれて、それを見本に同じような人形がこの地で作られたんだとしたら？　壊れていても、分解すれば仕組みはわかるわよね。おばあさんを熊に、うちわを蜂の巣に変えて……」

ドルトヒェンがふうっと大きな息を吐いた。

「なんてこった、すべて平仄《ひょうそく》が合う。お昼寝熊さんの首はなぜ伸びるように作られたのか。見本にしたのが首の伸びる日本の精霊の人形だったからだ。そうだよ、指輪の文字はBERTAだ。画家は鏡に映っているんだから、逆さまから読むのが正しいんだ」

「ベルタは？　ベルタはどうなったの？　アントンさんと一緒じゃないの？」

マーレが鋭い声で叫ぶ。ヒュープナー先生は苦しげに首を振った。

「ルンペルシュティルツヒェンが発見されたとき、女の子が一緒にいたという話は聞いたことがありません。過去の地にたどりついたのは、アントンだけだったのでしょう。どこかではぐれたか、それとも……」

先生が言葉を切ったとき、天啓がおりてきた。

「ベルタがどこへ行ったか、わたしにはわかる気がします。マーレ、ドルトヒェン、思いだして、この前の降霊会を」

そうだ、間違いない。想像力の暴走だと言われてもいい。ヒュープナー先生に大急ぎでギゼラお得意の降霊術のことを説明する。先生は半信半疑の様子だったが、かまわずわたしはあとを続けた。

「リースヒェンは……リースヒェンの体を借りたお方はこう書きました。ベルタは死んでもいないし、生きてもいないと。そのときはまだ生まれていないことを指しているのかと思いました。アントンさんとベルタがこの世に生まれでるのは、今から三、四十年あとのことになりますよね。でも釈然としない部分も残りました。死んでもない、生きてもないという言い方は、明らかにベルタに対してだけ使われていたからです」

「死んでもない、生きてもない」ドルトヒェンがゆっくり繰り返す。「そうだ、あのとき彼女は、まだと付け加えた。生きてない、まだ、と」

「ベルタが何十年か、何百年か先の未来にいるのなら、そういう言い方になるんじゃなくて？　アントンさんは過去に行ったけれど、ベルタは未来のどこかにいるんです」

舞踏室の中はしんと静まり返った。マーレが震える手でわたしの腕をつかんだ。

「ベルタは生きてるの？」

ヒュープナー先生は声を詰まらせた。「ベルタは……死んでいないと……」

次の瞬間、わたしたちは歓声をあげ、かわるがわる抱き合った。

「生きている！」

「生きてるんだわ！」

「どこかできっと生きているのよ！」

ヒュープナー先生も巻きこんで、ワルツのステップを踏み、くるくるまわる。大声で笑い、同時にすすり泣く。

「そうだ、未来なんだ！」ターンをまわりきれなかったドルトヒェンは、ヒュープナー先生を引きずって床にへたりこんだ。「もしベルタが過去の時代に行ったのなら、どうにかして先生やわれわれ宛に伝言を残してくれたに違いない。この校舎のどこかに落書きするとか、アントンさんみたいに絵を描くとか。それがないということは未来に行ったんだ」

「あのときリースヒェンの中にいたのが誰かも、わたしにはわかると思います」

ドルトヒェンがにやりとした。「わたしもだ。一緒に言ってみようか」

「ええ。あのときリースヒェンの中にいたのは……」

ホレおばさん。

ドルトヒェンの声とわたしの声はきれいに重なった。

「ホレおばさんですか」ヒュープナー先生はどっこらしょと立ちあがり、目尻の涙をぬぐった。「お伽噺《とぎばなし》を信じるには、わたしは少々年をとりすぎているようですが」

「ベルタとアントンさんが未来から来たと信じられるのなら、ホレおばさんの存在も信じていいのではありませんか?」と身軽に跳ね起きてドルトヒェン。「ホレおばさんという名前がお気に召さなければ、別の呼び方もできます。ヒュープナー先生はご存じではありませんか?〈お祖母さんの家の跡〉にあるナラの木の下に、かつてマリア像が置かれていたという話を」

「ああ、覚えています。小さな灰色の像でした」

「もとをたどればその像は、古代ゲルマンの母なる女神だったのではないでしょうか。女神はしばしば多くの呼び名を持っています。その名前の一つがホレおばさんだったとしたらどうでしょう」

「それに思いだしてください。アントンさんとベルタがどうやって火の海となったドレスデンから逃れたか。二人して古井戸に飛びこんだんですよね。そのときアントンさんとベルタが助かったのは、ホレおばさんが手を貸してくれたからじゃないでしょうか」

糸まきを捜して井戸の底に行った女の子は、ホレおばさんの大きな歯を見て逃げようとする。大きな歯とは、具体的にどんなものだったのだろう。兎《うさぎ》や栗鼠《りす》の前歯のようなものなら怖がることはない。女の子が怯えて逃げようとしたのは、それが肉食獣の歯に見えたからではなかったか。例えば、そう、狼《おおかみ》の犬歯のような。

ひらひら狼をこき使えるのは誰か？　考えてみれば単純な話だ。答えは群れの上位の狼。わたしはホレおばさんに夢の中で会ったことがある。金色の目をした純白の雌狼。わたしにお帰りと言い、ふさふさしたしっぽを振っていた――。

ヒュープナー先生はステッキを拾うと、少しさがってモルゲンシュテルン男爵の肖像画を振り仰いだ。

「グリムなど長いこと読んでいませんでしたが……久々に手に取ってみてもいいですな。アントンのこの絵は、ベルタに宛てた伝言だったのかもしれません。自分は無事であったと知らせるには、なかなかいい方法です」

「いつ？　ベルタはいつの時代へ行ったの？」

「無理だ、マーレ、そこまではわからない」

「だったら伝言を送ればいいんだわ」とわたしは言っていた。「決めた！　わたし、本を書くわ。この学校であったことを本にするの。何十年先になるかわからないけれど、いつか、ベルタが手に取ってくれることを願って……」

「やあ、にぎやかですな」扉が開いて、ヘンシェルさまが顔をのぞかせた。

「ヘンシェルさま、退院なさいましたの？」マーレが朗らかに声をかける。

「今日やっと脱出できましたよ。中尉さんの監視つきで帰ってきました」

「わたしとしては護衛のつもりだったんですがねえ」

ヘンシェルさまに続いて、ウーラント中尉も入ってきた。あわててぴょこんと頭をさげる。ヘンシェルさまは大きな紙袋を掲げてみせた。

「駅前でさくらんぼを買ってきましたよ。お嬢さん方、さくらんぼはお好きですかな？」

「大好きです！」とドルトヒェン。「音楽室へ行きましょう。マーレのピアノを聞きながらつまむさくらんぼは最高だ」

「ちょっと、あたくしの分も残しておいてよ」

ヘンシェルさまはマーレに腕を差しだした。ドルトヒェンはヒュープナー先生と腕を組んで出ていく。舞踏室に残っているのはわたしとウーラント中尉だけになった。

「中尉さま」

「グリューンベルク嬢」

声がぶつかって黙りこむ。さあ、深呼吸して、もう一度。

「あ、あの、中尉さま、この前は、助けていただいて、本当にありがとうございました。あの……そのあとのちょっとしたアクシデントのことは、どうぞお気になさらないでくださいまし」

最後は早口になったがちゃんと言えた。ウーラント中尉はモルゲンシュテルン男爵の肖像画の前に立ち、絵を見あげながらこう言った。

「今度森へ散歩に行きませんか？」

「お散歩……ですか？　叔父も一緒に……？」

「ケルステンは抜きです。礼儀には反しますが、わたしたち二人で、いや、二頭でというほうがいいですかね」

二頭で――黒い狼と銀色の狼の二頭で。

「わたし、人間ではないものになってしまったのでしょうか。神さまから見放された存在に……」

考えるのを先延ばしにしていたことを今初めて口にする。中尉はわたしに背中を向けたまま言った。

「わかりません。ですが、地獄へ行くことになるのなら、わたしも一緒です。あなたをお一人で行かせることはしません。この前あなたからいただいた言葉をお返しします。あなたはあなたです。たとえ姿が変わったとしても。あの毛皮を手放すおつもりがないのなら、使い方に習熟していたほうがいい。少なくとも自分の意志で変身できるようになっておいたほうがいいでしょう。わたしもまだ試行錯誤の途中ですが、いくらかはお手伝いできると思います」

そこでウーラント中尉はわたしのほうに向き直った。

「もちろんあなたが落ち着いて身づくろいできる場所は用意しておきますよ」

顔が真っ赤になるのが自分でもわかった。中尉の口もとにはからかうような笑みが浮かんでいる。

「嫌な中尉さま」

「ときどき言われます。特にご婦人方に。どうしてかな」

どうするロッテ？　自分で自分に問いかけたとき、心はもう決まっていることに気がついた。この毛皮はホレおばさんからの贈り物。これまで誰も詩にしたことのない体験ができるのに、逃げだしてどうするの。

「わかりました。中尉さまにおまかせいたしますわ」そこで言葉を切り、ためらいながら付け加える。「よろしければ……わたしに狩も教えていただけませんこと？」

「いいですとも。兎《うさぎ》くらいならすぐしとめられるようになりますよ」

「そうじゃないんです。そういう意味の狩じゃなくて……わたし、自分と友人の身くらい、自分で守れるようになりたいんですの」

淡い水色の目が、少しばかり驚いたように見開かれた。そういうことは男にまかせておけとおっしゃるかしら。ややあって、中尉はうやうやしく言う。

「かしこまりました、陛下」

「陛下？」

「〈森の王〉ですよ、もちろん」

「〈森の王〉になられたのは中尉さまではございませんの？」

「前にも言いましたが、わたしはあなたの代理で戦っただけです」

「なんとなく、面倒なことをわたしに押しつけようとなさっている気がするのですけれど」

「実をいうと、これに関しては、ごく単純な解決法があるのですがね。王はわたしが引き受けます。あなたは女王になって、共同統治者となる」中尉はすっと身をかがめ、ささやくように言った。「わたしが王になるということは、クルトから契約を一つ引きつぐことでもあります。木苺《きいちご》の契約とひらひら狼は言っていましたが、あれはまだ有効ですよね？」

わたしが答えられないでいると、中尉は身を引き、明るい笑い声をあげた。

「冗談です」

「ご冗談でしたの？」

中尉は舞踏室の白い天井に視線をさまよわせた。

「あー、さくらんぼのことを忘れていました。ヘンシェル氏に食べ尽くされないうちに、われわれも行きませんか？」

中尉さまのお耳が薄赤く染まっているのは、わたしの気のせいかしら。ぎこちなく差しだされた腕に、わたしはするりと腕を滑りこませた。

エピローグ　八月の終わり

「ベルタ……やったんやね」最後の一行を読んだあたしは、慧ちゃんの顔をうかがいながら言った。

「ベルタやったんやな」麦茶のコップを手に慧ちゃんが繰り返す。

黒髪に青い目のベルタ——黒髪に青い目をしていたお祖母ちゃん。

曾《ひい》お祖母ちゃんのカネさんが浄水場の山でお祖母ちゃんを見つけたとき、大きな犬がそばにいたという。それがひらひら狼《おおかみ》だったのだろうか。時を飛び越え、地球を半周して、お祖母ちゃんを神戸に連れてきてくれた。

常識からいえばそんなことありえない。ロッテが書いたのはただのお話で、曾お祖母ちゃんが見かけたのはそこらの野良犬。でも想像してしまうのだ。ナラの木の洞《うろ》に飛びこんだベルタが、ひらひら狼に案内されて神戸までやってくるところを。

「あれ、でもおかしい、年が合わへんよ。ベルタは十六、七やろ。カネさんと出会うたとき、お祖母ちゃんはもっと小さかった」

「いや、それで合うんや」慧ちゃんは自信ありげに言った。「ドレスデン空爆のとき、ベルタは六、七歳やった。もとの時代に戻ったとき、本来の年齢に戻ったんやろう。十九世紀で過ごした十年間を返してくれたわけやな」

「誰が？　ひらひら狼が？」

「バックにおったホレおばさんが、やろうな」

「そう考えたら計算合うけど……そやけどなんで日本に来たんやろね。みんなのとこに帰ってもよかったんちゃう？」

「ベルタの性格考えてみ、あんなことあったんや、学校にはもう帰られへんと思いつめても不思議はないやろ」

「だからっていきなり日本に来る？　リースヒェンならともかくさ」

慧ちゃんは銀縁眼鏡を押しあげ、ちょっと笑った。

「あれ、かりんちゃん気づいとんかと思《おも》た」

「何のこと？」むかつくなあ、そういう言い方。

「ベルタと日本には接点があったんや。ヒントあったやろ。まず最初はお昼寝熊さんの出てきた場面や。リースヒェンとベルタが寄り添ったところは姉妹のようやって書いてある。まあここは単に黒髪同士ゆうだけのことやったかもしれんけど、折り鶴の場面で間違いない思《おも》た。ベルタは折り鶴を見て、一目で鶴や言うたやろ。おかしい思わんかったか？　初めて折り鶴見た人が、あれを鶴やと見抜けるもんやろか」

「それは……リースヒェンに聞いてたとか」

「ベルタもそう言うてごまかしとったけどな、前から折り鶴のこと知っとったとも解釈できる。その次が降霊会の場面や。ベルタの結婚相手は『お祖父さんの国の人』やとお告げが出たやろ。この国は、プロイセンとかバイエルンみたいに、ドイツ帝国内のどこかを指してるとも読めるけど、ドイツとか英国、フランスのような国を指してるとも読める。さて、ベルタがうちのお祖母ちゃんやとしたら、ベルタが結婚したんは？」

「うちのお祖父ちゃん」

カネさんの甥っ子。終戦後まもなく両親を亡くしてカネさんに引き取られ、お祖母ちゃんと一緒に大きくなった。うちのお祖父ちゃんは当然日本人だから――。

「え、え、え？　てゆうことはベルタのお祖父さんも」

「日本人やなかったかと推測される」

「ええっ！」あたしは麦茶のコップを手にソファからずり落ちた。

「ベルタがクオーターやと思《おも》て読むと、ほかにも見えてくるもんがある。アントンさんて画学生やったやろ。妹は学校出たら教師になる言うとうのに、お兄ちゃんは絵ェ描いてふらふらしとるってどうなん。さっさと就職して妹養えと思わんかった？」

「そこまでは思わんかったけど、頼りないなあとは思《おも》とった」

「そやろ。ベルタが教師になるの、なんか当たり前みたいにベルタ自身もアントンさんも思《おも》てる。なんでやろと考えとったら答えが見えてきた。ベルタは結婚する気がなかったんちゃうか。もっというなら、子どもをもちたくなかった」

「慧ちゃん、それどういうこと？」孫の立場としてはショック！　なんだけど。

「ベルタは黒髪やったけど、そこまではっきり日本人の特質は出てへんかった。そやけどベルタの子どもは、いきなり東洋系の顔になるかもしれん」

「やっぱり差別されるの？　リースヒェンはそうでもなかったよね」

「学校出たらそうもいかんやろ。それにベルタの生まれ育った時代を考えてみ。十九世紀やないで、そっちに行く前の時代や」

「あ……ナチスの……」

「金髪碧眼《へきがん》のアーリア人がいっちゃん偉いゆう考えを子どものときから刷りこまれてたんや。純粋のドイツ人やないゆうだけで、どんなに肩身の狭い思いしてたか想像がつくやろ。幸か不幸か十九世紀に飛ばされてヒュープナー先生に助けられたけど、ベルタは自分の血筋については口をつぐみ、アントンさんかて触れまわりたいことやないから黙っとった」

「うひゃあ……」

九割方想像といえばそうなんだけど、ここまでのところはすごく説得力がある。

「アントンさん、義理のお母さんのことこう言うてたやろ。『エキゾチックな顔立ちの大層美しい人』、エキゾチックとは、つまりそういうことやったんやないか」

「ベルタのお祖父さんて、うちらからいうと曾々祖父ちゃん？　どんな人やったんやろう」

「あー、その人なあ」慧ちゃんは微妙な表情になった。「かりんちゃん覚えてる？　日本人留学生に騙されて捨てられた知り合いがおったって、ベルタ言うてたやろ」

「うん。え？　その知り合いってのが、もしや」

「ベルタのお祖母さんのことやないかと思うんやけど、どうやろ。ベルタが生まれたんは一九三八年か三九年やったな。このときお母さんが二十五歳やったとすると、お母さんが生まれたのは一九一三年か一四年。ということは、出会いは第一次世界大戦前やな。本人にそのつもりはなくても、戦争が始まるゆんで日本に帰って、それっきりになったんかもしれん。事情は違うけど、太田豊太郎みたいなことをしたわけや」

「誰だっけ、それ。あ、『舞姫』の主人公」

あたしたちはしばらく黙って、なまぬるくなった麦茶をすすった。だからベルタは日本人が嫌いなんて言ったんだ。でも折り鶴のこと知ってたり、ゾフィーさまの前では自分も日本に行きたいって言ったりしてるから、嫌いだけど好きって気持ちをずっと持ってたんじゃないかな。ああ、あたし、ロッテの書いたことをほんまにあったこととして考えてる。

「なあ慧ちゃん、あたし一つ引っかかっとるんやけど、ロッテたちはドレスデンの空爆のこと知っとって何もせえへんかったんかな。みんなに避難するよう言っとけば……」

慧ちゃんは目を伏せ、かすかにかぶりを振った。

「冷たいこと言うようやけど、全員を避難させるんは、ロッテ個人の力でどうこうできるレベルやなかった。知り合いに言うてまわるくらいしかできんかったやろうな。それに、ドレスデンの町は、当時安全やと思われてたんや。軍需工場もない、軍の基地もない、そやから空爆されるはずないとみんな思いこんどった」

「そうなん……」

「そういや僕な、一つ思い違いしとったわ。ドレスデンの聖母教会な、空爆で破壊されたゆうて前に言うたやろ。なのにベルタの絵の中には聖母教会が立っとった」

「ベルタの記憶違い？」

「いや、それで合うてた。聖母教会は空からの爆撃で吹っ飛んだんやなかった。中から火がまわって、二晩燃え続けて、ついに石壁が高熱に耐えられんようなって崩壊したんや」

「ひえぇっ！　そんなことあるんや」

「逃げる途中、聖母教会の丸屋根を見たとアントンさんも言うてたやろ。二人が見たときにはまだ立っとったんやな」慧ちゃんはスマホを出して、画面をわたしのほうに向けた。「ほら、これが今の聖母教会や」

「今の……？」

青空を背景に、細い塔に囲まれた優美な丸屋根の白い建物が立っていた。丸屋根のてっぺんについている塔みたいなものは鐘楼《しょうろう》だろう。

「ドイツが東西に分裂しとった間、ずっと瓦礫《がれき》のままで置かれとったけど、統一のあと十何年かかけて再建された」

慧ちゃんが画面を拡大すると、白い壁のところどころに、黒い石がはまっているのがわかった。

「この黒いとこは黒焦げになった古い聖母教会の石や。もとどこに使われとったかを調べて、一つ一つはめていった。気の遠くなるような作業やろ」

あたしたちはもう一度白い丸屋根の教会を見つめる。

「アントンさん、間違っとったんやね」あたしの口から言葉が飛びだした。

「は?」

「ドレスデンは滅びたんちゃうかった。空爆でめちゃめちゃになったけど、ちゃんと復興したんや」

神戸と単純に比べてはいけないだろうけど、街はよみがえるのだ。どんなに傷つき、ぼろぼろになっても、そこに生きる人がいるかぎり。

「なああ慧ちゃん、ここに出てきたコンツェ嬢って、ほんまにオーストリアの……」

「そうや。ネットで調べたらすぐ出てきた。ゾフィー・ホテク、フランツ・フェルディナント大公の奥方や。実家の身分が低いゆうてハプスブルク家の中じゃいじめられたけど、夫婦仲はよかった。夫婦と子ども三人で写った写真が残っとる。サライェヴォで撃たれたとき、旦那は、『ゾフィー、死ぬな、死んだらあかん、子どもたちのために生きるんや!』て叫んだそうや」

教科書にそんなことは出てこない。オーストリアの帝位継承者夫妻が暗殺され、第一次世界大戦が始まったとだけ。

湿っぽくなった気分を振り払ってあたしは立ちあがった。冷蔵庫から昨日作ったアイアシェッケを取ってくる。

「はい、どうぞ。卵は普通の鶏卵《けいらん》を使った。ウズラの卵は何も関係なかったからね」

「かりんちゃん、きっついな。ウズラの卵とまだらの卵をちょっとごっちゃにしとっただけやんか」

アイアシェッケという名前さえわかれば、作り方は何種類か見つけることができた。全部試してみて、結局いちばんシンプルなレシピにした。パン生地に似た台の上にはレモン風味の白っぽいクリーム、その上にはバターをたっぷり混ぜたカスタードクリームの層がのっている。表面に焼きむらがついたのがまだらに見えたから、アイアシェッケ――「まだらの卵」という呼び方になったのだと、ネットには書いてあった。

慧ちゃんは一口食べ、目を細めた。

「これや、これ。お祖母ちゃんのチーズケーキや」

「実はこれね」とクールな表情を装うあたし。「チーズまったく使ってへんの」

「なんやて?」

「ドレスデンではクアルクっていうフレッシュチーズを使うんやって。でもそこらのスーパーで売っとるもんちゃう。ヨーグルトを水切りしたら、似たような味になるってあったから、それでやってみた。お祖母ちゃんが使ったのもたぶんそれや」

「わかった。違う材料云々ゆうのはそのことやったんやな」

あたしも自分のアイアシェッケにフォークを入れる。ウズラの卵で作ったり、チーズを変えてみたり、何度もまわり道したけれど、やっとここにたどりつくことができた。

「なあ慧ちゃん、お祖母ちゃんがロッテのこの本買うたんいつやったっけ?」

「僕が幼稚園の、たぶん年長のときや」

「お祖母ちゃんがアイアシェッケ作りだしたんて、そのあとやね」

「ああ、そうやな。かりんちゃんの言いたいのは、お祖母ちゃん、この本に出会ったのがきっかけで」

「うん。ずっとしまいこんでた過去の記憶と向き合ったんやないかな」

過去のことは決して語ろうとしなかったお祖母ちゃん。ボランティアに打ちこんでいたお祖母ちゃん。なぜなのか今ならわかる。お祖母ちゃんは長いこと自分を許すことができなかったのだ。ロッテは生きていた！　ドルトヒェンとアマーリエも生きていた！　それがわかったとき、お祖母ちゃんは初めてドイツでの日々を懐かしく思いだすことができたんじゃないだろうか。学校時代は楽しいこともいろいろあったはず。ドレスデン空爆はあまりにも辛い記憶だったろうけど、その前にはお父さんお母さん、お兄さんと過ごした幸せな日々があったよね。家族みんなでアイアシェッケを食べたこともきっとあった――。

慧ちゃんは何度もまばたきし、眼鏡を取って目頭を押さえた。ほら、とあたしはティッシュの箱を押しやる。

「慧ちゃん、もっかいさっきの話蒸し返すけど、ロッテたち、せめてベルタとアントンさんとお母さんだけでも、空爆の前に脱出させることってできへんかったんかな」

「捜しには行ったみたいやで」

「え、ほんま?」

「あとがきでちょこっと触れてるのはそういうことやないかな。あとがき、どこやったっけ。一枚やからプリントアウトしてきたんやけど」

慧ちゃんがリュックの中をかきまわすのを見て、あたしは言った。

「決めた。あたし、大学生になったらドイツ語勉強する。ドレスデンに行って、聖母教会見て、お祖母ちゃんのいた学校探して」

「本場のアイアシェッケを食べてくる、と」

「えへっ、ばれた?」

「そんときには僕も連れてってもらおかな。お祖母ちゃんの写真も持っていこうな。あった、これや」

あとがき

この本は、わたしの七冊目の子どもの本になります。ロッテ、ドルトヒェン、マーレの三人が登場する物語は、これまで何度か雑誌に発表してきましたが、このたびようやく一冊にまとめることができました。

語り手のロッテと同じように、わたしも少女時代の何年かをドレスデン近郊の女学校で過ごしました。この物語は、女学生だったわたしが実際に経験したことをもとにしてあります。どこまでが本当にあったことで、どこからが創作かは読者のみなさんのご想像におまかせしますが、よんどころない事情で専攻科の途中に学校を去った友人がいたのは事実です。本の中の呼び方に従って、ここでは彼女のことをベルタと呼んでおきましょう。

ベルタ、あなたは今どちらにいらっしゃるの？　何度かドレスデンに足を運びましたが、あなたとあなたのご家族を見つけることはかないませんでした。

あのあとわたしたちにもいろいろありました。半世紀前、あの学校に集っていた生徒のうち、今連絡がつくのはほんの数人です。

一人だけ消息を記しておきますね。リースヒェンは学校を出たあと、ベルリンの東洋語学校で講師をしていた日本人青年と出会い、結婚しました。二人が日本へ旅立った日のことは今も鮮やかに覚えています。大きな帽子をかぶったリースヒェンの幸せそうだったこと！　戦争中は連絡が途絶えていたのですが、この冬久々にヨコハマからクリスマスカードが届きました。どう、驚いた？　ドルトヒェンやマーレについても話したいことはいっぱいあってよ。もしこれを読んだら、出版社のほうに連絡してください。遠慮はなさらないで、お願いよ。

大好きなベルタ、リースヒェンがわたしたちの可愛い妹なら、あなたはわたしたちの優しいお姉さんでした。本当はもっといろいろお話ししたかった。あのときはそれがかなわなかったので、かわりにこの本を書きました。この一冊が、どんなに時間がかかっても、あなたのお手もとに届くことを願っています。
あなたと、あなたのまわりの方々が、今も、これからも、お幸せでありますように。

一九四九年二月　スイス、チューリヒにて

ロッテ・ウーラント＝グリューンベルク

【主要参考文献】

本文中の引用は以下の書に拠りました。振り仮名の一部及び注釈は省略してあります。
『豪華版 世界文学全集31 ウェルズ／ハックスリー』「タイム・マシーン」ウェルズ著 瀬尾裕訳 講談社
『ゲーテ全集 第一巻』「五月の歌」（大山定一訳） ゲーテ著 小牧健夫・大山定一・国松孝二・高橋義孝編 人文書院
『オーストリア皇太子の日本日記 明治二十六年夏の記録』フランツ・フェルディナント著 安藤勉訳 講談社学術文庫 ※引用に際し、地名の漢字表記の一部を片仮名に変更しました。また、大阪と京都の位置関係については著者の勘違いと思われますが、そのまま引用してあります。
『完訳 グリム童話集（一）』「ホレのおばさん」グリム著 金田鬼一訳 岩波文庫
『新版 ドイツ詩抄 珠玉の名詩一五〇撰』「幼児《うないこ》の死に寄す」（ウーラント作） 山口四郎訳 冨山房インターナショナル

その他の主な参考文献は以下のとおりです。
『ドイツ女性の社会史 200年の歩み』ウーテ・フレーフェルト著 若尾祐司・原田一美・姫岡とし子・山本秀行・坪郷實訳 晃洋書房
『近代を生きる女たち 一九世紀ドイツ社会史を読む』川越修・姫岡とし子・原田一美・若原

憲和編著　未来社
『ドイツ女性の歩み』河合節子・野口薫・山下公子編　三修社
『世界教育史大系34　女子教育史』梅根悟監修　世界教育史研究会編　講談社
『世界の食文化18　ドイツ』南直人著　農山漁村文化協会
『完訳クラシック　グリム童話1』グリム兄弟著　池田香代子訳　講談社
『グリム　ドイツ伝説集　新訳版』グリム兄弟編著　鍛治哲郎・桜沢正勝訳　鳥影社
『完訳　ペロー童話集』シャルル・ペロー著　新倉朗子訳　岩波文庫
『ドレスデン爆撃1945　空襲の惨禍から都市の再生まで』シンクレア・マッケイ著　若林美佐知訳　白水社
『ドレスデン逍遙　華麗な文化都市の破壊と再生の物語』川口マーン恵美著　草思社
『ドレスデン　フラウエン教会の奇跡』森泉朋子著　鳥影社・ロゴス企画
『ケストナー少年文学全集7　わたしが子どもだったころ』エーリヒ・ケストナー著　高橋健二訳　岩波書店
『スローターハウス5』カート・ヴォネガット・ジュニア著　伊藤典夫訳　ハヤカワ文庫ＳＦ
『少女グレートヘン』アグネス・ザッパー著　植田敏郎訳　講談社
『鷗外全集　第二巻／第三十五巻』森林太郎著　岩波書店
『軍医森鷗外のドイツ留学』武智秀夫著　思文閣出版
『増補改訂版　オーストリア皇嗣の日本訪問』渡辺肇訳・著　ふくろう出版
『ハプスブルク家の女たち』江村洋著　講談社現代新書

『図説 ヨーロッパ宮廷を彩った陶磁器 プリンセスたちのアフタヌーンティー』Cha Tea紅茶教室著 河出書房新社
『初版 金枝篇 上/下』J・G・フレイザー著 吉川信訳 ちくま学芸文庫
『狼と西洋文明』クロード＝カトリーヌ・ラガッシュ&ジル・ラガッシュ著 高橋正男訳 八坂書房
『狼の群れはなぜ真剣に遊ぶのか』エリ・H・ラディンガー著 シドラ房子訳 築地書館
『樹木たちの知られざる生活 森林管理官が聴いた森の声』ペーター・ヴォールレーベン著 長谷川圭訳 ハヤカワ・ノンフィクション文庫
『神戸人形賛歌 よみがえるお化けたち』吉田太郎著 神戸新聞総合出版センター
『神戸大空襲［復刻版］』神戸空襲を記録する会編 神戸新聞総合出版センター

あとがき

こんにちは、白鷺あおいです。初めましてという方も多いかもしれません。『赤ずきんの森の少女たち』をお手にとってくださってありがとうございます。

書いた本人が言うのもなんですが、この本の内容を短い言葉で説明するのはけっこう難しいんじゃないかと思います。主人公ロッテが新しい環境に入っていく冒頭は、昔懐かしの少女小説風。それがいつの間にか少女探偵物となり、グリム童話をベースにしたファンタジイとなり、歴史上有名な（でもあまり知られていない）あの人まで出てきたりする。

少女たちの友情物語、これならまあありかな。それよりもチョコレートパフェみたいな物語といったほうがわかりやすいかもしれませんね。冒頭部はバニラアイス、謎解きのところはチョコレートアイス、暗号解読に宝探しというトッピングもちゃんとのっています。コーヒーゼリーで変化をつけたあとは、噛みごたえのあるグラノーラの層へ。苦みもちょっぴりありますが、それでも最後の一匙《さじ》まで味わっていただけるよう作ったつもりです。

この本を書くにあたって、昔読んだヘッセやケストナーを一通り読み返しました。中の一冊、ケストナーの自伝に気になる箇所があったのでご紹介しましょう。エーリヒ少年がお母さんやいとこと一緒に自転車旅行に出かけた日の思い出です。

平らな道や軽いのぼりにはさして困難はなかった。モルトグルント橋から白シカまでは、きゅうなのぼりだったので、自転車をおりて、押し、それからまた乗って、ビューラウにむかってペダルを踏み、ひろい野原にかじを取った。ウラースドルフの水車場でコーヒーを飲み、凝乳菓子を食べようと思ったからである。それとも卵まだらか。（ザクセンのお菓子の一種を卵まだらという。地球の他の部分の人類にお気のどくなことには、このお菓子は知られずにしまった。）〔引用者注：ルビは省略しました〕

エーリヒ・ケストナー『わたしが子どもだったころ』高橋健二訳、岩波書店

気になるでしょう？　気になりますよね。卵をたっぷり用いたカスタードのようなものか、それともクグロフみたいなまだら模様の焼き菓子か。ケストナーがこんなふうに書くなんて、卵まだらとはどれほど美味なものなんでしょう。気の毒がってくれなくていいから、もう少し説明してほしかった。卵まだらで検索してもそれらしいものは見つかりません。てっきり意訳かと思ってあきらめたのですが、ロッテの物語を書き進めながら、ずっと頭の隅に引っかかっていました。

もしかしてこれ？　というお菓子の存在に気づいたのは、書き始めて半年くらいたってからのこと。本文を読んだ方はもうおわかりですよね。意訳なんてとんでもない、そのものずばり

の直訳でした。

その卵まだら、今は日本でも食べることができます。ネットでも売られていますし、わたしは神戸のカフェでいただきました。そこのはラムレーズンが入っていて、大人向けの味でしたね。なお、「凝乳菓子」が何なのかは、今もって謎のままです。ミルクか乳製品を使ってあるのは間違いないでしょうが。

神戸人形のことにも触れておかないといけませんね。神戸人形は、作中に書いたとおり、明治期に神戸で生まれた木製のからくり人形です。何度か途絶えそうになったのですが、そのたびに新たな作り手が現れてよみがえったのでした。そういう意味では非常に生命力の強い人形といえます。

現在の作り手はウズモリ屋の吉田太郎氏。人形劇の工房を営む吉田氏は、神戸人形のコレクションを有する日本玩具博物館と、同館長井上重義氏のバックアップを受け、二〇一五年から神戸人形の制作を開始したということです。昔の人形を復刻するだけでなく、新しい作品も次次に生みだされています。

そうそう、これも吉田氏に教えていただいたのですが、かの乱歩も神戸人形のことをエッセイに書いているんですよ。神戸人形が黒く塗られていることを言って、続きはこう——。

なぜお化人形だかというと、その小さなものに簡単なカラクリ仕掛けがついていて、ハンドルを回すと、黒法師がギャッと耳まで口をあいて、西瓜《すいか》をかじったり、黒達磨の目玉が、一寸ほども、ニョイと延びたり、何とも可愛っちゃないのです。
江戸川乱歩著、東雅夫編『怪談入門　乱歩怪異小品集』「お化人形」平凡社

乱歩はこのとき、横溝正史と一緒に神戸の元町をぶらついていました。二人してああでもない、こうでもないと言いながら、神戸人形を動かしているさまを想像するとわくわくしませんか？

今わが家には、西瓜喰いと、ビールを飲む河童と、二体の神戸人形がいます。とぼけた表情の彼らは、人形であることに満ち足りているかのよう。神戸人形が動くところは、ウズモリ屋さんのサイトでご覧いただけます。気になる方はチェックしてみてください。

https://www.kobotaro.com/kobedoll/

この場を借りてお世話になった方々にお礼を申し上げます。まずは日本玩具博物館の館長井上重義さま、およびスタッフのみなさま。昔の神戸人形をこの目で見ることができたのは大きな収穫でした。ろくろ首の人形が動くところを快く見せていただきましたこと、深く感謝いたします。

ウズモリ屋の吉田太郎さま、守津綾さま。神戸人形について一から教えていただき、本当にありがとうございました。人形の目に鹿《しか》の角の内側の白いところを用いるなどというお話は、今回キルシュバウムの人形にそのまま使わせていただきました。

未来短歌会の大辻隆弘さまには、高校の国語教育に関していろいろとご教示いただきました。神戸在住の歌友A・Yさん、何度も神戸弁をチェックしてくれてありがとう。Aさんがいなければ、この物語は完成しませんでした。なお、何かおかしな言いまわしがあったなら、それは全面的に作者の責任です。J・Sさん、あなたにいただいたドイツ生まれの瓜坊のぬいぐるみは、神戸人形の隣でぬくぬくしていますよ。最後になりましたが、この物語にずっと伴走してくれた東京創元社の小林甘奈さんと、可愛いロッテたちを描いてくれたalmaさんのお二人にもかぎりない感謝を。ありがとう、ダンケシェーン。

なお、蛇足ではありますが、わたしの第一作『ぬばたまおろち、しらたまおろち』にはドイツ人の血を引く少年が出てきます。彼の先祖は、さて……。ここはロッテの言葉を借りて、「読者のみなさんのご想像におまかせします」とだけ言っておくことにしましょう。

二〇二二年十二月

白鷺あおい

検印
廃止

著者紹介　1967年岡山県生まれ。筑波大学第二学群比較文化学類卒。第2回創元ファンタジイ新人賞優秀賞受賞。著書に『ぬばたまおろち、しらたまおろち』『人魚と十六夜の魔法』『蛇苺の魔女がやってきた』〈大正浪漫　横濱魔女学校〉3部作がある。

赤ずきんの森の少女たち

2023年2月10日　初版

著者　白《しら》鷺《さぎ》あおい

発行所　（株）東京創元社
代表者　渋谷健太郎

162-0814/東京都新宿区新小川町1-5
電話　03·3268·8231-営業部
03·3268·8204-編集部
URL　http://www.tsogen.co.jp
DTP　フォレスト
暁印刷・本間製本

乱丁・落丁本は、ご面倒ですが小社までご送付ください。送料小社負担にてお取替えいたします。

ISBN978-4-488-58808-3　C0193

第2回創元ファンタジイ新人賞優秀賞受賞作

ARROW◆Aoi Shirasagi

ぬばたまおろち、しらたまおろち

白鷺あおい

創元推理文庫

◆

両親を失い、ひとり伯父の家に引き取られた綾乃には秘密の親友がいた。幼いころ洞穴で見つけた小さな白蛇アロウ。アロウはみるみる成長し、今では立派な大蛇《おろち》だ。

十四歳の夏、綾乃は村祭の舞い手に選ばれた。だが、祭の当日、サーカスから逃げ出したアナコンダが現れ、村は大混乱に。そんななか綾乃は謎の男に襲われるが、そこに疾風のように箒《ほうき》で現れ、間一髪彼女を救ったのは、村に滞在していた美人の民俗学者、大原先生だった。

綾乃はそのまま先生の母校ディアーヌ学院に連れていかれ、そこで学ぶことに。だが、そこは妖怪たちが魔女と一緒に魔法を学ぶ奇妙な学校だった。


第2回創元ファンタジイ新人賞優秀賞受賞作。

第4回創元ファンタジイ新人賞受賞作

FATE BREAKER◆Natsumi Matsubaya

星砕きの娘

松葉屋なつみ

創元推理文庫

◆

鬼が跋扈《ばっこ》する地、敷島国《しきしまこく》。鬼の砦に囚われていた少年鉉太《げんた》は、ある日川で蓮《はす》の蕾《つぼみ》と剣を拾う。砦に戻ると、驚いたことに蕾は赤子に変化していた。蓮華《れんげ》と名づけられた赤子は、一夜にして美しい娘に成長する。彼女がふるう剣〈星砕《ほしくだき》〉は、人には殺すことの出来ない鬼を滅することができた。だが、蓮華には秘密があった。〈明《めい》〉の星が昇ると赤子に戻ってしまうのだ。鉉太が囚われて七年経ったある日、都から砦に討伐軍が派遣されるが……。
鬼と人との相克、憎しみの虜《とりこ》になった人々の苦悩と救済を描いたファンタジイ大作。

第4回創元ファンタジイ新人賞受賞作、文庫化。